KB093424

Fantasy Library XXIV

무훈의 칼날

武勳の刀

BUKUN-NO-YAIBA
by Ichiwawa Sadaharu
Copyright ⓒ 1989 by Ichiwawa Sadaharu
All rights reserved

Korean Translation Copyright ⓒ 2000
by Dulnyouk Publishing Co.

Original Japanese edition published by Shinkigensha
Korean Translation rights arranged with Shinkigensha
through Japan Foreign-Rights Centre / KCC

─────── 무훈의 칼날 ⓒ 들녘 2000 ───────

지은이 · 이치카와 사다하루/옮긴이 · 이규원/펴낸이 · 이정원/펴낸곳 · 도서출판 들녘/초판 1쇄 발행일 · 2001년 11월 10일/초판 3쇄 발행일 · 2007년 4월 30일/등록일자 · 1987년 12월 12일/등록번호 · 10-156/주소 · 경기도 파주시 교하읍 문발리 출판단지 513-9/전화 · 마케팅 031-955-7374 편집 031-955-7381/팩시밀리 · 031-955-7393
값은 뒤표지에 있습니다. 잘못된 책은 구입하신 곳에서 바꿔드립니다.

═══════ ISBN 89-7527-195-1 (04830) ═══════

무훈의 칼날

이치카와 사다하루 지음

이규원 옮김

들녘

일러두기

이 책의 그림에 표시한 표준자는 기본적으로 10cm를 뜻한다. 단, 제5장의 랜스에서는 100cm를 뜻한다.

들어가는 말

이 책은 서양 무기의 기원, 용법, 역사에 대하여 필자 나름의 견해와 여러 서양 문헌을 조사하여 '무기의 실제 모습'을 밝혀내고자 한다. 다른 책에서처럼 방어구와 짝을 지어 해설하지 않고 다만 '무기'만을 따로 떼어 해설하려는 것이다. 저 숱한 판타지 세계에 등장하는 무기들의 진짜 역할은 무엇이고, 존재 가치는 어느 정도였는지를 밝혀낼 수 있다면 나에게 그보다 더한 기쁨도 없을 것이다. 그러나 한편, 영웅의 명검을 해설하는 책인 줄 알고 이 책을 집어든 독자들에게는 건조한 역사책으로 비칠지도 모를 일이다.

이 책에서는 각종 무기의 이름을 대개 원어로 소개하였다. 서양의 무기 이름을 굳이 무리하게(물론 깨끗하게 번역되는 것들도 있지만) 번역하는 것은 바람직하지 않다고 믿기 때문이다. 번역 명칭이 꼭 필요할 것 같으면 참고삼아 덧붙여 놓기야 하겠지만, 원어명을 우선하는 것이 타당한 만큼 괄호로 묶어 두기로 했다.

무기는 인류가 만든 도구 중에서 가장 야만적이고 가장 무익한 것인지도 모른다. 하지만 그 역사를 돌아보는 사람은 필시 흥미로우면서도 덧없게 느껴지는 색다른 무엇을 알게 될 것이다.

자, 이제 역사의 흐름을 거슬러 '무기' 탐사 여행을 떠나 보자.

차 례

2 단검류 139

3 창류 197

4 막대형 타격무기 235

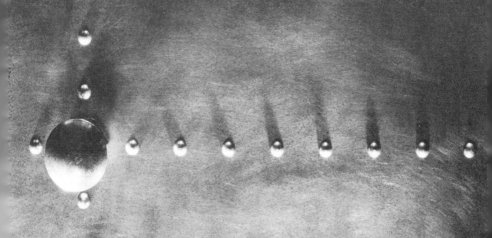

제**1**장

도검류

도검의 구조

도검(sword)이란 긴 칼몸(blade)을 가진 도구로, 베기를 목적으로 하는 가장 대표적인 무기다. 한국이나 일본에서는 일반적으로 외날검을 '도(刀)' 라 하고, 양날검을 '검(劍)' 이라 이른다. 그러나 넓게는 일본도를 제외한 모든 도검을 다 '검' 이라 부른다.

도검이 제 기능을 발휘하게 하는 핵심부는 물론 칼몸이지만, 도검에 대해서 제대로 이해하려면 먼저 각부 명칭부터 알아야 할 것이다.

도검의 각부 명칭

그림 1-1은 일반적인 검의 모양인데, 각 부분의 명칭을 소개하기 위해 단순하게 그렸다. 크게 칼몸과 자루 부분으로 나뉘며, 자루는 더욱 세분하여 부를 수 있다.

초기에 제작된 도검은 자루와 칼몸을 한 덩어리로 성형한 것이 많았으며 (그림 1-2), 나중에 몸과 자루를 따로 만들어 조립하는, 일본도와 같은 칼몸 분리형이 생겨났다.

칼몸 분리형이 개발된 것은, 애초에는 귀한 금속을 최대한 절약하기 위해서였다. 그러나 이는 도검이 아직 주요 무기로 쓰이지 않았던 시대의 이야기

그림 1-1 도검의 각부 명칭

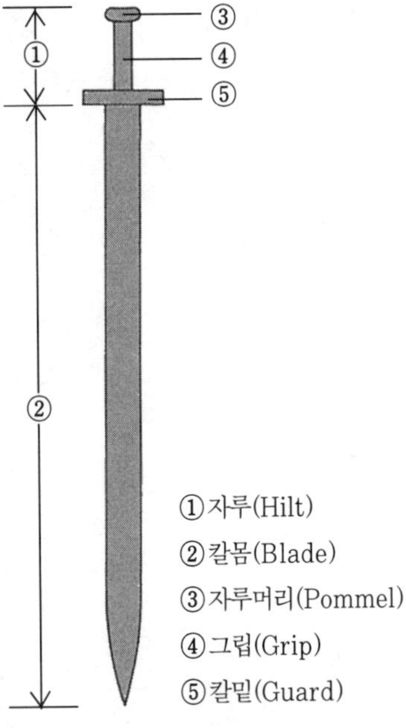

① 자루(Hilt)
② 칼몸(Blade)
③ 자루머리(Pommel)
④ 그립(Grip)
⑤ 칼밑(Guard)

다. 훗날 도검이 주요 무기로 쓰이는 시대가 도래하자 자루를 부드러운 재질로 만듦으로써 공격할 때 받는 충격으로부터 손과 팔을 보호하려고 하였다. 말하자면, 자루와 칼몸을 분리하는 의도가 달라진 것이다.

이제 분리형 칼몸의 각부 명칭을 알아보자.

그림 1-2 메소포타미아의 일체 성형형 도검(청동제)

↖ 칼날

칼몸의 각부 명칭

그림 1-3에서 보듯 칼몸도 각 부분별로 따로 이름이 있다.

서양에서 그림 1-3처럼 칼몸과 자루를 따로 제작하여 조립하게 된 것은 유럽의 선사문명 할슈타트 문명[1]에서 비롯된다. 또 그 뒤를 잇는 라텐(La Téne) 문명[2]에서도 찾아볼 수 있다. 그러나 칼몸 분리형을 제대로 계승한 것은 켈트인이나 에트루리아인[3], 그리고 중세 시대에 활약한 바이킹과 노르만족이었다고 할 수 있다. 그리고 로마인이 이를 도검의 일반 형식으로 정착시켰다.

---

1) 할슈타트 문명(Hallstatt) : B.C. 9~5세기에 꽃피운 유럽 중서부의 후기 청동기 시대 및 초기 철기 시대 문화. 할슈타트란 그 대표적인 유물이 처음 발견된 오스트리아 중부의 지명이다.
2) 라텐(La Téne 문명 : 켈트인이 이룩한 선사 철기문화 가운데 하나. 라텐이란 '여울'이라는 뜻의 프랑스어. 스위스 뇌샤텔 호반에서 발견되었다고 해서 그렇게 명명했으며, 이 명칭은 유럽 켈트족의 후기 철기문화와 구분하기 위해 확대 적용되고 있다. 켈트족이 알프스 남쪽에서 그리스와 에트루리아 문화의 영향을 받기 시작한 B.C. 5세기 중반에 시작되어 그 뒤 4세기 동안 켈트족이 북유럽과 브리튼으로 퍼져나가면서 몇 단계로 변화했고 지방적 다양성도 보이며 발전하였다. 그러나 B.C. 1세기 중반 켈트족 대부분이 카이사르의 갈리아 원정으로 독립을 잃고 로마 지배를 받게 되자 종말을 고했다.

그림 1-3 '칼몸'의 각부 명칭

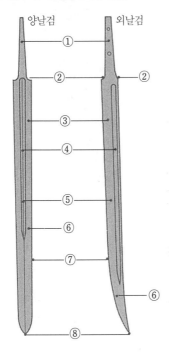

① 슴베 : tang

② 어깨 : shoulder
칼날과 슴베의 경계선.

③ 포르테 : forte
칼몸에서 손잡이 쪽에 가까운 부분으로, 이 부분은 당연히 날끝보다 굵으므로 이렇게 불린다.

④ 홈통 : fuller
칼몸의 무게를 줄이기 위해 파낸 홈.

⑤ 칼몸 허리 : middle section

⑥ 포와블 : 날의 수평상의 각도. 포와블이 큰 검은 그 단면 형상이 마름모꼴에 가깝게 된다.

⑦ 날 : cutting edge
칼몸에 있는 날을 말한다.

⑧ 칼끝 : point
칼몸의 끝부분으로, 칼끝이 날카로운 도검은 찌르기에 적합하다.

　도검이 한 덩어리로 성형된 메소포타미아 문명은 지중해 문명에 큰 영향을 미쳤는데, 로마인은 그 영향을 받으면서 한편으로 켈트인의 침입을 겪고 있었다. 그들은 그림에서 보듯 칼몸과 포멜을 중심으로 하는 도검을 만들기 시작하였고, 그것을 도검의 일반 형식으로 정착시켰다. 이는 에트루리아인에게 배운 것이라고 하며, 때문에 '에트루리아식 도검'이라고 불린다.

　또 로마인은 포에니 전쟁 당시 이베리아 반도의 켈트족에게 얻은 짧은 단

---

3) 에트루리아인(Etrusci) : 고대 이탈리아에서 세력을 떨친 종족. 지금도 밝혀지지 않은 점이 많지만, 그들이 초기 로마에 깊은 영향을 미쳤다는 것은 잘 알려진 사실이다. B.C. 9세기경 소아시아의 리디아 지방에서 침입해 왔다는 설이 유력하다고 알려져 있다.

검을 쓰기 시작하였다. 그들은 켈트인을 야만족으로 보았지만, 도검에 관한 한 그들에게 배운 바가 많았다.

마침내 로마가 확대됨에 따라 도검은 칼몸과 자루를 따로 만들어 조립하는 것이 대세를 이루게 된다. 이에 공헌한 것은 로마인이 아니라 본래 켈트인이 었다.

르네상스 시대 검의 각부 명칭

세월이 흘러 르네상스 시대가 되자 도검의 자루 부분에 적의 공격으로부터 손을 보호하는 장치, 또한 적의 칼을 얽어매어 부러뜨리는 장치가 궁리되었다. 도검 사용법의 이러한 변화를 통해 등장하게 된 칼자루를 스웹트 힐트 (Swept-Hilt)라고 한다.

스웹트 힐트는 주로 레이피어 같은 검 종류에서 볼 수 있는데, 그 원형은 바이킹 시대에 고안된 것으로 추측된다. 그리고 카롤링거 왕조 시대(A.D. 750~887)에는 벌써 십자형 칼밑(크로스 가드)의 초기 형태가 등장한다. 그러나 이러한 장치가 본격적으로 나타난 것은 앞서 말한 것처럼 르네상스 시대 이후의 일이다. 그림 1-4는 르네상스 이후에 발전한 스웹트 힐트의 부분 명칭이다.

그림 1-4 스웹트 힐트(르네상스 시대)

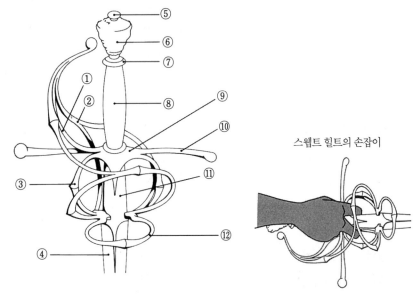

스웹트 힐트의 손잡이

①너클 가드(knuckle guard)
목적물을 벨 때 검을 쥔 손가락을 보호하는 것으로, 활처럼 휘어 있다고 하여 '너클 보우(knuckle bow)'라 부르기도 한다.

②보조 너클 가드(counter guard)
쌍방이 검을 맞대고 밀칠 때 검을 쥔 손가락을 보호하는 것.

③암스 오브 더 힐트(arms of the hilt)
검을 쥔 손가락을 보호하는 고리처럼 생긴 부분 전체를 일컫는 이름.

④칼몸(blade)
도검의 핵심부로서, 도검류의 특장점이 결정되는 부분. 그 세부 명칭은 앞에서 소개한 바와 같다.

⑤버튼(button)
칼자루 머리(포멜)를 고정시키는 나사로서, 정교하게 세공한 것도 있다. 다만 모든 도검이 버튼으로 포멜을 고정했던 것은 아니므로 버튼이 없는 도검도 있다.

⑥자루머리(pommel)

도검의 무게 균형을 잡아주는 추 역할을 한다.

⑦ 페룰(ferrule)

그립을 보강하는 부분으로, 고리나 마개 모양의 금속. 본래는 칼집을 보강하는 고리나 붓두껍 모양의 금속으로 쓰였던 것이며, 장식 역할도 했다. 이런 부속을 터키식 해드(turk's head)라 부르기도 한다.

⑧ 그립(grip)

일반적으로 도검에서 손으로 쥐는 부분을 가리킨다. 도검으로 전달되는 충격을 완화하기 위해 칼몸과 다른 재질로 만드는 경우가 많으며, 초창기에는 단순히 슴베에 가죽끈을 둘둘 감았을 뿐이다. 그러다가 점차 보기 좋게 장식한 것이 나타났다. 나무를 쓴 것도 있고, 고급 소재로는 상아를 이용하기도 했다.

⑨ 키용 블록(quillon block)

베기 무기의 칼밑에 해당하는 부분. 도검끼리 맞부딪힐 때 손가락을 보호한다. 상대 검의 공격을 받아내거나 뿌리칠 때 성능을 발휘한다.

⑩ 키용(quillons)

16세기의 도검을 대표하는 부분으로, 키용 블록을 포함한 기초 부분 전체를 말한다. 외관은 S 자 형상을 이루며, 칼날과 같은 각도로 세워져 있다. 키용은 종종 '십자형 칼밑(cross guard)' 이라 불리기도 한다.

⑪ 리카소(ricasso)

주로 날이 없는 칼몸 부분을 일컫는다. 중세 이후의 도검은 리카소 부분을 중지와 검지로 끼워 쥐거나 키용에 손가락을 걸쳤기 때문에 리카소 부분에는 날이 없었다. 따라서 이런 특징이 나타나기 전까지는 명확한 명칭이 없었다.

⑫ 사이드 링(side ring)

고리처럼 생긴 칼밑의 일종으로, 사이드 링은 리카소 부분에 손가락을 걸쳐서 쥘 때 그 손가락을 보호하기 위한 것이다.

도검의 역사 - 금속과의 관련

'돌의 시대'와 '구리의 시대'

최초의 검은 구석기 시대에 돌로 만들었는데, 이는 검이라기보다는 그 길이로 볼 때 단검(dagger)에 가까운 것이었다. 그리고 주변에서 쉽게 구할 수 있는 나뭇조각이나 뼈로도 이러한 무기를 만들었다. 그러나 도검으로 쓸 수 있을 만큼 어느 정도 길고 곧게 뻗은 소재를 구하기란 쉽지 않았다. 그런 소재가 있다고 해도 너무 무겁다거나 하는 문제가 있었으므로, 좀더 쉽게 쓸 수 있도록 나무 끝에 돌을 부착하여 만든 도끼나 창이 이 시대의 주요 무기였다. 따라서 인류가 무기라 부르기에 어울리는 도구를 가지게 되려면 '금속'이 등장할 때를 기다려야 했다.

인류와 금속의 만남, 아니 더 구체적으로 금속과 검의 만남은 기원전 4천 년경 메소포타미아에서 이루어졌다.

도검에 처음 이용된 금속은 구리였다. 구리는 석기 시대가 절정에 이르렀을 때 검에 커다란 영향을 미쳤다. 그러나 구리 검은 경도 면에서는 석기와 맞먹거나 조금 나은 정도에 지나지 않았고, 더구나 검을 제작하려면 당시로서는 지극히 고난도의 기술이 필요했으므로 매우 값비싼 것이었다. 때문에 특권 계급, 즉 왕족이나 일부 지배 계급만이 사용할 수 있었다. 하지만 구리라는 금속은 석기에서는 바랄 수 없는 복잡한 조형과 뛰어난 칼날 제조가 가능했다. 신석기 시대가 끝나고 이른바 청동기 시대가 도래하지만, 청동이 만들어지기까지는 이러한 동기(銅器) 시대가 오래도록 유지되었던 것이다.

청동 시대

청동이란 구리에 경도(硬度 : 단단한 정도)를 주기 위해 주석(錫)을 섞어 만든 금속으로, 기원전 2500년경에 등장했다. 그뒤 청동은 단단하다는 강점 때문에 무기에 이용되었고, 이 즈음부터 점차 도검이 길어져, 이른바 요즘 말하는 도검으로 변모해 갔다. 참고로, 청동은 주석이 10% 비율일 때 최고의 강도를 띤다.

메소포타미아 근방에 퍼진 청동 문화는 이집트를 통해 그리스로 흘러들어 갔다. 그리스는 산악지대가 많아 비교적 풍부한 자원을 가지고 있었다. 트로이 전쟁 무렵(기원전 1200년)에는 헬멧이나 흉갑, 정강이받이 등의 방어구, 그리고 길이 50cm~1m 정도에 이르는 도검이 만들어졌다. 그러나 청동 제조에 필요한 주석은 인도 방면에서 수입해야 했는데, '해양 민족'⁴⁾이 출몰하면서 수입로가 막혀 버렸다. 이것이 청동기 시대가 막을 내리게 되는 한 원인이었다. 이리하여 인류는 '청동'을 대신하는 새로운 금속, 곧 철의 시대로 접어들게 된다.

철의 시대

인류가 처음 발견한 철은 운석에서 채취한 운철이며, 더 거슬러 올라가자면 기원전 3천 년경 고대 이집트 문명까지 닿는다. 그들은 한때 운철을 '하늘에서 온 검은 구리'라 부르며 신성한 쇠붙이로서 숭배의 대상으로 삼았다.

이 운철은 검과 어떤 인연을 맺었을까? 여기서 무대를 바꾸어 저 영웅 핀 마쿨⁵⁾이 사용하던 '푸른 검'을 생각해 보자. 그의 검은 철 차꼬를 절단할 수 있을 정도로 견고한 양날검으로, 운철로 만들어진 것이었다. 그런 점을 생각하

---

4) 해양 민족 : B.C. 12세기에 일어난 민족 이동의 중심을 이룬 아케아인, 페리시테인, 프리기아인의 총칭으로, 소아시아, 중근동 나라들에 많은 피해를 주었다. 특히 히타이트 신왕국은 그들로 인하여 쇠퇴하고 멸망했다고 한다. 또 그들의 침략으로 그때까지 비밀에 부쳐져 있던 철 정련법이 각지로 퍼져나갔다는 설도 있다. 하지만 사실은 그들의 침략은 각지에서 철 정련법의 발견을 앞당겼을 뿐이며, 각지의 철 정련법은 독자적으로 발전한 것이었다.

면 운석에서 채취한 '검은 구리'는 강도가 매우 뛰어났었던 모양이다. 전설에 등장할 정도이니 운석에서 철을 채취하는 방법은 후세까지 계속 전해져서 검을 만들 때도 이용되었던 것 같다. 조금 전문적인 이야기를 하자면, 운철은 순철에 비해 니켈 함유량이 많다는 점에서 오늘날의 스테인레스스틸과 비슷한 것이었다고 생각된다.

이야기가 빗나갔지만, 이렇게 운철에서 비롯되는 철의 역사를 그대로 '철의 시대'라고 말하기는 곤란하다. 왜냐하면 대량의 인공(?) 철이 등장하려면 인류는 다시 1500년의 긴 세월을 기다려야 했기 때문이다.

철을 처음 정련한 곳은 메소포타미아 지방에서 문화를 꽃피운 히타이트 왕국이었다. 구체적으로 보자면 히타이트 왕국에 속한 아르메니아 지방의 미개 종족이 독자적으로 철 정련법을 개발했는데, 히타이트가 그 철을 독점하여 타국에 대한 증정품으로 삼거나 고가 수출품으로 삼았다. 사실 이는 청동기 시대의 일이며, 그 즈음부터 미약하기는 하지만 철은 이미 존재하고 있었다. 하지만 제철이 힘들었기 때문에 철은 금은이나 귀금속보다 훨씬 비쌌다. 이러한 사실은 현존하는 서간문을 통해 판명된 것이다.

히타이트 왕국이 멸망하자 철 정련 기술은 소아시아 일대와 에게해 연안에서도 발달했다. 드디어 철기 시대가 시작된 것이다.

철광석은 구리 광석보다 훨씬 풍부했으므로, 철은 제강법만 안다면 비교적 마련하기 쉬운 금속이었을 것이다. 또 철은 그 강도로 보더라도 무기의 소재로 가장 적합한 금속이었다. 마침내 많은 철제검이 보급되기 시작했다.

---

5) 핀 마쿨(Fionn mac Cumgaill/Finn MacCool) : 아일랜드 전설에 나오는 영웅. 두 자루의 명검으로 광명의 신 루를 어둠에서 구출해 냈다고 한다. 판타지 라이브러리 9 『신검전설』 참조.

그리고 '강철의 시대' 로

일본어로 강철[鋼]을 '하가네(=刃金, 일본에서는 강철을 뜻하는 鋼과 칼을 만들기 위해 가공한 刃金을 모두 '하가네' 라고 한다 – 옮긴이)' 라고 일컫는 데서도 알 수 있듯이 일본에서는 도검과 관련이 깊은 금속이었다. 그러나 서양에서는 풀무가 발명될 때까지는 강철을 만들지 못했으므로 본격적인 강철 시대는 중세 이후에 도래하게 된다. 그전까지는 철을 가열하여 강화시키는 기법이 이용되었다.

철을 가열하여 경화(硬化 : 단단하게 함)하는 기술을 '담금질' 이라고 한다. 담금질은 매우 유구한 기술로서, 구약성서에서도 그 흔적을 찾아볼 수 있다. 가열한 철을 빠르게 냉각시켜 표면을 탄소화함으로써 강도를 높일 수 있는데, 냉각할 때는 물 외에 꿀, 기름 등을 쓸 수도 있다. 물 이외의 물질을 냉각제로 쓴 까닭은, 물은 증기 피막을 만들어 열을 급격하게 떨어뜨리는 것을 방해하기 때문이다.

그럼 시대를 거슬러 올라가 그 기원에서부터 '강철의 시대' 에 이르는 과정을 살펴보자.

호메로스의 『오디세이아』 제9서 391행을 보자.

흡사 대장간에서 대장장이가 커다란 도끼나 자귀를 불에서 달구었다가 찬물에 넣을 때 요란한 소리를 내는 것처럼 거인의 눈은 올리브나무 막대의 끝에 찔려 지글지글 소리를 내었으며……

오디세우스가 키클롭스족의 폴리페모스의 눈에 막대기를 쑤셔박을 때를 이렇게 묘사하였다. 이 표현으로 미루어볼 때 그가 활약한 트로이 전쟁 무렵에는 이미 담금질 기술이 알려져 있었다고 볼 수 있다. 그리스의 역사가 헤로도토스 역시 담금질을 한 철은 쇠투구도 절단할 수 있다고 썼다. 이런 점을 보면 담금질은 그리스 세계에서는 일반적으로 알려진 기술이었던 듯하다.

플리니우스는 『박물지(Naturalis Historiae)』[6]에서 철은 강도를 키우기 위해 녹인다고 썼는데, 이것이 강철을 만드는 작업을 뜻하는지의 여부는 분명치 않다. 그러나 적어도 담금질을 하고 있었다는 것만은 분명하다. 다음과 같은 구절이 있기 때문이다.

작은 단조물(鍛造物)을 냉각시킬 때는 대개 기름을 쓴다. 물을 쓰면 딱딱해져서 쉬 부러질 염려가 있기 때문이다.

중세 시대에 씌어진 아이슬란드의 사가(Saga, 노르웨이어로 이야기라는 뜻. 북유럽에서 전해지는 일종의 설화 – 옮긴이)나 바이킹의 전승에는 검을 단련하는 데는 사람 피가 좋다고 하였으며, 실제로 『베오울프』 같은 설화에서 다음과 같은 묘사를 볼 수 있다.

그 칼날은 쇠로 만들었고, 산소로 작은 가지처럼 생긴 무늬를 띄우고, 싸움이 있을 때마다 피의 파도에 담금질을 하였다.

그러나 이 무렵부터 '강화한 철'은 점차 그 진보의 속도를 늦추게 된다.
여기서 잠시 철과 열의 관계를 알아보자.
순수한 철은 '알파(α)철'이라고 하는데, 769℃를 넘으면 '베타(β)철'이 되

---

6) 플리니우스의 『박물지』 : 그는 7편의 작품을 썼다고 하는데 현존하는 것은 백과사전적 저서인 『박물지』밖에 없다. 37권으로 나누어져 있으며, 마무리 작업을 제외하고는 77년에 완성되었다. – 옮긴이

며, 910℃를 넘으면 '감마(γ)철'이라는 딱딱해서 쉽게 부러지는 금속이 된다. 이를 계속 달구어 1400℃가 넘으면 강도는 떨어지지만 탄성이 증가된 '델타(δ)철'로 변한다. 철은 바로 이러한 과정을 통해서 강화되는 것이다. 철은 고온에 노출되면 경도가 변하는 성질을 가진다. 이는 철의 원자 성질 때문인데, 이 변화를 전문어로는 '변태'라고 한다. 물론 옛 사람들은 원리는 몰랐지만 그 기술은 이미 오래 전부터 알고 있었다.

철은 1538℃에서 용융 상태에 들어간다. 철을 강철로 만들려면 이 용융 상태에서 탄소를 첨가하여 선철(銑鐵, pig iron=무쇠)을 만들고 계속 달구어야 한다. 하지만 당시는 강력한 화력을 얻을 수 없었으므로 이 기술을 쓸 수가 없었다.

선철이란 광석을 달구고 단련하여 불순물을 제거한 것인데, 이것을 더 가열하여 탄소를 제거해야 비로소 강철을 얻을 수 있다. 요즘은 철 속의 탄소량이 2% 이하인 것을 강철이라 부른다. 선철이 되기 전, 목탄과 함께 불가마 속에서 만들어지는 철강을 '해면철(sponge iron)'이라고 한다. 중세에는 강철이라고 해서 만든 철강이 대개 이 선철에 가까운 것으로, 현재 우리가 아는 강철하고는 다른 것이다.

철을 충분히 가열하고 탄소를 더하여 선철을 만들고, 이를 더욱 가열하여 탄소를 제거해서 강철을 만드는 기술은 15세기에 '풀무'가 발명되면서 비로

그림 1-5 강철 제조 과정

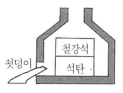

①석탄과 철강석을 가마에 넣고 가열하여 철을 녹여낸다.

②목탄과 함께 철을 가열하여 선철을 만든다.

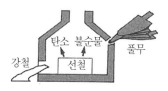

③선철을 가열, 탄소와 불순물을 제거하면 강철이 된다.

소 등장하였다. 이리하여 강철을 만드는 기술은 다시 활발하게 개선되기 시작했다. 물론 그전에도 바람을 불어넣으면 고열을 얻을 수 있다는 사실은 알고 있었지만, 그 바람을 간편하게 불어넣을 수 있는 방법을 몰랐던 것이다. 게다가 수차나 풍차 등의 동력을 이용하게 된 것도 강철 제강이 원활하게 이루어질 수 있게 된 요인 가운데 하나일 것이다. 그러나 제대로 된 강철을 만들려면 도가니[7]라 불리는 제강용 가마가 등장할 때까지 더 기다려야 했다. 이 도가니는 18세기에 들어서서야 등장하게 된다.

그런데 7세기경, 서양에 수입되어 귀하게 여겨진 검 중에 다마스쿠스 검이라는 것이 있다.

이 다마스쿠스 검은 매우 뛰어난 재료로 만들어져 예리한 날을 벼릴 수 있었다. 갑옷을 내려쳐도 날이 이지러지지 않을 정도로 뛰어난 도검이다. 당시 서양인은 이런 도검을 만들지 못하여 수입에 의존하고 있었다. 십자군 전쟁 시대가 되어 동양 세계와 접할 기회가 더욱 확대되자 서양의 왕족과 귀족들은 이 검을 가보로서 활발하게 수입하였다. 다마스쿠스 검의 재료인 다마스쿠스 강철은 근세가 되도록 그 제조법이 알려지지 않았다. 그래서 다마스쿠스 강철을 흉내내어 그 영광을 계승해 보려는 움직임이 여러 번 있었다. 그 중에서도 유명한 것이 '우츠 강철(wootz)'이다.

우츠 강철은 18세기경 유럽 시장을 지배했던 가짜 다마스쿠스 강철이다. 우츠란 산스크리트어로 '다이아몬드' 혹은 '딱딱하다'는 말인데, 우츠 강철이 다마스쿠스 강철과 같은 것은 아니었다. 그러나 그 이름은 제2의 다마스쿠스 강철로서 시장을 지배했다.

---

7) 도가니 : 강철의 재료를 완전히 용해하여 정련하기 위한 가마 같은 것. 인도에서는 예로부터 도가니를 사용하여 정련하는 기술을 알고 있었지만, 유럽에서는 18세기 전까지 도가니를 알지 못했다.

다마스쿠스 강철을 만드는 단서는 그 표면에 떠오른 수면 같은 날무늬로서, 이를 근거로 다마스쿠스 강철을 만들려는 경쟁이 활발하게 벌어졌다. 각국이 이 일에 열중하게 된 이유는 물론 값싸고 뛰어난 무기를 얻기 위해서였다. 하지만 결국 그 제조법은 계속 신비의 베일을 벗지 않아 뭇 과학자들을 매료시켜 왔다. 이런 과정에서 다마스쿠스 강철에 대한 열정은 유럽의 금속 이론의 발전에 커다란 공헌을 했다.

그림 1-6 다마스쿠스 검

도검의 역사 - 형태를 중심으로

메소포타미아, 이집트의 도검

앞에서 말한 것처럼 금속과 도검은 뗄래야 뗄 수 없는 관계에 있다. 따라서 도검의 형태 변천사는 당연히 금속으로 도검을 만들기 시작하면서 비롯된다.

기원전 1310~기원전 1280년 사이에 메소포타미아에서 이집트에 걸친 지역에서 베기를 목적으로 하는 만곡도(彎曲刀)가 등장한다. 이로써 금속 도검의 긴 역사가 비롯되는 것이다.

그림 1-7 아시리아의 청동제 도검(B.C. 1300년경)

그림 1-7의 도검은 중동에서 널리 이용된 것으로, 길이 약 50cm, 무게는 1.5kg 정도였다. 칼몸이 완만하게 휜 것은 분명 베기에 이용되었다는 것을 보여주는 증거라고 할 수 있다. 적당하게 휜 검의 쓰임새는 그 칼을 휘둘러 상대방을 베는 것이기 때문이다. 이는 어느 나라에서나 공통된 아이디어로서, 일본에서도 와라비테토(蕨手刀)[8]에서 비롯되는 '휜 칼'과 대부분의 일본도가 그 부류에 든다.

이 시대에는 그림 1-7처럼 휘어진 '코피스'[9]라는 칼과, 그림 1-8처럼 끝이 뾰족한 검이 사용되었다. 이 두 가지 유형의 칼은 그 기원이 저마다 다르다. 휜 칼은 도끼에서 발전한 것이고 검은 나이프나 단검에서 발전된 것이다. 도끼에 관해서는 나중에 따로 소개할 터이고, 여기에서는 우선 끝이 뾰족한 검을 설명하겠다.

그림 1-8 북유럽의 청동제 도검(B.C. 1300년경)

'검'이라고 말한 데서도 알 수 있듯이 끝이 뾰족한 이 무기는 양날을 가지고 있으며, 시리아 우가리트[10]의 일부 병사가 기원전 14세기에 이용하였다. 또 카데시 전투[11]에서 이집트의 람세스 2세[12] 근위대가 이런 검을 차고 있었다. 그러나 투창이나 활 등 투척 무기를 중심으로 하는 전술이 힘을 발휘했으므로 검 같은 접근전용 무기는 그다지 중시되지 않았다.

그 시대에 검을 가장 많이 이용한 것은 역시 '해양 민족'이었다고 할 수 있다. 그들은 대개 기원전 12세기~기원전 11세기에 이집트나 시리아의 지중해 연안 도시를 침략했는데, 그들이 주로 이용한 무기는 그림 1-8과 같이 끝을 뾰족하게 벼린 검이었다.

---

8) 와라비테토(蕨手刀) : 일본사의 고분 시대(4세기~6세기) 말기부터 헤이안 시대(794~1192년) 초기까지 주로 일본 동부에서 쓰인 칼. 손잡이 머리가 고사리(蕨) 싹처럼 휘었다.-옮긴이

9) 코피스(khopesh) : 그리스의 고도(古刀) 코피스의 원형을 이루는 도검으로, 양날 코피스도 있다.-판타지 라이브러리 13『무기와 방어구』참조.

10) 우가리트(Ugarit) : 고대 오리엔트에서 꽃피운 도시국가로, 바빌로니아의 영향을 받아 발전하고 번영한 왕국. 히타이트, 이집트 등의 침략을 받았고, 나중에 이집트의 속령이 된다.

11) 카데시 전투(Kadesh B.C.1300) : '오론테스 계곡의 전투'로도 알려진 이 전투는 람세스 2세가 이끄는 이집트군과 히타이트인이 치른 싸움이었다. 카데시는 히타이트가 장악했던 시리아의 도시 이름이다. 이 근방에서 여러 전투가 있었는데, 일반적으로 카데시 전투라고 하면 이집트군이 가까스로 승리한 전투를 가리킨다.

그림 1-9 벽화에 그려진 '해양 민족'

이러한 날을 가진 검은 적을 찔러 공격하는 데 쓰인 것으로 보이는데, 기원전 1000년경에 제작된 청동제 직도(直刀)가 정말로 그런 용도로 사용되었는지는 알 수 없다. 고대 검의 용법에 대해서는 지금도 의문스러운 점이 남아 있으며, 유물로 발굴되는 다양한 검이 과연 찌르기용이냐 베기용이냐를 두고 여전히 많은 의문과 논쟁이 제기되고 있다.

그러나 현재의 정설은 칼몸이 휘어야 베기에 알맞으며, 곧게 뻗어야 찌르기에 알맞다는 것이다(예외도 있지만).

청동기 시대에는 켈트족이 칼몸이 곧게 뻗은 검을 많이 사용하였다. 그 길이는 대체로 70~90cm였다.

메소포타미아에서는 수메르를 멸한 아카드의 사르곤 1세의 새로운 전술이 접근전을 필요로 하지 않았으므로 검 같은 무기는 그다지 사용되지 않았다. 기존에 수메르 군대는 장창과 커다란 방패를 든 병사들이 밀집대형을 짜는 전술을 채용했지만, 사르곤 1세의 새로운 전술은 활과 투창, 슬링, 그리고 전차(戰車, chariot)를 이용한 기동(機動) 전술이었다. 사르곤 1세의 새 전술은 수

---

12) 람세스 2세(Ramses, ?~B.C. 1234) : 이집트 제19왕조(B.C. 1301~B.C. 1234)의 세 번째 왕. 보기 드문 전략가였다고 한다. 홍해와 지중해를 연결하는 운하를 만들고자 팔레스티나, 에티오피아 등을 정복했다. 그러나 카데시 전투에서 히타이트 군대에 가까스로 승리하면서 많은 병력을 잃었고, 운하 건설은 계획으로 끝나고 말았다. 전쟁 후 아시리아와 평화 협정을 맺고 이집트의 번영에만 힘을 기울였다. 67년간 재위했다고 하며, 100세쯤 타계했다고 한다.

메르의 전술을 격파했던 것이다.

그러한 시대는 얼마 동안 계속되는데, 이 새로운 전술을 위한 장비들을 갖추게 되자 각 병사의 전투력이 향상되었다. 특히 개인전 장비에서 향상이 이루어졌는데, 이집트의 중왕국 시대(B.C. 2052~B.C. 1570)에는 단검, 도끼 등을 갖춘 병사가 등장하고 신왕국 시대(B.C. 1570~B.C. 715) 말기에는 접근전 전문 부대[13]가 등장한다. 그들은 다양한 무기를 단독으로 갖추었다.

검을 주요 무기로 삼는 병사들은 일반 병사가 휴대하는 것과 다른 비교적 커다란 검을 갖추는 경우가 많았고, 그 검은 대부분 양날 직도였다. 그런 검은 꽤 비쌌기 때문에 조직 단위로는 왕족이나 친위대가 아니면 이용할 수 없었던 것 같다. 그러나 소형 검이나 동제(銅製) 만곡도는 많이 이용된 흔적이 있다.

그리스 · 로마 시대의 도검

그리스의 암흑 시대에는 청동검이 중심이었고, 길이 1m짜리 검도 존재했다. 또 철검 제조에서는 이미 담금질 기술도 알려져 있었다. 당시 검에도 나름의 전술적 역할이 있었으리라 추측된다. 그러나 트로이 전쟁 이후 그리스 세계에서는 전술이 바뀌면서 도검을 그다지 중시하지 않는 경향이 나타났다. 도시국가(폴리스)들이 이른바 중장(重裝) 보병 전술을 이용하여 항쟁하는 시대가 도래한 것이다.

한편, 중근동에서는 페르시아 제국이 세력을 확대하기 시작했는데, 기원전 8~7세기경부터 남러시아 평원을 점거한 스키타이족은 기원전 6세기경 훌륭한 철제 도검을 제조하고 있었다. 그들은 훗날 사르마티아인과 융합하여 뛰어난 철기문화를 이루었으며, 훌륭한 도검을 만들었다.

---

13) 접근전 부대의 장비 : 기본적인 장비는 방패, 단창, 도검이며, 호신용으로 메이스류를 갖추기도 했다. 일반적인 밀집대형에서는 단창을 쓰고, 혼전에 들어가면 도검으로 응전하였다.

마케도니아의 필립포스 2세는 마침내 폴리스 간의 항쟁으로 세월을 보내던 비좁은 그리스 땅을 통일하고, 그의 뒤를 이어 알렉산드로스가 동방의 페르시아 제국을 정복하였다. 이제 그리스에서도 검은 주요 무기라기보다 허리에 차는 호신용 도구가 된 것이다. 때문에 쉽게 차고 다닐 수 있도록 길이를 줄여서, 긴 것이라야 고작 60cm가 채 되지 않았다.

그러나 로마가 세력을 넓히기 시작하자 도검은 '글라디우스'라 불리며 다시 그 위상을 높여 갔다. 로마 병사는 글라디우스를 이용하여 특유의 전술을 발전시켜 간다. 이 시대에는 크게 세 종류의 도검을 볼 수 있었다. 구체적인 생김새에 대한 설명은 글라디우스 항목에서 하겠지만, 일단 이 검들은 모두 철제였다.

한편, 그리스나 로마와 다투었던 다른 문화권, 특히 갈리아인이나 스키타이인은 검의 역사에서 빼놓을 수 없는 존재이다. 그들이 사용하던 검은 그때까지 그리스나 로마에서 쓰던 검보다 훨씬 길어 이른바 '롱 소드(동 항목 참조)'에 속하는 것이었다.

청동기 말기에 켈트족은 매우 많은 청동제 무기를 사용했는데, 그 무기가 모두 커서 날끝이 40cm 가까이나 되는 것도 있었다. 검은 대체로 70~90cm 정도로, 한 손으로 쓸 수 있는 것이었다. 켈트족이 비교적 큰 검이나 무기를 사용한 것은 그들의 체격이 로마나 그리스인보다 월등하게 컸기 때문이다.

스키타이인은 그리스 문화의 영향을 받으면서도 독자적으로 철기문화를 꽃피워 그리스인과는 다른 뛰어난 철기문화를 누렸다. 그리스의 유명한 역사가 헤로도토스에 따르면 그들의 도검은 '아키나케스 검(akinakes)'이라 불렸으며, 칼몸이 곧아 마상(馬上)에서 찌르기 공격을 하는 데 매우 적합했다고 한다.

암흑 시대의 도검

암흑 시대에 잊어서는 안 되는 것 중에 '색스(sax)' 가 있다. 북유럽에서 생겨난 외날 칼인데, 쓰기가 편하여 종종 무기로 이용되기도 했다. 그리고 그것을 더 크게 하여 '스크래머색스' 라는 칼을 만들었다. 이 시대는 저 유명한 아더 왕이 실재했다는 바로 그때이기도 하므로, 그의 검으로 알려진 엑스칼리버(Excalibur)는 외날이었을 가능성이 있는 셈이다.

이렇게 초기 북유럽에는 스크래머색스로 대표되는 외날 도검류가 일시적으로 유행했지만, 더욱 많이 쓰였던 것은 켈트족들에게서 볼 수 있었던 양날 검이다. 따라서 결국 도검 형태사는 그 방향으로 흐르고, 역사는 바이킹[14]이나 앵글로색슨, 노르만족이 사용하던, 절단만을 목적으로 한 철제 양날검의 시대로 접어들게 된다.

이 시대에는 아직 강철이 쓰이지 않았으므로 도검에 금속 경화 처리, 즉 앞에서 말한 '담금질법' 으로 알려진 처리를 했다. 서양에 강철이 존재하지 않았던 그 시대에는 철에 경도를 주기 위해 이런 처리를 했던 것이다.

금속 경화 처리를 함으로써 검의 강도는 증가했지만 그 속 부분은 일반 철로 남아 있어 전투를 할 때마다 피막이 벗겨져 강도가 점점 떨어졌다. 또 이런 검은 전투 중에 잘 부러지지는 않지만 구부러지는 일이 많았다. 이런 이유와 더불어 당시의 검법이 격렬한 휘두르기 공격이었기 때문에 노르만이나 바이킹들이 사용한 검은 칼날 폭이 넓었다. 이러한 사실은 지금까지 전해지는 몇몇 유물에서도 확인할 수 있다. 예를 들면, '바이외 태피스트리[15]' 에서도 볼

---

14) 바이킹(Viking) : 이 말의 유래에 대해서는 여러 설이 있는데, '만(灣)에 사는 주민' 이나 '바다표범 사냥꾼' 등이 유력하다.

15) 바이외의 태피스트리(Bayeux Tapestry) : 1070~1080년경에 제작된 자수. 1064년부터 1066년의 헤이스팅스 전투까지 노르망디공 윌리엄 1세(기욤)의 활약상을 묘사했다. 72장면으로 구성되며, 폭 0.5m에 길이가 70m나 된다.

수 있듯이 상대방의 투구조차 쪼갰을 정도로 격렬하게 휘둘렀던 것 같다.

롱 소드 항목에서 소개한 바이킹 소드는 10세기에 만들어졌다. 그 검의 특징은 날 폭은 물론 홈(fuller)의 폭도 넓다는 것이다. 당시 검을 열심히 단련한데는 다 까닭이 있었다. 온 힘을 실어서 휘둘렀으므로 체력과 무기가 강한 쪽이 승리할 수 있었기 때문이다.

바이킹이 검에 대하여 품었던 이미지는 신비하고 마력을 품은 존재였다. 그래서 종종 의지를 가지고 있는 존재처럼 의인화되었다. 사가나 『베오울프』 따위를 보면 자신의 검에 말을 건네는 장면을 볼 수 있다. 또 검을 독사에 비유하는 묘사도 볼 수 있는데, 이는 바이킹 시대에 흔히 이용된 '패턴웰디드(pattern-welded)'라는 가공법이 칼날 표면에 뱀 허물 무늬를 만들었기 때문이다.

기사 시대의 도검

전사가 말을 타고 싸우는 것이 주류를 이루는 시대가 되자 기존의 단단하기만 한 도검으로는 충분치 않게 되었다. 기마전에서는 검이 가벼워야 유리했기 때문이다. 물론 칼몸에 홈을 파는 등 도검을 가볍게 하려는 궁리가 전혀 없었던 것은 아니었다. 그러나 이 시대에 경량화된 검들은 점차 기병을 중시해 가던 시대의 흐름을 그대로 반영한 것으로서, 그 무엇보다도 현실적인 문제 때문에 이루어진 변화였다.

십자군이 각지에서 활약하던 시대에는 단순한 '십자형 검'이 주류를 이루었고, 그 후에도 얼마 동안은 이렇게 생긴 도검이 계속 만들어졌다.

역사상 유명한 도검들은 대개 이 시대에 만들어졌거나 이름을 얻었다. 롱소드 종류도 이 시대의 주요 검 가운데 하나였다. 그러나 검의 생김새는 변해도 그 쓰임새는 여전히 베기 아니면 찌르기였다. 다만 생김새가 종교의 영향으로 십자가 형상이 되고, 실제로 그 이유로 신성한 무기로 대접받아 당시 전사들 중에 가장 지위가 높은 기사들이 이용하였다. 중세 기사들은 흔히 "내 검에 걸고 맹세한다"고 말하곤 했다. 기사 임명식에 검을 이용한 것은 기독교의 영향이었다.

이 시대의 검의 또 한 가지 특징은 칼몸을 얇고 예리하게 벼리는 것으로, 칼끝은 더 말할 것도 없었다. 또 금속도 점차 탄력성을 중시하게 되어 우직하게 단단한 검보다 날렵하고 가벼운 검이 늘어간다.

중세 이후의 도검

중세 이후, 특히 르네상스 이후에 이르기까지 도검은 커다란 변화를 겪는다. 롱 소드로 전투를 하는 방식은 마찬가지였지만, 13세기경에 양손을 사용하는 검('투 핸드 소드' 등)이 등장한다. 이는 곧 유행처럼 각국으로 퍼져나갔다.

16세기에는 '레이피어(Rapier)'라는 찌르기용 검이 등장하면서 검술이 다양하게 발전해 나간다. 그때까지는 다분히 둔중한 이미지였던 검술은 속도감 있고 경쾌한 검술로 일변한다. 그리하여 오른손에 레이피어를 들고 왼손에 '맹 고슈'를 드는 스타일이 완성된다. 그러나 검을 휘둘러 베기 공격을 하는 근접 전투가 줄어들자 검술은 점차 전투의 기술이라기보다는 의례적인 의미를 띠게 된다. 즉, 개인의 명예를 지키는 것, 혹은 격식을 표현하기 위한 단순한 장식 같은 것으로 변해 가는 것이다. 이러한 의례에 검이 이용되면서 경량화가 진행되어 소형 검 '스몰소드' 등이 전성기를 맞이한다. 도검을 차고 돌아다니는 관습은 대체로 18세기 중반까지 계속된다.

근세에 군도(軍刀)가 여러 나라에서 기병대의 무기로 채택된다. 이른바 '사베르' 종류가 그것인데, 대체로 19세기 중반 무렵까지는 이것을 주력 병기로 사용하였다. 그러나 진짜 전투 부대로서의 기병대는 일부를 제외하면 점차 폐지되었고, 이와 함께 도검을 주요 무기로 삼는 부대도 소멸해 간다.

도검 연표

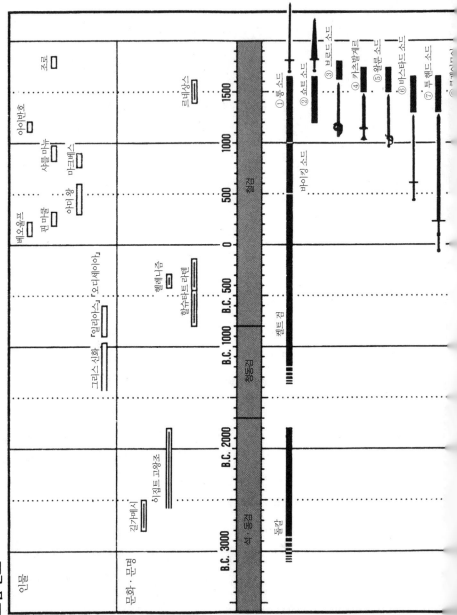

인물

문화·문명

조몬
아이반호
샤를마뉴
마르베스
베오울프
판마룡
아더왕
레네상스

그리스 신화
『일리아스』『오디세이아』
길가메시
이집트 고왕조
헬레니즘
함무라비 법전

B.C. 3000　B.C. 2000　B.C. 1000　B.C. 500　0　500　1000　1500

철검
청동검
석·동검

동검
청동검
켈트 검
바이킹 소드

① 롱 소드
② 쇼트 소드
③ 브로드 소드
④ 카츠발게르
⑤ 왈룬 소드
⑥ 바스타드 소드
⑦ 투핸드 소드

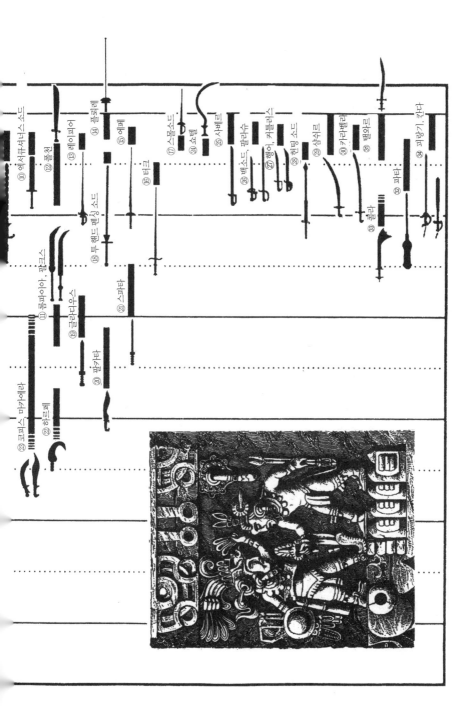

도검류의 성능 일람표

위력

위력은 그 무기 고유의 공격 방법(베기, 타격, 찌르기)별로 ★표 붙인다. ★이 많을수록 공격 방법이 그 무기에 적합한 것이라고 볼 수 있다. 그러나 설령 ★가 하나밖에 없더라도 상대방에게 충분한 상처를 줄 수 있다. 여기에 제시한 값은 다른 무기에 대한 위력이 아니라, 각 도검을 같은 선상에 놓고 비교했을 때 평가한 값이다. 또 여기에서는, 예를 들어, 검은 검끼리만 비교하는 것이며, 다른 종류의 무기하고는 비교하지 않는다. 사용 방법이 다르기 때문이다. 특정한 상황이 아니면 사용할 일이 없는 무기라면 검과 위력을 비교한들 의미가 없을 것이다.

또 한 가지 이유는, 총과 검은 그 평가치의 최소 공약수를 바꾸지 않으면 ★표가 과잉이 될 것이기 때문이다. 따라서 ★★★는 ★★보다 상대적으로 낫다는 것말고는 달리 판단할 기준이 없는 것이다. 다시 말하면 ★ 하나의 값은 무기 종류마다 다 달라지므로 ★ 하나의 구체적인 위력은 독자의 판단에 맡긴다.

체력

그 무기를 사용하는 데 필요한 체격과 내구력을 표시한다. ★의 수가 적으면 여성이나 어린이도 쓸 수 있을 것이며, 많으면 그만큼 강한 체력이 필요하다는 뜻이다.

숙련도

사용법의 난이도, 필요한 훈련의 정도를 뜻한다. 종종 등장하는 (＋)는 사용

법이 여러 가지일 경우, 그 용법을 두루 구사할 수 있게 되기까지의 난이도를
표시한다.

가격

자원이나 기술의 제한이 없는 세계에서 생각해 볼 수 있는 가치를 표시한
다. 추상적인 가치가 아니라, 일반적인 매매를 상정할 때의 값을 뜻한다.

지명도

그 무기가 일반적이었는지 그렇지 않았는지를 표시한 것으로, 어떤 특정한
세계를 설정하고 비교한 것이 아니라 그 무기가 이용되던 세계의 시각으로
생각해 본 것이다.

길이

길이는 본문에서 따로 설명하겠지만, 사진 등 자료를 참고로 하여 필자가
판단한 것이며, 그 자료는 가능한 한 일반적으로 볼 수 있는 것에서 골랐다.

무게

같은 무기를 두고도 문헌에 따라 다른 경우가 많으므로, 이 책에서는 필자
의 판단으로 중량을 계산하였다. 재료별 비중은 편의상 다음 값을 기준으로
삼았다.

철	0.00785kg/cm³	강철	0.00800kg/cm³
금	0.02145kg/cm³	은	0.01049kg/cm³
구리	0.00890kg/cm³	청동	0.00880kg/cm³
황동	0.00850kg/cm³	나무나 그 밖의 비금속류	0.0006kg/cm³

번호	명칭	위력			체력
		자르기	때리기	찌르기	
①	롱 소드(Long Sword)	★★★	–	★(+★)	★★★★
②	쇼트 소드(Short Sword)	★★★	–	★	★★
③	브로드 소드(Broad Sword)	★★★	–	–	★★
④	카츠발게르(Katzbalger)	★★★	–	–	★★
⑤	왈룬 소드(Walloon Sword)	★★★	–	–	★★
⑥	바스타드 소드(Bastard Sword, Hand-and-a-half Sword)	★★★	–	★(+★)	★★
⑦	투 핸드 소드(Two Hand Sword)	★★★	★★★★	★★	★★★★
⑧	클레이모어(Claymore)	★★★★	–	★★★	★★★
⑨	플랑베르주(Flamberge)	★★★(+★)	★★★★	★(+★)	★★★★
⑩	엑서큐셔너스 소드(Executioner's Sword)	★★★★	–	–	★★★
⑪	롬파이아(Rhomphaia or Rumpia) 팔크스(Falx)	★★★★	–	–	★★★★
⑫	폴천(Falchion)	★★★	–	–	★★★
⑬	레이피어(Rapier)	–	–	★★	★★★
⑭	플뢰레(Fleuret)	–	–	★★	★★★
⑮	에페(Epee)	–	–	★★	★★★
⑯	터크(Tuck)	–	–	★★★	★★★
⑰	스몰소드(Smallsword)	–	–	★★★	★★
⑱	투 핸드 펜싱 소드(Two-hand Fencing Sword)	★★★	–	★★★	★★★
⑲	글라디우스(Gladius)	★★	–	★★(+★)	★★
⑳	팔카타(Falcata)	★★	–	–	★★
㉑	스파타(Spatha)	★	–	★★	★★
㉒	하르페(Harpe)	★★	–	–	★★
㉓	코피스(Kopis) 마카에라(Machaera)	★★	–	–	★★
㉔	쇼텔(Shotel)	★★★	–	★★	★★★
㉕	사베르(Saber)	★★	–	★	★★
㉖	백소드(Baksword) 팔라슈(Pallasch)	★	–	★★	★★
㉗	행어(Hanger) 커틀러스(Cutlass)	★★★(−★)	–	★	★★
㉘	헌팅 소드(Hunting Sword)	★	–	★★★	★★
㉙	샴쉬르(Shamshir)	★★(+★★)	–	–	★★(+★
㉚	카라벨라(Karabela)	★★★(+★)	–	–	★★
㉛	탤와르(Talwar)	★★	–	–	★
㉜	파타(Pata)	★★★	–	★★★★	★★★
㉝	콜라(Kola)	★★★	–	–	★★
㉞	피랑기(Firangi, Phirangi, Farangi) 칸다(Khanda)	★★★★	–	★★★	★★★★

도	가격	지명도	길이 (cm)	날폭 (cm)	무게 (kg)
★)	★★★	★★★★	80~95	2~3	1.5~2.0
	★★	★★★★	70~80`	2~5	0.8~1.8
	★★	★★★★	70`~80	3~4	1.4~1.6
	★★	★★★	60~70	4~5	1.5~1.7
	★★	★★	70~80	3	1.4~1.5
	★★	★★★★	115~140	2~3	2.5~3.0
★	★★★★	★★★	180 이상	4~8	2.9~6.5
	★★★	★★★	120	3~4	3.0
	★★★★	★★★	130~150	4~5	3.0~3.5
	★★★	★★	100	6~7	2.2~2.5
	★★★	★	100 이상(?) 120 이상(?)	5(?) 4(?)	2.5(?) 4.0(?)
	★★	★★★	70~80	3~4	1.5~1.7
★	★★(+★★)	★★★★	80~100	1~1.5	0.7~0.9
★	★★	★★★	110 이하	1 이하	275~0.5
★	★★(+★★)	★★★	110	1~1.5	0.5~0.77
★	★★★	★★★	100~120	1 이하	0.8
	★★★(+★★★★)	★★	60~70	1~1.5	0.5~0.7
★	★★★	★	130~150	1.5~2	2.0~2.5
	★★(+★★★★)	★★★★	60	5~10	1.0
	★★	★★	35~60	3~5	0.5~1.2
	★★	★★	60	3~5	1.0
	★★	★	40~50(65)	5(?)	0.3~0.5
	★★	★	50 60	4~5 4	1.0 1.2
	★★★	★★	70(100)	1.5	1.4~1.6
	★★(+★★)	★★★★★	0.7~1.2	2~4	1.7~2.4
	★★(+★★)	★★(+★)	60~80 70~90	2~4 2~3	1.3~1.5 1.2~1.5
	★★(+★★)	★★★	50~70 50~60	3~4 3~5	1.2~1.5 1.2~1.4
	★★(+★★★★)	★★	100	4	1.6
★)	★★(+★★★★)	★★★★	80~100	2~3	1.5~2.0
	★★(+★★)	★★★	90~100	2~3	0.8~1.0
	★★	★★★	70~100	2~12	1.4~1.8
★	★★★(+★★)	★★	100~120	3~5	2.1~2.5
	★★	★★	70	5~45	1.4
	★★★★	★★★	110~150	4~5 3~5	1.6~2.0

	50	100	150	200

롱 소드 Long Sword

- 위 력 : 베기 ★★★ 찌르기 ★(+★)
- 체 력 : ★★★★
- 숙련도 : ★★(+★)
- 가 격 : ★★★
- 지명도 : ★★★★★

외형

롱 소드는 글자 그대로 '긴 검'이다. 이 이름은 중세 후기에 유럽에서 생겨났으며, 단순히 날의 길고 짧음으로 검을 구별한 이름이다. 하지만 이 책에서는 '롱 소드'라는 이름이 생겨났던 그 시대의 도검만을 따로 떼어서 이렇게 부르겠다.[16]

롱 소드의 '롱'은 칼몸(블레이드)이 길다는 뜻으로, 번역하면 장검(長劍) 정도가 될 것이다. 주로 기사들이 마상에서 이용했으므로 양날에 칼끝이 뾰족하며 곧게 뻗었고, 길이는 80~90cm, 가장 긴 것이라도 95cm를 넘지 않는다. 날 폭은 2~3cm, 무게는 비교적 가벼워 1.5~2kg 정도이다.

역사와 세부 내용

넓은 의미의 '롱 소드'라는 이름은, 오늘

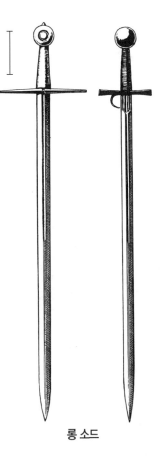

롱 소드

날에 이르는 도검의 역사에서 등장한 모든 도검을 오직 '길이'라는 기준으로 분류한 것이다. 따라서 각 도검의 외형적인 특징은 무시된다. 그러나 이 책에서 말하는 롱 소드는 그 이름이 생겨난 중세 후기까지 거슬러 올라가 애초의 형태를 고찰하고 그 특징에 따라 분류한 명칭이다. 즉, 넓은 의미에서의 '롱 소드'가 아니라 좁은 의미로 파악한 '롱 소드'인 것이다.

롱 소드는 곧게 뻗은 칼몸에 날을 예리하게 벼린, 베기를 전문으로 하는 도검이지만, 칼끝을 뾰족하게 만들어 찌르기에도 적합하다. 주로 기사가 마상에서 이용했던 무기이기 때문이다. 암흑 시대의 노르만이나 바이킹이 이용한 검(바이킹 소드[17])이 그 원형을 이룬다. 그러나 이들의 검은 길이는 롱 소드와 같지만 날의 폭이 3~5cm나 되고 날의 두께도 상당히 두꺼웠다. 그 배경에 대해서는 '암흑 시대의 도검'에서 설명한 바와 같은 상황이 있었다.

바이킹 소드

이 시대의 롱 소드는 모두 같은 모양을 하고 있었지만 매우 드물게 커다란 것도 사용되었다. 예를 들어, 프리드리히 2세[18] 휘하의 콘라트 폰 빈터슈테텐은 상대방을 '날려버릴' 정도로 엄청나게 큰 검, 곧 길이 140cm에 날 폭이 16cm나 되는 롱 소드를 허리에 차고 있었다는 기

16) 일반적으로 오늘날 쓰이는 '롱 소드'라는 개념은 그 말이 생겨난 뒤 몇 세기가 지난 후에 규정된 것이다. 도검을 그저 '길이'라는 기준만으로 분류한 것이므로, 그 개념 안에는 온갖 도검들이 두루 포함된다.

17) 바이킹 소드 : 암흑 시대에 서구에서 이용된 도검으로, 유명한 노르만 정복(Norman Conquest)을 계기로 널리 전파된 도검을 필자가 이렇게 명명한 것이다. 날의 폭이 넓고 두꺼운 것이 특징이다.

록이 있다. 그러나 이는 어디까지나 예외일 뿐, 대개 길어 봐야 95cm 정도가 일반적이었다.

그뒤 중세가 되자 강철 등이 이용되면서 날의 두께가 예전과 비교할 수 없을 만큼 얇아졌다. 나아가 전에는 베기를 주목적으로 하였으나, 이제는 찌르기도 할 수 있도록 끝을 뾰족하게 만들고, 전체적으로 가늘고 길게 되었다. 또 기존의 검은 칼몸에 홈을 팠으나 이제는 홈이 없는 것이 등장하기 시작하여 마침내 평평하고 예리한 칼몸으로 바뀌어 간다. 그리하여 오늘날의 롱 소드로 이어지는 것이다.

그러면 여기서 시대별로 유행했던 검의 단면도를 살펴보자.

아래 그림 중 ①은 암흑 시대의 검인데, 중량을 줄이려는 궁리로 홈을 넓게 팠다. 이런 홈은 칼몸의 강도를 높이려는 의도였는지도 모른다.

②는 중세 이후의 대부분의 도검으로, 13세기 이후 서양에서 이용된 롱 소드의 단면이다. 그림에서 알 수 있듯이 유선형을 위아래로 잡아늘인 듯한 모양을 하고 있다.

①암흑 시대 ②중세 이후 ③르네상스 이후

날의 단면도

③의 마름모꼴 단면은 르네상스 이후에 많이 볼 수 있었다. 검을 그릴 때는 흔히 이러한 모양으로 그리곤 하는데, 이렇게 생긴 검은 서양에서는 중세보다는 중세 이후 근세에 이르기까지 많이 이용되었다. 다만 일본은 검

---

18) 프리드리히 2세(Friedrich Ⅱ : A.D. 1194∼1250) : 프로이센의 왕이 아니라 신성로마제국 황제로서 1215년부터 30년 남짓 유럽에 군림하며 절대주의적 정치 기구를 정비한 인물이다. 한편, 그는 문예를 비롯한 문화 촉진에도 심혈을 기울여 '군주로서는 최초의 근세인'이라 불리기도 했다.

40

이 존재한 상대(上代)[19]에 이런 형상의 검이 많이 존재했는데, 이는 대륙, 특히 중국의 영향을 받은 것이다.

롱 소드는 모양 자체가 가지는 효과를 전면에 내세우는 검법이 유효했다. '베기'와 '찌르기'라는 매우 단순한 검법이 그것인데, 정교한 '검술'이 개입할 여지가 별로 없었다. 말하자면 승패를 가르는 결정적인 요인은 곧 체력이었으므로, 검술 = 체력 강화라는 등식이 성립된다. 전사(戰士)는 단련된 체력과 많은 전투를 통해 쌓은 감각과 경험으로 롱 소드를 다룰 수밖에 없었다. 그래서 서양에서는 명확한 검술이 정립되지 않는 시대가 오래도록 계속된 한편, 검을 이용한 의식 같은 의례적 용법이 많이 남게 된다.

이렇게 설명하면 롱 소드란 그저 휘두르기만 하면 되는 무기처럼 들릴지도 모른다. 그러나 공격과 방어에 두루 적합하다는 점에서 한 손으로 쓸 수 있는 무기 가운데서 롱 소드를 능가할 만한 것은 없었을 것이다.

그럼에도 불구하고 롱 소드는 그 길이 때문에, 짧은 무기로 방어를 하면서 집단 전법을 구사하는 적을 만나면 약점이 드러나곤 했다. 카이사르의 침략을 받은 갈리아인[20]이 그 좋은 예다. 갈리아인은 당시 방패와 긴 검만 장비했는데, 공격에 방해가 되지 않도록 아군끼리 일정한 간격을 두고 적군과 싸웠다. 때문에 갑옷을 착용하고 집단 전투를 하는 로마군과 싸울 때는 매우 불리했다. 만약 롱 소드를 사용하고자 한다면 그에 따라 방어구를 갖추는 편이 현명할 것이다.

---

19) 상대(上代) : 일본사의 시대 구분의 하나로서, 주로 고대 국가의 최전성기였던 나라(奈良) 시대(710~784년) 전후를 이른다.– 옮긴이

20) 갈리아인 : 아리아계 인종으로 기원전 7세기에 현재의 프랑스 근방에 거주했다. 로마인은 그곳을 갈리아라 부르고 그곳 주민을 갈리아인이라 불렀다. 이곳은 확장 정책을 펴는 로마에 점령되었고, 그뒤 게르만인에게도 점령당하게 된다.

에피소드 〈옛날 기사들의 도검〉

13세기 초부터 중반까지 십자군은 신앙의 열정에 사로잡혀 성지 탈환을 위해 싸웠다. 당시 서양 기사들이 사용했던 도검은 바퀴형 자루머리를 한 십자형 검이었다. 그전에 북유럽을 중심으로 발달한 바이킹 소드는 십자군이 활약하는 '기사의 시대'의 도검에게 제 자리를 물려주었던 것이다.

간단하게 '기사의 시대'라고 말했지만, 그 시대를 구체적으로 한정짓기란 그리 용이한 일이 아니다. 이 책에서는 십자군 시대가 되어 기사단이 발족한 12세기부터 13세기까지를 '초기 기사의 시대[21]'로 보고, 그 동안 사용된 도검들을 '초기 기사의 도검'이라 부르기로 한다.

'초기 기사의 도검'은 이 책에서 말하는 롱 소드보다 한 세대 앞선 도검이라고 할 수 있다. 바퀴형 또는 원형을 한 포멜(자루머리)과 칼몸에 직각을 이루거나 부드럽게 휜 칼밑을 가진 이른바 십자형 도검으로, 기독교 진영에 가담한 서양의 전사들이 즐겨 사용하였다.

비교적 단순한 것이 많았던 이런 종류의 도검은 훗날 자루를 호화롭게 장식하는 시대의 도검과는 달리 실용성에 주안점을 두고 만든 뛰어난 검이라

십자군 기사와 십자형 도검

고 할 수 있다. 이 시대의 검이 자루와 자루머리, 칼몸의 균형이 매우 잘 잡혀 있다는 것은 서양 도검사에서도 널리 인정되는 사실이다.

기존의 바이킹 소드에서 이렇게 단순하고 가벼운 도검으로 변해 간 것은 기술이 진보하여 제조법이 개선된 덕분이기도 하지만, 십자군 전사들이 찌는 듯한 사막에서 열심히 휘둘러도 체력이 필요 이상으로 소모되지 않도록 최대한 가벼우면서도 위력이 떨어지지 않도록 개량을 거듭한 결과라고 할 수 있다. 또 이슬람 전사들이 본격적인 중장비를 갖추지 않았다는 것도 한 요인인지도 모른다. 비록 그런 실용적인 의미가 아니더라도 청빈하고 고결한 기독교 교단의 기사들은 필시 십자가를 본뜬 단순한 도검을 더 환영했을 것이다.

그러나 본래 그 원형은 5세기에 페르시아에서 비잔틴 제국을 거쳐 메로빙거 왕조 시대(451~751년)의 프랑크 왕국에 전해진 것이었다. 메로빙거 왕조를 타도한 클로비스는 부르군트의 공주로서 그의 아내가 된 클로틸드의 권유도 있어서 기독교로 개종하고, 종교를 기치로 내세우며 국토를 확장해 나갔다. 그 결과 십자가를 본뜬 도검이 점차 환영을 받게 되었다. 나아가 카롤링거 왕조 시대(751~987년)가 되자 카알 대제가 등장하여 세력을 확장함에 따라 서양을 대표하는 도검 형식으로 자리를 잡았다. 물론 그 유행의 전조는 십자군이 시작되기 약 2세기 전부터 나타났던 것이다.

---

21) 십자군 시대에 기사단에 속한 기사와 그 이후의 귀족 신분의 기사는 그 뉘앙스가 크게 다른 것 같다. 그래서 이 책에서는 전자를 '초기 기사'라 부르기로 했다.

쇼트 소드 Short Sword

- 위 력 : 베기 ★★★ 찌르기 ★
- 체 력 : ★★
- 숙련도 : ★★★
- 가 격 : ★★
- 지명도 : ★★★★★

외형

쇼트 소드는 롱 소드보다 짧은 검을 말한다. 좁은 의미[22]의 쇼트 소드는 그 길이가 대체로 70~80cm 정도이다. 쇼트 소드는 두 종류로 나뉘는데, 길이를 제외하면 그 특징과 생김새가 롱 소드와 다르지 않은 것과, 날 끝으로 갈수록 뾰족해지는 유형이 있다.

역사와 세부 내용

70cm 전후의 쇼트 소드는 언제부터 이용되었을까? 이 범위 안에 드는 도검은 의외로 많은데, 8세기경 바이킹이 이용한 것도 대체로 이만했다. 하지만 이는 예외적인 것이

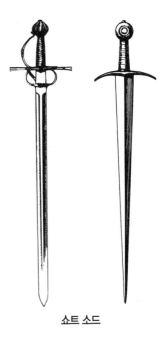

쇼트 소드

어서 쇼트 소드라고 보기는 어려우나 그들이 이용한 도검에서 쇼트 소드의 존재 가치를 찾아볼 수는 있다.

---

22) 여기서 말하는 쇼트 소드는 도검사 전반에서 볼 수 있는 짧은 검이 아니라 그 존재 의미가 확립된 14~16세기 사이에 이용된 것을 말한다.

결론적으로 쇼트 소드란 14~16세기에 활약한 중장보병(men-at-arms)들이 사용한 도검이다. 이 검은 발로 뛰어다니며 싸우는 병사들에게 알맞은 무기로 난전에서 사용하기 쉽고, 찌르기 전법에 좋고 튼튼해야 한다는 세 가지 조건을 갖춘 도검이다. 따라서 쇼트 소드는 날이 짧고 폭은 넓으며 끝이 뾰족해야 한다는 말인데, 이는 곧 접근전을 위한 조건이라고 볼 수 있다.

이렇게 결론을 내리는 데는 두 가지 이유가 있다. 먼저, 강철이 이용되면서 갑옷이 튼튼해지자 찌르기가 효과적인 전법이 되었고, 이를 위해 끝을 뾰족하게 만든 검이 많아졌다는 것, 그리고 적과 육박전을 벌이려면 검이 짧고 튼튼해야 한다는 것이다. 14세기에 영국과 프랑스가 격돌한 백년전쟁 당시, 영국은 하급 기사를 말에서 내리게 하여 싸우게 하는 전술을 썼다. 그뒤 유럽의 여러 나라에서도 이 전술을 받아들이면서 사용하기가 편한 짧은 도검이 환영을 받았다.

일반적으로 가볍게 이용할 수 있는 도검의 길이는 대체로 70~80cm 정도이다. 이는 바이킹을 비롯한 북유럽의 종족들이 적당하다고 보았던 도검의 길이를 보더라도 알 수

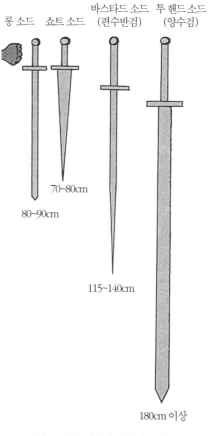

롱 소드   쇼트 소드   바스타드 소드   투 핸드 소드
(편수반검)   (양수검)

80~90cm

70~80cm

115~140cm

180cm 이상

주요 도검의 길이와 자루의 길이

45

16세기 프랑스의 근위병

있다. 그들처럼 한 손으로 베기 공격을 하는 것이니 도검의 길이도 그들의 것과 같았을 것이다. 하지만 롱 소드는 마상에서 사용하는 것이므로 더 길어야 했다. 여기에서 도검의 길이와 용도에 차이가 생기게 된 것이다. 쇼트 소드는 롱 소드와 마찬가지로 베기를 목적으로 하지만 찌르기도 할 수 있다. 전투중에 휘두른 검에 아군이 다칠 위험성이 적으므로 좁은 곳이나 여럿이 밀집한 곳에서 싸울 때는 효과적이었을지도 모른다. 그러나 짧음에서 오는 불리함은 역시 극복하기가 쉽지 않아서, 좁은 장소라고 꼭 롱 소드보다 유리하다고 단정할 수는 없다. 마찬가지로 롱 소드라고 넓은 장소에서 유리하다고 하기도 힘들었다.

에피소드 〈포멜〉

서양 도검의 특징에 대해서는 이 장의 앞머리에서 언급했지만, 여기에서는 조금 더 구체적으로 들어가서, 도검을 형식학적으로 구별하는 기본 소재인 중세(1000~1400년) 도검의 포멜, 즉 칼자루의 머리에 대해서 알아보자.

중세에 사용된 주요 도검의 대표적인 포멜은 원반 또는 바퀴(disc or wheel : 우리 나라에서는 이를 환두環頭라고 한다 – 옮긴이)형과 브라질너츠(brazil-nuts)형이 있다.

원반형 및 바퀴형 포멜은 주로 청동이나 철[23] 따위로 만들었다. 12~15세기에 전성기를 이루었고, 북유럽에서는 16세기 중반까지도 볼 수 있었다. 이러한 포멜은 특히 십자군 시대에 널리 보급되어, 제1차 및 제2차 십자군 원정(1096~1099년, 1147~1149년) 당시에 애용된 십자형 검의 특

① 원반형　② 바퀴형　③ 브라질너츠형

중세의 포멜의 형태

징을 이루기도 하였다. 브라질너츠형 포멜은 10세기 중반부터 13세기 중반까지 전성기를 맞이한 칼자루 머리의 형상으로, 특히 12~13세기에 전성기를 이루었다.

11세기에 만들어진 '바이외의 태피스트리'는 그 포멜을 볼 수 있는 가장 친숙한 자료일 것이다. 이 태피스트리에는 1066년에 앵글로색슨족과 노르만족 사이에 일어난 '헤이스팅스 전투'가 묘사되어 있는데, 여기에 그려진 거의 모든 도검에서 브라질너츠형 포멜을 볼 수 있다. 위대한 국왕 헤럴드 2세[24]가 왕위를 과시하며 쳐들어올린 도검도 역시 이런 모양을 하고 있다. 브라질너츠형은 그 이름대로 콩처럼 생겼는데, 꼭 옆에서 본 럭비 공과 흡사하다. 이러한 도검을 앵글로색슨족이나 노르만족이 이용한 것을 볼 때 북유럽의 도검류에서 비롯된 것으로 생각된다. 다시 말하면, 바이킹이 이용했던 도검의 전통을 계승한 것임을 알 수 있다. 같은 종류의 포멜이 주로 발트해 연안에서 발굴되고 있다는 사실이 이를 뒷받침해 준다.

---

23) 칼자루 머리를 반드시 도검 전체와 동일한 금속으로 만들었던 것은 아니다.

24) 헤럴드 2세(Harold Ⅱ : 1022 ?~1066년) : 잉글랜드의 국왕. 아버지가 사망하자 웨식스 백작의 지위를 계승하였다. 동생 노섬브리아 백작 토스티그와 함께 웨일스를 공략하여 명성을 올리고, 에드워드 참회왕의 후계자로서 국왕이 되었다. 그러나 1066년 노르망디공(公) 기욤은 이의를 제기하며 대군을 이끌고 공격하여 왕위를 요구했다. 헤럴드는 헤이스팅스에서 기욤을 맞이하여 싸우다가 전사하고 말았다.

브로드 소드 Broad Sword

- 위　력 : 베기★★★
- 체　력 : ★★
- 숙련도 : ★★
- 가　격 : ★★
- 지명도 : ★★★★

외형

브로드 소드란 말 그대로 날의 폭이 넓은 도검을 말한다. 길이는 70~80cm, 날의 폭은 3~4cm, 중량은 1.4~1.6kg이다. 주용도가 베기이므로 자루를 쥔 손을 보호하기 위해 다양한 힐트가 고안되었다.

유명한 브로드 소드의 종류로는 덴마크의 '레이테르팔라슈(reiterpallasch)', 베네치아의 '스키아보나(schiavona)'라는 것이 있다. 또 근세에는 날의 폭이 넓은 검을 모두 이렇게 불렀으므로 중세에 이용된 카츠발게르나 왈론와룬 소드 등도 이 부류에 속한다.

역사와 세부 내용

브로드 소드는 17세기에 탄생한 베기용 양날검으로, 군사용 중검(heavy military sword)으로 알려져 있다. 암흑 시대나 중세 초에 이용된 도검에 비하면 날의 폭이 결코 넓지 않지만, 레이피어가 전성하던 당시로서는 매우 넓은 편에 속한다.

브로드 소드

19세기에는 기병대 전용 검 가운데 하나로서 계승되었고, 나폴레옹 시대의 유럽에서는 외날검으로 사용되었다.

그림은 브로드 소드를 든 17세기의 하일랜더[25]이다.

브로드 소드는 앞에서 말한 대로 베기용 검이므로 기존의 다른 검과 그 용법이 크게 다르지 않지만, 기병대가 이용할 때는 어깨 위에서부터 휘둘러 내려쳐서 바로 옆에 있는 적을 공격했다(50페이지 그림 참조). 기병들이 돌격할 때 사용하던 사베르와 달리 기병과 보병이 혼전을 벌일 때 사용되었다.

브로드 소드에는 바구니형 힐트라는 독특한 보호 장치가 있다. 이 힐트 양식을 '스키아보나(schiavona)'라고 한다. 스키아보나는 16세기 초 베네치아 공화국에서 슬라브인으로 조직

브로드 소드를 든 하일랜더

한 원수(元首) 친위대의 도검에서 볼 수 있는 것인데, 1797년에 이 부대가 폐지될 때까지 그들 전용 무기의 특장(特長)으로 알려졌었다. 즉, 스키아보나란 'slavonic(슬라브의)'을 어원으로 하며, 그 기원은 15세기의 슬라브 지방으로

25) 하일랜더(highlander) : 스코틀랜드의 고지 민족

거슬러 올라간다. 스키아보나는 모양이 바구니와 흡사하며, 적의 칼과 부딪힐 때 손을 보호할 수 있도록 궁리한 장치였다.

에피소드〈일본의 '단비라' 와 브로드 소드〉

'단비라' 는 '타비라비로' 라는 긴 칼의 약칭이며, 일본도의 일종이다. 일본의 남북조 시대에 저술된 『태평기(太平記)』 등에서도 확인할 수 있다. '타비라' 란 날의 폭을 뜻하므로 '타비라비로' 란 곧 날의 폭이 넓다는 뜻이다.

결국 '타비라비로' 라 불리는 도검은 일본도의 역사에 등장한 검 중에서도 날의 폭이 가장 넓은 도검을 가리키는 말이다. 따라서 브로드 소드와 그 의미

브로드 소드를 휘두르는 기병

가 통하기는 하지만, 브로드 소드는 서양 도검사에서 어느 한정된 조건과 시대에 이용된 날 폭이 넓은 도검이므로 하나의 고유한 명칭으로 이해해야 할 것이다.

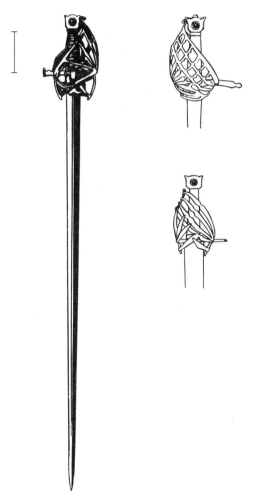

스키아보나

카츠발게르 **Katzbalger**

- 위 력 : 베기 ★★★
- 체 력 : ★★
- 숙련도 : ★★
- 가 격 : ★★
- 지명도 : ★★★

카츠발게르

외형

카츠발게르란 독일의 속어로, '싸움용' 쯤에 해당하는 말이다.[26] 길이는 60~70cm, 무게 1.5kg, 칼끝은 그리 뾰족하지 않으며, 자체 무게에 힘을 실어서 상대방을 베는 전형적인 도검이다.

특징이라면 그림에서 보듯 단순한 자루와 칼밑 모양을 들 수 있다. 이 칼밑은 바로 위쪽에서 보면 S자형으로 보인다. 종종 양수검으로 이해되기도 하지만, 여기에서는 브로드 소드의 일종으로 소개한다.

역사와 세부 내용

카츠발게르는 15세기에서 16세기 초, 그리고 30년 전쟁(1618~1648년) 당시 독일 용병 란츠크네흐트들이 즐겨 휴대하던 도검이다. 문헌에 따르면, 이를 제일 먼저 이

---

26) 또 하나의 설이 있는데, 당시 이 검을 사용한 란츠크네흐트가 검을 칼집에 꽂지 않고 고양이과 동물의 모피로 감아 두었다는 것이다. 즉, '고양이과 모피'를 뜻하는 'Katzenfell' 이 그 유래라는 주장이다.

용한 인물은 1514년, 빈의 경비대장 울리크 폰 셸렌베르그(Ulrick von Schellenberg)였다고 한다. 카츠발게르는 다른 브로도 소드와 마찬가지로 베기에 주안점을 둔 도검이다. 크기는 비교적 작지만 묵직한 점을 보더라도 그 사실을 짐작할 수 있다. 이 검의 칼밑이 S자형인 까닭은 당시 군인들이 허리에 두르던 장식 띠에 검을 걸기 위해서였으며, 그런 모습은 오늘날까지 남아 있는, 란츠크네흐트를 그린 목판화 등에서 쉽게 볼 수 있다.

란츠크네흐트

카츠발게르가 양수검으로 이해되는 까닭은 이런 S자형 칼밑을 가진 독일의 도검이라면 전부 양수검으로 보는 경향이 있기 때문이다. 독일의 이웃 나라이며, 무기류에서 다양한 영향을 끼친 스위스에서도 마찬가지로 이해되고 있다.

에피소드〈란츠크네흐트〉

란츠크네흐트(Landsknecht)는 16세기에서 17세기, 특히 프랑스·독일·스페인이 개입한 이탈리아 전쟁에서 활약하던 독일인 용병(傭兵)을 말한다. 그들은 화려한 군장(軍裝), 용맹무쌍한 활약, 잔학한 행위를 서슴지 않는 광포한 자들로 지금까지 그 이름을 떨치고 있다. 그들의 이름은 이 책에서도 종종 등장하고 그들이 사용한 무기도 언급되는 만큼 이 기회에 그들에 대하여 약간 언급해 두겠다.

란츠크네흐트란, 란츠(Lands : 자국의 분국)에서 징발된 황제를 받드는 크네흐트(Knecht : 기사의 시종, 하인이라는 뜻이 있다 - 옮긴이)들로서 당시 발호하던 용병들과 구별하기 위해 쓰인 말이라고 한다. 그들의 특징을 말할 때 제일 먼저 꼽는 것은 그 아름다운 치장[27]이다. 이를테면 란츠크네흐트는 이런 모습이었다.

그들이 주문하는 바지에는 덮개가 달려 있는데, 그것이 복사뼈까지 내려온다. 그것도 부족해서 송아지 머리만한 샅가리개를 찬다. 그 밑으로 천이 팔랑팔랑. 그것은 헐렁헐렁한 비단천.[28]

잔뜩 볼륨을 준 옷에는 죽죽 칼집을 넣어, 그 틈새로 빨강이나 노랑의 원색이 드러났다. 이는 바지뿐만 아니라 상의도 마찬가지였다. 그러나 상하 모두 좌우의 색이 짝짝이가 맞지 않는, 이른바 언밸런스형이었다. 이것이 그들의 일반적인 복장이었는데, 아무튼 그들은 함께 싸우는 병사들로부터 빈축을 살 만큼 요란했다.

그들은 용감무쌍하게 싸웠다. 목숨을 아랑곳하지 않는다는 표현이 어울릴 정도인데, 예외적이라는 평가는 있지만 그들의 용맹함을 잘 보여주는 한 가지 예가 있다. 이탈리아 전쟁이 한창이던 1512년 4월 11일, 그들은 프랑스측 용병으로서 라벤나 교외의 전투에 출전했다. 그들은 적의 포격(砲擊)에 많은 사상자를 내면서도 돌격을 멈추지 않아 대장까지 적탄에 쓰러졌지만 부관의

---

27) 소형 인형 만들기가 취미인 필자로서는 이 점이 가장 두드러지지만, 일반적으로는 품행이 고약하기로 정평이 난 자들이었다.

28) Hinrich Pleticha, 『Landsknecht Bundschuh Soldner』

활약으로 마침내 적의 참호 속으로 뛰어들어가 백병전을 벌였던 것이다.

란츠크네흐트가 용감하게 싸운 한 요인, 아니 거의 결정적인 요인은 금전적 보상에 있었다. 사실 용병이므로 보수를 바라고 싸우는 것이야 당연한 것이며, 그들의 천성이라고 할 수도 있을 것이다. 그들은 역사에 널리 알려진 '사코 디 로마(Sacco di Roma)' [29] 같은 비극을 불러일으킨다. 그들의 급료는 매우 높아서, 아무리 애송이 병사라도 실력이 뛰어난 직인(職人)의 임금과 맞먹는 수당을 받았다.

---

29) 사코 디 로마 : 1527년 5월 로마 시에서 일어난 대규모 약탈 사건. 란츠크네흐트도 한몫 거들었는데, 인도적인 견지에서 생각하면 그들보다는 스페인·이탈리아 등의 용병이 더욱 잔혹한 짓을 했다고 할 수 있다.

왈룬 소드 Walloon Sword

- 위 력 : 베기 ★★★
- 체 력 : ★★
- 숙련도 : ★★★
- 가 격 : ★★
- 지명도 : ★★

외형

왈룬 소드는 카츠발게르와 마찬가지로 브로드 소
드에 속하며, 장방형 철제 칼밑이 특징이다. 실용적이
고 실전적인 도검이며, 특히 생김새가 단순하다.

역사와 세부 내용

벨기에 남동부에 거주하는 민족인 왈룬인[30]이 17세
기 중반에 이용한 검이다. 칼밑은 두 개로 나뉘어 있
고, 자루 위쪽에 걸쳐 고정되며 그 한쪽 끝이 포멜로
이어져 너클 가드처럼 되어 있다. 이런 칼밑을 흔히
'조개 칼밑'이라고 하는데, 사이드 링(side ring)이 발
전한 것이다. 조개 칼밑은 시대가 지나면서 점차 정교
한 장식으로 꾸며지게 된다.

너클 가드 반대쪽, 곧 검 아래쪽으로 휘어져 있는 돌
기물은 '섬 링(thumb ring)'이라는 것이다. 이는 말 그대로 엄지손가락을 걸치

조개 칼밑

너클 가드   섬 링

왈룬 소드

---

30) 왈룬인 : 갈로 로만계(켈트계) 민족으로, 16~17세기에 그들로 조직된 용병 부대가 있었
다. 30년 전쟁에서 명장 틸리의 지휘 아래 투르크와 전쟁을 치르기도 했다.

는 고리인데, 특히 검에 힘을 가할 때 여기에 손가락을 걸쳤다. 또 검을 정교하게 다룰 때도 유용했다. 중세 이후 르네상스 시대에 등장하는 많은 검들은 이와 같이 링에 손가락을 걸쳐서 조작하는 것들로 변모 되어갔다.

바스타드 소드 Bastard Sword, Hand-and-a-half Sword

- 위　력 : 베기 ★★★ 찌르기 ★(+★)
- 체　력 : ★★
- 숙련도 : ★★★
- 가　격 : ★★
- 지명도 : ★★★★

외형

바스타드 소드란 한 손으로 쓰되 필요하면 양손으로도 쓸 수 있는 자루가 긴 검으로 알려져 있다. 때문에 핸드 앤드 어 하프 소드(Hand-and-a-half Sword; 편수반검片手半劍으로 번역하면 될까?)라는 별명도 있다. 이 편수 · 양수 어느 쪽으로도 쓸 수 있다는 특징 때문에 '바스타드', 즉 '잡종'이라 불리게 되었다고 한다.

길이는 115~140cm, 날 폭은 2~3cm, 무게는 2.5~3kg 정도다.

역사와 세부 내용

바스타드 소드가 본격적으로 등장한 것은 13세기경이며, 특히 독일과 스위스에서 발전하여 17세기 중반까지 사용되었다. 지역적인 특징으로는, 영국이나 독일에서는 비교적 단순한 모양이었고, 스위스에서는 자루에 동물 문양을 새기는 등 정교하게 만들어졌다. 또 독일에서는 비교적 긴 것이 많고, 콘라트 폰 빈터슈테텐(롱 소드 항목 참조)이 가지고 있던 검은 양손으로도 쓸 수 있었을 것으로 추측된다.

당시 기사들이 가진 검은 설령 양손이 아니면 쓰지 못할 커다란 검이라도 허리에 차는 것이면 양수검이라 부르지 않고 롱 소드 혹은 바스타드 소드라

고 했다. 검을 허리에 차는 것은 당시 기사의 상식
이었으므로, 허리에 차되, 한 손으로도 쓸 수 있는
양수검을 염두에 두고 고심 끝에 만든 도검이 바
스타드 소드였다. 이는 그 크기가 일정하지 않았
다는 데서도 충분히 이 점을 짐작할 수 있다. 바스
타드 소드의 장점은 역시 한 손으로도 쓸 수 있고,
양손으로도 쓸 수 있다는 것이다. 방패를 들고 싸
우다가 비상시에는 방패를 버리고 양손으로 힘껏
일격을 가할 수 있었다. 또 양수검처럼 지나치게
크지 않으므로 기동성이 떨어질 염려도 없다. 다
만 자기 몸은 충분히 방어할 수 있는 방호구를 착
용할 필요가 있었을지도 모른다. 자루가 긴 만큼
균형 잡기가 롱 소드와 다르다는 것을 주의해야
한다.

에피소드〈바스타드〉

바스타드 소드는 한 손으로든 양손으로든 쓸
수 있었기 때문에 편수검도 양수검도 아니라는

바스타드 소드

것이 '잡종'이라는 이름을 가지게 된 일반적인 이유라고 알려져 있다. 그런데
엘리자베스 왕조의 펜싱 마스터 조셉 스위트남(Joseph Swetnam)의 저서[31]에는
'바스타드 소드란 롱 소드와 쇼트 소드의 중간에 위치하는 검이다'라고 적혀
있다. 그리고 스위스의 문헌을 조사하니 재미있는 사실이 드러났다.

15세기경의 보병은 칼끝이 뾰족한 찌르기 전용 도검과 나란히 베기를 주용

---

31) 『The Schoole of the Noble and Worthy Science of Defence』

59

도로 하는 양손을 쓰는 무거운 도검을 가장 효과적인 무기로 사용하였다. 양손과 한 손으로 두루 쓸 수 있는 바스타드 소드는 실전에서 베기와 찌르기에 모두 효과적이었다.

1422년 벨린초나(Bellinzona) 전투 당시, 스위스 용병들은 파이크 전술[32]을 펴면서 할베르트(제3장 참조) 병사와 바스타드 소드 병사를 통합한 부대를 맨 앞에 배치하여 승리를 거두었다.

여기서 주목할 것은 바스타드 소드에 대한 그들의 감상이다. 그들은 바스타드 소드가 베기와 찌르기에 두루 적합하다고 말했던 것이다. 당시 베기에 적합한 검을 게르만계로 보고, 찌르기에 적합한 검을 라틴계로 보았다는 것을 생각하면, 바스타드는 양쪽 모두에 해당하므로 이런 이름이 붙었던 것은 아닐까 하고 추측해 볼 수 있다. 만약 조셉이 롱 소드는 베기에, 쇼트 소드는 찌르기에 쓰는 것이라고 생각했다면, 그가 말한 '중간에 위치하는 검'이라는 의미는 스위스 용병들의 생각과 일맥상통한다. 그렇다면 양손으로도 쓸 수 있고 한 손으로도 쓸 수 있었기 때문이라는 설은 그 명칭과 별로 관계가 없었던 셈이다.

---

32) 파이크 전술 : 기병의 공격을 막아내는 방어 전술이지만, 스위스 용병은 충분한 훈련을 쌓은 결과 파이크 전술의 결점인 기동성을 극복하고 공격 전술로 활용하여 성공을 거두었다. 알기 쉽게 설명하자면, 파이크(제3장 참조)를 든 병사가 밀집 대형을 짜 마치 고슴도치처럼 한 덩어리가 되어 적을 상대하는 전술이다.

투 핸드 소드 Two Hand Sword

- 위 력 : 베기 ★★★ 타격 ★★★★ 찌르기 ★★
- 체 력 : ★★★★
- 숙련도 : ★★★★
- 가 격 : ★★★★
- 지명도 : ★★★

외양

180cm가 넘는 큰 검이다. 그 이름대로 양손으로 쥐도록 자루를 넉넉하게 만들었기 때문에 투 핸드 소드, 즉 '양수검'이라고 한다.

독일어로는 '츠바이한더(Zweihander)'라고 하며, 뜻은 영어의 그것과 같다. 허리에 차기에는 너무 길어서 어깨에 메거나 그냥 들고 다녔다. 그리고 이 점이 바스타드 소드와 양수검을 가르는 한 기준이기도 했다.

츠바이한더의 자루 부분은 일반 검보다 배 이상 길며, 칼몸 뿌리께(=리카소)에 세공을

투 핸드 소드

61

한 것도 있다. 때로는 그곳을 쥐고 휘두르기도 하는데, 그러한 쓰임새도 양수검만의 묘미라고 할 수 있겠다.

역사와 세부 내용

양수검은 대략 13세기경에 독일에서 등장했으며, 전성기는 15세기 중반부터 16세기 말까지다. 양손을 써야 하는 검이므로 독일이나 스위스 부대에서 보병 전용 무기로 널리 애용되었다.

양수검 전법은 다양한데, 앞에서 소개한 펜싱 마스터 조셉 스위트남과 조지 실버(George Silver) 두 사람이 양수검 전법 훈련법을 기록으로 남겼다[33]. 그 내용은 '양수검 사용법' '양수검의 반격법' '양수검 숙달법' 의 세 항목으로 이루어지며, 이를 통해 당시 양수검 사용법이 어떠했는지 추측할 수 있다. 그럼 여기서 각 항목을 간단히 요약해서 소개하겠다.

'양수검 사용법' 에서는 어떻게 하면 양수검을 능란하게 쓸 수 있는지 각 단계별 훈련법을 안내해 놓았다. 먼저 양수검을 들고 베기 연습용 나무를 깨끗하게 동강내는 것부터 시작된다. 이때 수련자는 간편한 복장을 한다.

다음에 이 기술을 다 익히면 상반신에 체인 메일[34]을 착용하고 마찬가지 훈련을 계속한다. 또 힘과 민첩성을 기르기 위해 점차 전신에 갑옷을 착용하며, 마침내 갑옷 두 겹을 입을 수 있을 때까지 훈련을 계속한다.

민첩하게 스텝을 밟을 수 있을 때 비로소 후리기, 찌르기, 연속 공격을 익힌다. 양수검의 연속 공격이란 상대방이 반격의 틈을 찾지 못할 정도로 맹렬하

---

33) British Museum, Harleian MS.3542, ff.82~85

34) 원문에는 하프 호버크(half hauberk; 중세 영어를 현대 영어로 바꿀 경우)라고 되어 있으나, 여기에서는 독자들이 이해하기 쉽도록 체인 메일이라고 했다. 체인 메일은 중세의 대표적인 갑옷으로, 미늘갑옷이라고도 한다.

게 치고 들어가는 것이다. 이와 같이 상대방
을 어떻게 공격할 것인가를 배우는 것이 양
수검의 첫 단계다.

　'양수검 반격법'에서는 지금까지 배운 공
격법을 방어 및 반격에 어떻게 응용할 것인
가를 안내한다. 방어에서는 검을 크게 휘두르
지 말고 매우 재게 구사하되, 기선을 제압하
기 위해 찌르기 공격으로 반격에 나서라고
가르친다. 결국 반격 및 방어의 전제 요건은
공격법에 능숙해야 한다는 것이다.

　마지막으로 '양수검 숙달법'에서는, 지극
히 당연한 말이지만, 신체적인 결함이 없어
야 한다는 점을 든다. 시력과 청력이 뛰어난
것도 필요 조건이다. 그리고 한 손으로도 능
히 검을 들 수 있고 무거운 것을 휘두를 수 있
도록 평소 정진을 거듭해야 하며, 완력뿐만
아니라 민첩성도 기르도록 노력하라고 강조
한다. 그래야 나중에 독자적인 기술을 만들어
낼 수 있기 때문이다.

　조금 과장된 부분도 있지만 대체적인 내용
은 이러하며, 일관되게 완력과 민첩성이 중
요하다고 강조한다.

츠바이한더

63

클레이모어 Claymore

- 위　력 : 베기 ★★★★ 찌르기 ★★★
- 체　력 : ★★★
- 숙련도 : ★★★
- 가　격 : ★★★
- 지명도 : ★★★

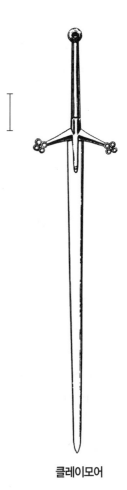

클레이모어

외양

　양수검의 종류를 열거할 때면 으레 스코틀랜드의 대검 클레이모어를 제일 먼저 예로 든다. 날 폭이 넓으며, 장식이 없는 단순한 십자형 손잡이에 칼몸은 얇고 탄력성이 있어서 적을 베는 롱 소드의 성격을 가진 검이라고 할 수 있다. 그러나 묵직한 칼몸보다 예리한 날에 주안점을 둔 검으로, 양수검처럼 상대방을 힘으로 내려쳐서 쓰러뜨리는 검은 아니다. 길이는 1.2m 정도, 날의 폭은 3~4cm, 무게는 3kg 가까이 된다.

역사와 세부 내용

　스코틀랜드의 정예 하일랜더가 클레이모어를 썼다는 것은 잘 알려져 있는 사실이다. 갑옷을 중시하지 않게 된 16세기 이후에 쓰였던 점으로 미루어볼 때 상대방을 베는 데 중점을 둔 검이었다고 할 수 있다.

클레이모어는 게일어로 '거대한 검'을 뜻하는 '클라우 모(claimh mor)' [35]에서 유래하였다. 일반적으로 클레이모어는 특별히 정해진 길이는 없으며 대체로 1m에서 2m 가까이까지 다양했다. 다만 앞 쪽으로 살짝 기운 키용(칼밑)과 그 끄트머리에 달린 복수의 고리로 이루어진 장식이 있었다는 점은, 길이에 관계 없이 공통된 특징이었다.

---

35) 클라우 모 : 클라우(claimh)란 클라제보(claidhemoha)의 약어로 '검'을 뜻하며, 모(mor)는 '크다'는 뜻이다.

플랑베르주 Flamberge

- 위 력 : 베기 ★★★(+★) 타격 ★★★★ 찌르기 ★(+★)
- 체 력 : ★★★★
- 숙련도 : ★★★
- 가 격 : ★★★★
- 지명도 : ★★★

외형

플랑베르주는 양수검의 프랑스식 이름으로, 물결 모양의 날을 가진 도검이다. 불기둥처럼 생긴 칼몸은 큰 상처를 입히는 작용을 하므로, 생김새는 아름다 워도 흉포한 일면을 감추고 있는 셈이다. 양수검이 전장에서 자취를 감춘 후에도 그 장식성 덕분에 의 례용으로 이용되었다.

크기에 관한 특별한 규정은 없지만, 양수검치고는 비교적 짧아서 1.3~1.5m 정도에 날 폭은 4~5cm, 무 게는 3~3.5kg 정도이다. 이 책에 소개한 그림은 프랑 스산이 아니라 독일에서 이용하던 후기형 플랑베르 주다. 참고로, 독일어 발음 '플람베르크(flamberg)'는 같은 의미를 가지지만, 독일의 도검 형식학상으로는 양수검의 명칭이 아니라 물결형 날을 가진 레이피어 의 칼몸을 이르는 이름이다.[36]

플랑베르주

역사와 세부 내용

플랑베르주는 프랑스어로 '불꽃 모양'을 뜻하는 '플랑부아양(flamboyant)'에서 유래한 말이다. 이는 14세기 말부터 15세기에 전성한 프랑스 후기 고딕 건축의 일종이며, 17~18세기에 검의 형식명[37]으로도 쓰이게 되었다.

플랑베르주 가운데 가장 오래된 타입은, 8세기에 기사 르노 드 몽토방(Renaur de Montauban)이 가지고 있었다는 것으로, 실물은 전하지 않고 다만 기록으로 남아 있을 뿐이다. 그러나 본래 로마 시대에 켈트인이 이용하던 랜시아(lancea)의 창 끝이나 암흑 시대의 투창 끝에서도 이런 양식을 볼 수 있으므로 그 역사는 상당히 오래되었다는 것을 알 수 있다.

이러한 날 모양을 대표하는 16세기 후기의 의례용 검은 실전에 이용되지는 않았으므로 플랑베르주 양식의 날은 전투에 전혀 효과가 없었던 것처럼 생각하기 쉽지만, 이는 큰 잘못이다. 로마인이 가장 두려워한 켈트인의 무기가 랜시아였다는 사실이 이를 증명한다. 이렇게 생긴 날에 부상을 입으면 살점이 떨어져

플랑베르주(레이피어)

---

36) Charles Foulkes, 『The Armourer and his Craft』

37) 나중에 또 설명하겠지만, 플랑부아양 양식은 양수검뿐만 아니라 다양한 종류의 도검에서 볼 수 있다. 한 가지 예로 레이피어 중에도 그런 칼몸을 가진 것이 있었다는 것은 이미 말했지만, 본래 이 양식은 후기 고딕 건축에서 볼 수 있는 것이었다. 유명한 것으로는 프랑스의 아미앵 대성당에 남아 있는 장미창의 창살 등이 있다.

나가고 깊게 패이므로 치료가 매우 힘들었기 때문이다. 또 검을 찔렀다가 뺄 때 상처가 더 깊어지게 되어 있어서 정말 위험한 날인 것이다.

에피소드 〈플랑베르주〉

17세기 중반에 서양, 특히 스페인을 중심으로 일어난 도검술의 변화는 도검의 생김새까지 크게 바꾸어 놓았다. 나아가 도검에 장신구라는 성격까지 부여했다. 물론 그때까지 이와 같은 움직임이 전혀 없었던 것은 아니지만, 급격한 변화는 이 즈음 일어난 것이다.

도검에 패션을 가미하려는 움직임은 자루를 중심으로 일어나기 시작했다. 칼밑, 자루머리 등은 예전부터 장식을 해 왔던 관계로 제일 먼저 치장하게 되었다. 그 과정에서 생겨난 것이 컵 모양이나 조개 껍데기 모양의 칼밑인데, 이렇게 탄생한 칼밑은 장식성뿐 아니라 찌르기를 목적으로 한 도검이면 반드시 갖추어야 하는 기능적인 면까지 가지고 있었다. 도검에 대한 치장이 꼭 경박한 결과만 초대한 것은 아니었던 셈이다.

그리하여 점차 서양 사회에서는 감상용으로도 손색이 없는 아름다운 도검이 확산되어 하나의 미덕으로 자리를 잡기에 이르렀다. 본래 기사들은 도검을 제 몸의 일부로 생각하므로 이러한 양상은 능히 있음직한 일이었다. 그뒤 도검 장식은 다양한 영향을 받으며 점차 칼몸까지 장식하게 되었다. 그런 가운데 플람베르크가 등장한 것이다.

불꽃 모티브는 앞에서도 말한 것처럼 후기 고딕 건축 양식에서 차용한 것인데, 이것을 칼몸에 응용한 것이 플랑베르주였다. 독일에서는 레이피어의 칼몸의 일종으로서 플람베르크라는 이름으로 애용되었다. 훗날 의례용으로 생겨난 양수검은, 이 레이피어보다 나중에 만들어졌다는 사실을 보더라도 이 칼몸 모양에서 영향을 받았으리라는 것은 충분히 짐작이 가는 일이다.

엑서큐셔너스소드 Executioner's Sword

- 위 력 : 베기 ★★★★
- 체 력 : ★★★
- 숙련도 : ★★★
- 가 격 : ★★★
- 지명도 : ★★

외양

길이 1m가 넘으며, 칼몸 85~90cm, 칼 폭은 6~7cm로 넓고 날끝은 둥글게 만들어졌다. 양수검이지만 자루 길이는 그다지 넉넉하지 않다. 이 점이 다른 양수검과의 차이이며, 이 도검의 특징이기도 하다.

'엑서큐셔너(executioner)'는 사형 집행인이니, 이 검은 곧 참수형에 쓰던 도검이다.

역사와 세부 내용

엑서큐셔너스 소드는 사형 집행인이 사용한 단두용 도검이므로 오로지 베기 전문이다. 단번에 목을 쳐야 하기 때문에 최대한 힘을 주어 내려칠 수 있도록 칼몸에 비해 자루가 짧게 만들어져 있다.

칼몸에는 당시의 형벌을 묘사한 그림이 조각되어 있어 한 시대의 풍경을 전해 주는 검이기도 하다. 엑서큐셔너스 소드는 17~18세기에 사용되었으며, 현존하는 그것은 독일제다. 자루에 여러 가지 치장을 한

엑서큐셔너스 소드

것도 있고, 구조는 같되 자루머리에 사람 얼굴을 조각한 검도 볼 수 있다.

서양에서 목을 치는 처형법은 예전에 켈트족들이 하던 관습이다. 그들은 종교적인 이유로 그렇게 했었는데, 이 관습은 다른 이유로 중세까지 이어지게 된다. 또 전쟁에서 적의 목을 공훈의 증거로 가지고 돌아가기도 했으므로 그런 행위는 자연히 계속 이어졌던 것이다.

애초에 사형 집행인이 참수형에 이용한 도구는 도끼였다. 도끼가 양손을 이용할 수 있는 무기였기 때문이다. 그럼에도 불구하고 도끼로 일격에 목을 치는 것은 매우 어려운 기술이었다. 15세기 말에 시작되는 양수검의 유행은 처형 방식에서도 점차 도끼가 사라지고 도검이 쓰이게 되는 계기가 되었다. 이렇게 변화한 것 역시 양손으로 쓸 수 있다는 점 때문이었을 것이다. 처형장에 검이 뒤늦게 등장하게 된 데는 물론 다른 이유도 있다. 즉, 중세에는 검 자체에 위엄이 서려 있다고 보았기 때문이다.

에피소드〈참수형과 형리의 지위〉

엑서큐셔너스 소드가 활약하던 중세의 처형장에서는 수형자의 눈을 가리고 무릎을 꿇게 하고 손을 앞으로 모으거나 뒤로 포박한 다음 그 뒤에서 검으로 내려쳤다. 형장은 반드시 교외여야 했으며, 시내에서 형을 치르게 되는 것은 훨씬 뒤의 일이었다. 목을 치는 관습은 예로부터 있었다고 말했지만, 서양 세계에서는 켈트족처럼 환생[38]을 방해하기 위한 조치라는 이유말고도 다양한 이유가 있었다.

유럽사의 민족 대이동에 따라 게르만족은 유럽 전역으로 퍼져서 많은 국가를 세웠는데, 그들의 민족적 관념에 따르면 목을 치는 것은 신에 대한 희생이

---

38) 그들은 목이 없으면 환생할 수 없다고 믿었다.

며, 따라서 신성한 행위로 간주되었다. 이러한 관념은 로마 제국에서도 있었던 듯하므로, 그 기원은 상당히 오래된 것으로 생각된다.

북유럽에서는 목에는 질병이나 천재지변을 막아내는 영험이 있다고 여겨, 동물의 목을 말뚝에 꽂아 집 앞에 꽂아 두었었다. 이를 '네트스탕게(Nætstange : 밤에 찌름)'라고 하는데, 이런 풍습을 잘 보여주는 것이 바이킹의 롱 십에서 볼 수 있는 동물상이다.

이야기가 곁으로 흘렀지만, 아무튼 참수형의 지위는 그러한 다양한 관념을 배경으로 비교적 고급스러운 것이었다. 예를 들면, 영국의 엘리자베스 왕조에서는 참수형은 귀족에게, 일반인은 교수형에 처하도록 정해져 있었다.

그런데 그 행위를 실행하는 형리(刑吏)는 천민 신분에 속했다. 그들은 엄정한 재판을 통해 정해지는 형벌을 집행하는 자요, 이를테면 법과 질서를 지키기 위한 중개인이므로 요즘 관념으로 보자면 왜 그렇게 천시했는지 이해하기 힘든 점도 있다.

여기에 대해서는 다양한 설이 있다. 이를테면 본래 유럽의 중세 초에는 형벌이 없었는데, 로마법이 채택되면서 그들의 관념(실은 사형 집행인을 천민으로 보는 풍조는 로마에서 시작된 것이다)까지 계승된 것이라는 설이 있다. 나아가 신관(神官)들이 신에게 바치는 희생으로서 참수를 실행하였으므로 애초

란츠크네흐트의 처형 장면

에 그 행위는 숭고한 것으로 알았지만, 일반 사람이 실행하면서부터 그런 의미를 상실해 버렸다는 설도 있다.

이러한 까닭으로 참수는 고급 형벌로 간주된 반면, 이를 집행하는 형리에게는 매우 비천한 지위가 주어졌던 것이다.

한편, 저간의 사정과는 달리 16세기부터 17세기에 걸쳐 활약한 란츠크네흐트들의 경우는 조금 달랐다. 그들은 규율을 어지럽힌 자(주로 전투 현장에서 불명예스럽게 행동한 자)에 대처하기 위해 부대 안에 형리 역할을 하는 병사를 정해 두었는데, 그의 지위는 높았으며 부대에서도 존경을 받았다. 그 자리는 일반 형리와는 달리 란츠크네흐트들 사이에서는 명예로운 직책으로서, 말하자면 오늘날의 헌병에 해당하는 셈이다.

롬파이아/팔크스
Rhomphaia, Rumpia/Falx

- 위　력 : 베기 ★★★★
- 체　력 : ★★★★
- 숙련도 : ★★★
- 가　격 : ★★★
- 지명도 : ★

외형

이는 기원전 3세기의 S자형 도검[39]으로, 트라
키아인의 대표적인 무기 가운데 하나라고 한
다. 생김새에 대해서는 여러 설이 있는데, 칼몸
과 자루의 길이가 거의 같고 자루는 목제였다
고 한다. 양손으로 쥐고 휘둘러 적을 공격하며,
오직 절단하는 데만 이용되었다.

역사와 세부 내용

롬파이아에 관한 가장 오래된 기술은 리비우

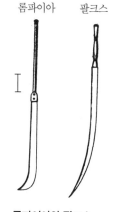

롬파이아   팔크스

롬파이아와 팔크스

스[40]의 저작에서 읽을 수 있다. 그 안에 적혀 있는 것은 롬파이아를 숲 속에서
사용하기에는 너무 길다는 점과, 적의 군마의 다리를 절단하거나 목을 찔러

---

39) S자형 도검 : 칼몸이 낫처럼 휜 도검을 이르는 말이다. 낫과 마찬가지로 휜 부분의 안쪽에
날이 있다.

40) 리비우스(Titus Livius : B.C. 59~A.D. 17) : 로마의 역사가로 알려졌으며, 총 142권으로
구성되는 『로마사』를 저술하였다. 현재에 전하는 것은 그 가운데 삼니움 전쟁, 포에니 전쟁,
마케도니아 전쟁을 다룬 1~10권, 21~45권까지의 35권뿐이다.

효수하는 데 이용된다는 사용법에 대해서였다. 구체적인 길이는 분명하지 않지만 고고학상 발견을 통해 대체로 2m 전후인 것으로 추측하고 있다.

롬파이아를 사용한 민족은 트라키아인 외에도 있었다. 1세기경에 활약한 라틴 서사시인 발레리우스 플라쿠스의 저서 『아르고나우티카(Argonautica)』에서 나오듯이 도나우 강 하류에 살던 바스타르나에 부족이 그들이다. 이와 관련하여, 도나우 강 근린 부족 다키아인도 마찬가지 무기를 즐겨 사용했다. 이들이 쓰던 무기는 팔크스라고 했다. 팔크스는 일체성형(一體成形)의 금속 도검으로, 역시 S자형이다.

폴천 Falchion

- 위 력 : 베기 ★★★
- 체 력 : ★★★
- 숙련도 : ★★
- 가 격 : ★★
- 지명도 : ★★★

외형

날 폭이 넓은 외날 곡도(曲刀)로, 짧고 무거우며 베기용이다. 폴천의 특징은 날이 완만한 호(弧)를 그리되 등은 똑바로 뻗었다는 점이다. 그러나 종종 등이 젖혀져 흡사 중근동에서 볼 수 있는 만도(灣刀)처럼 보이는 것도 있지만, 이런 특징은 사실 북유럽에 전해지는 색스(제2장 참조)를 기원으로 한 것이다.

길이는 70~80cm, 날 폭은 3~4cm, 무게는 1.5~1.7kg 정도이다.

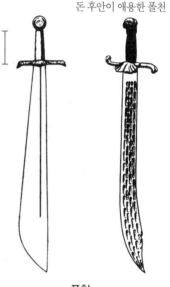

돈 후안이 애용한 폴천

폴천

역사와 세부 내용

서양사에서 폴천 같은 외날 도검은 암흑 시대부터 르네상스 시기에 등장한 그림이나 미술품, 유적 등에서 매우 흔하게 볼 수 있다. 그 기원에는 두 가지 설이 있는데, 13세기 북유럽에서 생겨났다는 설과 아랍 제국에서 배운 것이라는 설이 그것이다.

폴천 같은 외날 도검류의 기원은 중동 근방이며, 이것이 십자군을 거쳐 유럽에 도입되었다는 해석은 그럴듯해 보인다. 그러나 실제로는 북유럽에서 유래하였다. 제2장에서 소개한 단검 색스가 서유럽 외날 도검의 원조를 이루었던 것이다.

색스는 북유럽에서 전투용 칼로 쓰이기도 하는 등 이용할 수 있는 목적과 환경이 광범위했으며, 나중에 크기를 늘려 스크래머색스[41]라는 무기로도 개량되었다. 폴천은 이것을 더욱 발전시킨 것으로 보인다. 또 칼끝으로 갈수록 날 폭이 점점 넓어지는 것은 폴천의 특징으로, 칼몸은 부드럽게 휘었다기보다는 똑바로 뻗었음을 알 수 있다. 이런 점에서 그 형상의 기원은 아라비아보다는 북유럽이라고 보는 것이 더 타당하다고 하겠다. 즉, 그 기원은 북유럽의 나이프의 일종인 색스였던 것이다.

폴천의 칼몸 모양은 커틀러스를 비롯한 외날 도검에 적지 않은 영향을 주었으며, 그러한 도검으로 계승되었다. 후기(17~18세기)에는 칼몸 끝부분만 살짝 젖혀진 것이 나타났다. 특히 유명한 검으로 오스트리아 공 돈 후안이 애용한 것이 있다.

폴천은 베는 데 위력이 있는데다 칼몸이 짧기 때문에 비좁은 장소나 난전을 치를 경우에도 충분히 활용할 수 있는 도검이었다고 생각된다. 실제로 중세나 르네상스 시대의 화가들이 남긴 그림에서, 어깨가 닿을 정도로 모여 무리를 짜고 대적하는 자들이 머리 위로 외날 도검을 높이 쳐든 장면을 흔히 볼 수 있다.

좁은 공간에서는 단순히 직선적으로 내려치는 폴천이 효과적인 무기였을

---

41) 스크래머색스(scramasax) : 암흑 시대에 북유럽에서 사용된 도검으로, 제2장의 색스 항목에서 소개하였다. 참고로, scrama란 short를 뜻하고, sax는 sword이니 scramasax는 곧 'short sword'가 된다.

것이다. 하지만 역으로 그것이 약점이 될 수도 있다. 내려쳐서 베는 것은 그 동작이 클 경우 방어에 허점이 생기기 때문이다. 또 천장이 낮은 곳에서는 그다지 효과적이지 못했다. 나아가 장시간 전투를 치르는 데는 너무 무거웠는지도 모른다.

에피소드 〈아더 왕과 그의 명검에 대하여〉

중세 이전 암흑 시대에 쓰였던, 잊어서는 안 될 도검 중에 색스가 있다. 이는 북유럽에서 태어난 외날 나이프인데, 그 편리함 때문에 종종 무기로도 이용되었다. 그리고 그것을 더 크게 하여 스크래머색스라는 칼을 만들었다.

그런데 이 시대는 저 아더 왕이 실재했다는 바로 그때이기도 하므로, 아서의 검으로 알려진 엑스칼리버(Excalibur)는 외날이었을 가능성이 있다. 그 증거로 아더 왕에 얽힌 이야기 가운데 유명한 가웨인과 녹색 기사의 대결을 묘사한 옛 삽화에서 아서나 그 부하들이 외날검을 들고 있는 것을 볼 수 있다.

그럼 여기서 두운시(頭韻詩) 「아서의 죽음」에서 원탁의 기사가 이용한 도검이 등장하는 장면을 인용하겠다. 원탁의 기사로도 유명한 가웨인은 '가라스'라는 도검을 이용한다.

가웨인 경(卿)은 이때 말을 타고 용맹하게 싸우며 애검 가라스를 날렵하게 휘두른다. 경은 마상의 기사를 두 동강내고, 몸뚱이에서 머리를 절단해 낸다. 이렇게 저 날카로운 무기로 그 기사를 참살한다.

이 시는 그 칼이 얼마나 예리했는지를 말해 준다. 가라스는 웨일스어로 '강하다'는 뜻이다. 엑스칼리버는 이 시에서는 처음에 콜브란트(collbrande)라 불리다가, 아서가 모드레드와 싸우려고 영국으로 귀환한 뒤부터는 '칼리반(혹은 캘리반'이라 불린다.

그는 날을 예리하게 세운 애검 콜브란트를 뽑아들고 고라바스를 향해 쳐들어가 깊은 상처를 입히고 그 무릎을 단칼에 두 동강냈다.

콜브란트란 '횃불'을 뜻하는 'coal-brand'의 변형이라고 하는데, 이를 보더라도 칼리반이 찬란하게 빛나는 이미지를 가지고 있었음을 짐작할 수 있다.

레이피어 Rapier

- 위　력 : 찌르기 ★★
- 체　력 : ★★★
- 숙련도 : ★★★★
- 가　격 : ★★(+★★)
- 지명도 : ★★★★

외형

　16세기를 대표하는 도검으로 알려진 레이피어(Rapier)는 찌르기 전법 전용의 날렵한 도검이다. 대개는 플레이트 아머 같은 금속 갑옷의 이음새 부분을 공격하기 위한 것으로 생각하기 쉽지만, 실제로는 레이피어가 그런 목적에 사용된 적은 없었다.[42] 혹시 사용되었다 해도 당시의 날 폭이 넓은 검의 공격을 이것으로 받아치기란 매우 곤란했을 것이다.

역사와 세부 내용

　레이피어의 어원은 프랑스어의 '에페 라피에르(Epee

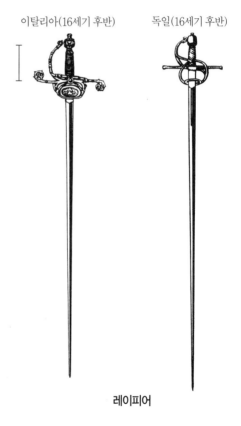

이탈리아(16세기 후반)　　　독일(16세기 후반)

레이피어

Rapiere)'이며, 이 말은 15세기 중반의 문헌에서 볼 수 있다. 참고로 에페란 프랑스어로 검을 뜻하고 라피에르는 찌르기를 뜻하니, '에페 라피에르'는 참으로 정확한 명칭이라고 하겠다.

라피에르는 18세기에 '드레스 소드(Dress Sword)'라 불린 궁정의 의례용(결투용) 도검으로, 가벼운 탓에 실전에는 그다지 쓰이지 않았다. 그러나 끝이 뾰족한 이 도검은 모국보다 이웃 나라 스페인에서 발전하여 '에스파다 로페라(Espada Ropera)'라는 레이피어의 원형으로 발전되었다.

그런데 당시는 날 폭이 넓고 칼끝이 뾰족한 양날 도검이 주류를 이루었으므로 스페인에 이어 일찌감치 레이피어를 받아들인 독일이나 이탈리아에서 16세기 말쯤에 만들어진 레이피어는 그뒤에 등장한 검에 비해 날 폭이 매우 넓었다. 77페이지의 오른쪽 그림은 그 시절 독일의 레이피어이고, 왼쪽 그림은 이탈리아의 그것이다. 특히 독일 것은 초기의 특징을 보여준다.

레이피어는 프랑스에서 생겨나 스페인에서 발전하고, 이탈리아를 거쳐 17세기 초 다시 모국 프랑스에 도입되었다. 그 무렵 화기(火器)가 발달하면서부터 무거운 갑옷이 사라지고 검으로 공격뿐만 아니라 방어까지 하는 검술이 꽃을 피우기 시작했다. 기존의 도검은 한마디로 80퍼센트 정도는 상대를 공격하는 데 쓰고, 적의 공격에 대한 방어는 방패와 갑옷에 맡겼던 것이다. 때문에 검으로 적의 공격을 막아내는 것은 거의 생각하지 못했었다. 그런데 갑옷이 사라지기 시작하자 검으로 적의 공격을 막아내고 반격을 가하는 기술을 개발하게 되었다. 이로써 나중에 '펜싱'이라 불리는 검술이 탄생하는 것이다. 그리고 그런 시류에 맞춘 매우 자연스러운 과정으로서, 가볍고 가늘어 다루

---

42) 이런 용법은 터크 특유의 공격법으로, 플레이트 메일 아머가 주류였던 시절에 이용되었다. 이런 공격법을 금속 갑옷이 쇠퇴한 원인으로 보기 쉬우나, 실제로는 화기(火器)의 발달이 결정적인 요인이었다고 할 수 있다.

기 편한 검이 주류를 형성해 갔다. 이리하여 검술은 '프라즈 다르므(Phrase D'Armes : 검의 대화)라 불리며 당시 기사들이 꼭 익혀야 하는 기술의 하나[43]가 되었던 것이다.

검술, 즉 펜싱은 1대 1 대결을 전제로 개발된 것으로, 공격을 받을 때 이에 응수하지 않으면 예법에 어긋나는 것이 된다. 당시의 검술을 '검의 대화' 라 일컬은 것은 그와 같이 공격을 주고받는 것을 기본으로 했기 때문이며, 남들의 대화에 끼여드는 것이 예의에 어긋나는 것처럼 펜싱도 늘 1대 1 대결이어야 했다.

이런 발상에서 결투용 예법으로서 기사들에게 받아들여진 펜싱은 그것을 하기 위해 이용하는 검 레이피어의 보급에 의해 힘을 얻었던 것이다.

레이피어 같은 찌르기 전용검은 시대에 따라 다양한 용법이 있었다. 갑옷이나 방패를 이용하지 않게 된 시대이므로 당연히 검술에 의한 방어법도 고려해야만 한다. 그리하여 당초에는 방패를 들고 싸울 때도 있었지만, 점차 그 손에 단검이 들려지게 된다. 또 때로는 옷 같은 천을 대신 쓸 때도 있었다. 천은 상대의 팔에 던져 무기를 쉽게 얽어내기 위해서였다. 전쟁이 잦았던 시대, 특히 16세기에서 17세기 초에는 오른손에 레이피어, 왼손에는 찌르기 공격을 막거나 적의 검을 얽어내기 위해 단검 맹 고슈(파리잉 대거 : 제2장 참조)를 들고 싸우는 것이 일반적이었다. 하지만 맹 고슈로 상대방 검을 쳐내는 것은 고도의 기술과 단련을 요하는 것이었다.

에피소드 〈라틴식 칼몸과 게르만식 칼몸이란?〉

도검의 칼몸을 라틴식과 게르만식으로 나누기도 한다. 베기를 목적으로 하

---

43) 검술 공부는 당연한 것처럼 생각될지도 모르나, 그 이전에는 마술, 댄스, 음악 공부가 더 중요시되었으며, 검술은 1대 1 결투의 예법으로서 배웠던 것이다.

검술

면 게르만식, 찌르기를 목적으로 하면 라틴식이 되는 것이다. 서양에서는 어느 칼몸이나 예로부터 쓰였고, 찌르기를 하는 도검이라도 베기 목적에도 쓰였으므로 찌르기용 칼몸이냐 베기용 칼몸이냐를 가르는 방법은 그다지 명확하게 정해져 있지 않았다. 굳이 말하자면 칼끝이 날카롭고 뾰족하며 똑바로 뻗은 것이 라틴식 칼몸이라는 식이었다. 그러나 스페인에서 1340~1360년 사이에 유행할 기미를 보이기 시작했던 레이피어에 의해 라틴식 칼몸이란 어떤 것인지가 분명하게 규정되었다.

이른바 찌르기 전용 무기의 발달은 기존에 만들어져 온 도검류에 커다란 변화를 주었다. 그 가장 두드러진 예가 자루였다는 것은 이 책에서 몇 번 언급했었다. 이러한 변화는 대륙에서 영국 등 섬나라에 전해지면서 폭넓은 진화 과정을 밟는다. 나아가 스페인, 포르투갈, 이탈리아가 이슬람 제국과 접촉하면서 작게 휘두르는 데 알맞은 자루를 받아들였고, 그 영향으로 16세기에 귀족들 사이에 레이피어가 유행하기 시작했다.

한편, 귀족들이 그런 도검을 선호하고 있을 때 게르만식 도검도 커다란 변화를 겪고 있었다. 이 역시 이슬람 세계의 영향이었을 것으로 추측된다. 그 변화란 기존의 절단하듯 베는 방법에서 스치듯 후려서 베는 방식으로 이행한 것이다. 즉, 전에는 힘을 잔뜩 주어서 베기를 하였지만, 날이 예리한 도검이 탄생하자 그만큼 가볍게 벨 수 있게 된 것이다.

이러한 양자의 변화는 도검 세계에 새로운 바람을 불어넣기도 했다. 라틴식도 아니고 게르만식도 아닌 그 중간에 위치하는 도검이 탄생하여 베기와 찌르기에 두루 쓸 수 있게 된 것이다. 어쩌면 그것이 바로 바스타드 소드였는지도 모른다.

플뢰레 Fleuret

- 위　력 : 찌르기 ★★
- 체　력 : ★★★
- 숙련도 : ★★★★
- 가　격 : ★★
- 지명도 : ★★★

외양

플뢰레는 찌르기를 목적으로
한 도검으로, 검술 연습용으로
썼다. 칼몸이 가벼워 검의 균형
을 잡는 포멜이 작고 자루와 일
체형으로 되어 있다.

그림은 플뢰레의 다양한 타입
으로, 왼쪽부터 이탈리아식 · 프
랑스식 · 벨기에식이며, 이밖에
프랑스식과 벨기에식의 장점을
취한 스페인식이 있다. 그러나
이 플뢰레는 현재 펜싱 시합에
쓰이는 것[44]으로, 이 책이 다루는
테마, 즉 실전용 무기하고는 약
간 다른 검이다.

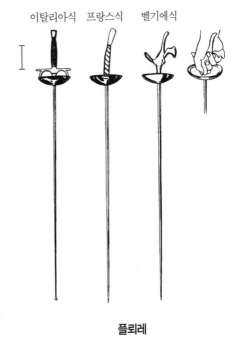

이탈리아식　프랑스식　벨기에식

플뢰레

---

44) 특히 벨기에식 플뢰레는 사실 현재 쓰이는 것이라고 할 수 있다.

플뢰레의 생김새는 펜싱 규정에 따라 다음과 같이 정해져 있다. 먼저 총 중량은 최소 275g이며 최대 500g을 넘지 않을 것. 길이는 110cm 이하이며, 그 가운데 칼몸은 88~90cm 이내. 그리고 접시 모양의 가드는 직경이 12cm 이하여야 한다.

역사와 세부 내용

플뢰레가 처음 등장한 것은 1630년대로, 실용적인 자루를 가진 도검의 대표적인 것으로 문헌에 등장한다. 당시 기사들은 학문, 음악, 댄스 등을 의무적으로 배워야 했는데, 검술 '에페 라피엘레'의 숙달도 빼놓을 수 없는 것이었다. 그러나 비록 연습이라 해도 당시 도검에는 실제로 날카로운 칼끝과 날이 있어서 부상이 흔했고, 심지어 실명하는 등 치명상을 입기도 했다. 그래서 연습용으로서 칼끝을 둥글게 처리하고 날을 없앤 도검이 등장했다. 이것이 일반적으로 알려진 플뢰레이며, 1750년경에 등장했다고 한다. 플뢰레는 위험도 적고 검술을 숙달하는 데 좋다고 해서 곧 널리 확산되어 펜싱 경기의 하나[45]로 자리잡게 되었다.

에피소드〈검의 용법〉

검의 용법으로 가장 널리 전해진 것 가운데 의례나 의식이 있다. 예를 들면, 펜싱 시합 전에 칼밑을 입가에 대는 것을 볼 수 있는데, 이는 '살뤼(salut)'라고 하는 인사로서, 중세 기사들이 검을 십자가삼아 입맞춤을 한 의식에서 유래한 것이라고 한다.

기사 서임은 예로부터 전해지는 '대검 의식'이 발전한 것이다. 적어도 애초

---

45) 펜싱 경기에는 플뢰레, 에페, 사브르 등 세 종목이 있다.

의 '대검 의식'은 귀족들 사이에서 이루어지던 것으로, 15세가 된 남자에게 검을 허리에 차는 것을 허용하는 간단한 의식이었다.

12세기 이후, 기사 지위가 귀족의 다른 이름처럼 되자 '축별식(祝別式)'이 도례(刀禮)와 결부되었다. 이러한 의식은 점차 교회 등에서 치러지게 된다.

13세기 말부터 14세기에 걸쳐 귀족들 사이에서 이루어지던 도례는 기사들에게 확산되기 시작하여 이른바 '기사 서임'이 되었다. 즉, 기사가 상대방의 어깨를 검으로 가볍게 두드려 기사 지위를 부여하는 의식이 되었던 것이다. 그리고 이 즈음에는 종교적인 의미가 부여되었는데, 그것은 곧 기독교의 이상(理想)을 기사들의 이상으로 삼으려는 작의적인 의도가 작용한 것이다.

에페 Epee

- 위　력 : 찌르기 ★★
- 체　력 : ★★★
- 숙련도 : ★★★★
- 가　격 : ★★(+★★)
- 지명도 : ★★★

외형

에페는 귀족들이 결투를 벌일 때 쓰던 도검으로, 앞에
서 소개한 플뢰레가 검술 연습용이었다면 에페는 실전용
도검이다. 외형적인 특징은 반구형 가드(Cup Guard)가 있
다는 것, 글립이 길어서 포멜(자루머리)에 의지하지 않고
도 충분히 검의 균형을 잡을 수 있었다는 것이다.

19세기 말 펜싱에 쓰인 도검이므로 그 규격이 정해져
있다. 무게는 500~770g, 길이는 110cm이되 그 가운데 칼
몸은 88~90cm, 가드의 직경은 3.5cm로 되어 있다.

역사와 세부 내용

프랑스어로 '검'을 뜻하는 에페(Epee)는 검술 연습용
플뢰레하고는 대조적으로 실전용 도검이며, 플뢰레와 같
은 시기의 도검으로 알려져 있다. 연습에 이용된 플뢰레
는 부상을 입히지 않도록 칼끝을 둥글게 처리했으므로
실전에서는 칼끝을 세운 에페를 사용했다.

에페가 실전용이라고 하지만 국가간의 전투에서 등장

에페

한 것이 아니라 귀족(또는 기사)들이 명예를 지키기 위해 1대 1로 벌이는 결투에서 쓰였다. 당시 결투의 규칙은 상대방의 어느 부위에서든 피가 나면 끝나는 것이었으므로 목이나 팔을 절단하는 흉포한 무기일 필요가 없었다. 하지만 플뢰레에는 없는 칼끝과 날이 있고 크기도 더 컸던 만큼 자칫 치명상을 당할 수도 있었다. 실제로 결투로 목숨을 잃은 젊은 귀족들이 많았다.

에페의 외형적인 특징은 컵 가드에 있다고 했지만, 이런 모양의 가드는 17세기부터 18세기에 걸쳐 스페인에서 주로 레이피어에 이용되었던 가드에서 비롯된 것이다. 자루머리는 플뢰레와 마찬가지로 기존의 도검처럼 크지 않다. 에페 역시 칼몸과 자루의 균형이 잘 잡힌 도검이었다.

17세기 말부터 펜싱이 유행하면서 '프라즈 다르므(검의 대화)'라는 사고방식이 나타나고, 이를 엄수하는 것이 중시되었다. 또 전장에서 주요 무기가 변화함에 따라 도검류는 실전적인 이용 가치보다 개인적인 무기라는 성격을 유지하면 충분했고, 1대 1 대결을 염두에 둔 검술이 발달하게 되었다. 찌르기 중심의 검술은, 기사도라는 이미 허울만 남은 영광에 숭고함을 느끼는 귀족들에게 사랑을 받게 되었다. 명예를 지키기 위해 벌이는 결투는 때로는 어느 한쪽이 죽거나 둘 다 크게 다칠 때도 있었다. 이 때문에 점차 규칙이 단순해져서 어느 한 쪽이 피를 흘리면 그것으로 끝나게 되었던 것이다. 에페나 플뢰레는 이런 시대를 배경으로 발전하였으며, 그 사용법은 지금도 펜싱 규칙 속에 계속 살아 있다.

터크 Tuck

- 위　력 : 찌르기 ★★★
- 체　력 : ★★★
- 숙련도 : ★★★★
- 가　격 : ★★★
- 지명도 : ★★★

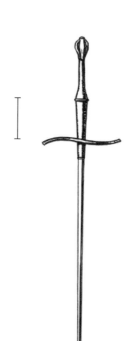

터크

외형

터크는 체인 메일 등 메일 타입의 갑옷을 입은 상대를 공격하기 위해 갑옷을 꿰뚫을 수 있도록 고안된 찌르기 전문 도검이다.

칼몸이 바늘처럼 생겼기 때문에 찌르기가 아니면 상대방에게 충분한 타격을 입힐 수 없었다. 자루가 길어 양손으로 쓸 수도 있었다. 길이는 100~120cm, 무게는 0.8kg 전후였다.

역사와 세부 내용

찌르기 전법을 더욱 효과적으로 할 수 있도록 궁리된 검은 레이피어가 생기기 전에 이미 존재했다. 터크도 바로 그런 검이었다.

프랑스어로는 '에스틱(estoc)' 이라고 불린 이 도검은 14세기 초에 생겨난 찌르기 전용 도검이다. 그림을 보면 알 수 있듯이 칼몸이 가늘고 길다. 칼끝의 단면 모습은 원형이지만, 칼밑 쪽으로 갈수록 점차 각이 지다가 마침내 기다란 마름모꼴 혹은 육각형으로 변해 간다. 무르게 생겼지만 강도가 매우 뛰어나 체인 메일 정도라면 쉽게 꿰뚫을 수 있고, 초창기 플레이트 메일 아머라도 공격한 부위나 상태에 따라서는 꿰뚫을 수 있었다. 그래서 일명 '메일 피어싱 소드(Mail-piercing sword)[46]' 라고도 불린다. 용도는 마찬가지지만 편수 전용으로 개조한 도검으로 '버던(verduun)' '콜리슈마르드(colichemarde)' '빌보(bilbo)' 등이 있다.

터크는 주로 경기병(輕騎兵)의 보조 병기로 이용되었다. 그러나 말을 내렸을 때는 이를 주요 무기로 삼아 적을 상대하는 수도 가끔은 있었기 때문에 양손으로도 쓸 수 있도록 자루가 길었다. 대체로 16세기경까지 사용했으나, 갑옷의 강화[47] 및 쇠퇴에 따라 점차 보기 어렵게 되었다. 하지만 동유럽에서는 17세기에도 이용되어[48] 폴란드나 러시아의 병사들 사이에 '녹커(konchar)' 라 불리며 계승되었다.

에피소드〈케니히스마르크 백작의 검〉

"앤 갤드!' 이 한 마디에 병사들이 일제히 검을 꼬나든다. 그때 대열 속에 진기하게 생긴 검이 나타났다. 그것이 '콜리슈마르드' 였다.

이 검을 든 사람은 케니히스마르크 백작으로, 그의 집안은 대대로 군인으로 알려진 명문이며, 17세기 중반의 독일 귀족으로서 비교적 잘 알려진 가문이었다. 그 케니히스마르크 가문은 스웨덴, 네덜란드, 프랑스 등 다양한 나라에서 군인으로 복무한 일족으로 알려졌으며, 그 당사자의 한 사람이며 묘하

---

46) 메일 피어싱 소드 : 갑옷을 뚫는 검쯤으로 번역될 것이다. 독일어로는 Panzerstecher.
47) 갑옷의 강화 : 강철을 이용한 갑옷은 15세기부터 16세기에 걸쳐서 나타났다.
48) 동유럽에서는 17세기가 되어서도 여전히 체인 메일이나 플레이트 메일(플레이트 아머와 혼동하지 말 것)을 착용하는 병사가 있었기 때문이다.

게 생긴 검을 든 오토 빌헬름 폰 케니히스마르크 백작(Count Otto Wilhelm von Konningsmark)은 프랑스의 루이 14세[49] 휘하의 명장 튀렌[50] 밑에서 싸운 인물이었다. 그날부터 이 재미나게 생긴 도검은 그의 이름을 라틴어로 읽은 '콜리슈마르드' 라 불리게 되었다. 그럼 여기서 그 검이 발명되기까지의 과정을 전하는 설화를 소개하겠다.

케니히스마르크 백작은 이탈리아나 스페인의 펜싱 스쿨에서 이용하는 날렵한 검을 보고, 검을 더 쓰기 편하게 만들 방법을 나름대로 궁리했다. 당시 이탈리아나 스페인에서 이용하던 찌르기 전용검은 대개 양손으로 다루어야 할 만큼 무거운 것이 많아 편수검이라고 할 수 없는 것이었다. 그래서 그는 칼몸을 더 가늘게 하여 무게를 줄여 보기로 했다. 가늘고 끝이 뾰족한 칼몸은 얼핏 보면 터크 같지만, 자루가 짧아 한 손으로도 쉽게 다룰 수 있었다. 그는 조카에 해당하는 대장장이 카를 요한(Karl Johann)에게 이 검을 만들게 하였고, 그리하여 콜리슈마르드 제1호가 탄생했다는 것이다.

---

49) 루이 14세(Louis XIV : 1643~1715) : 프랑스의 절대주의를 대표하는 전제군주로 알려졌으며, 88세로 세상을 떠날 때까지 유럽에 군림했다.

50) 튀렌(Henri de La Tour d' Auvergne, Vicomte de Turenne : 1611~1675) : 루이 14세의 영광을 쌓아올린 명장 가운데 하나로, 30년 전쟁에도 종군한 인물이다. 그뒤 네덜란드 전쟁(1672~1678)에서 활약하였다.

스몰소드 Smallsword

- 위 력 : 찌르기 ★★★
- 체 력 : ★★
- 숙련도 : ★★★
- 가 격 : ★★★(+★★★)
- 지명도 : ★★

외형

스몰소드는 일반 시민이 일상적으로 이용하려고 만든 도검[51]으로, 가볍고 칼몸이 가늘고 실용적이며, 거추장스럽지 않도록 적당한 길이로 만든 것이다. 전체적인 특징은 예리하고 뾰족한 칼끝과 가는 칼몸으로 구성된다는 것, 그리고 대개 귀족이 이용하므로 자루 장식이 두드러진다는 점이다. 길이는 60~70cm에 칼몸이 50~60cm, 무게는 0.5~0.7kg 정도로, 실용적인 것부터 의례용에 지나지 않는 것까지 다양한 생김새를 보여준다. 그림은 다양한 스몰소드 가운데 하나를 그린 것이다.

역사와 세부 내용

서양에서 도검이 장신구로서 많은 귀족과 신사의 허리춤에 매달리게 된 것은 17세기 중반(1630년)이다. 당시

스몰소드

---

51) 16세기께부터는 평소에 허리에 검을 차는 것이 매우 당연한 관습이 되었다. 또 당시는 방패나 갑옷 등 방호구의 일부를 차고 다니는 것이 별난 일이 아니라 오히려 매우 자연스럽게 비쳤던 것이다.

주요 도검의 지위를 지켜 왔던 레이피어를 작게 만든 것이 이 스몰소드였다.

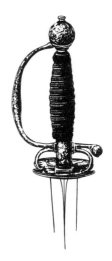

스몰소드는 일반적으로 널리 보급되어 힐트의 모양도 다양했기 때문에 '타운 소드(town sword)'니 '워킹 소드(walking sword)'니 하는 이름으로 불렸다.

18세기, 영국을 시작으로 전 유럽에 힐트를 화려하게 장식하는 것이 새로운 패션이 되자 매우 값비싼 것도 등장했다. 개중에는 금은은 물론이고 다이아몬드 같은 보석류를 박은 것까지 있었을 정도다. 이런 값비싼 것이 아니더라도 비교적 장식이 화려한 도검이 많았으며, 따라서 스몰소드의 장신구적인 지위를

힐트의 장식

엿볼 수 있다. 그러나 시간이 흐르면서 일반 시민이 도검을 쓸 일이 없어지자 군인이나 황족 등 일부 계급에 의해서 계승되어 갔다.

투핸드 펜싱 소드 **Two-hand Fencing Sword**

- 위　력 : 찌르기 ★★★ 베기 ★★★
- 체　력 : ★★★
- 숙련도 : ★★★★★
- 가　격 : ★★★
- 지명도 : ★

외형

투 핸드 펜싱 소드는 이름 그대로 양손으로 쓰도록 자루가 길게 되어 있다. 또 베기가 목적이므로 칼끝이 둥글게 생긴 것도 있다. 칼밑게는 날 폭의 3배 정도로 넓고 키용(칼밑)은 곧게 생긴 매우 단순한 모양이다. 길이는 130~150cm, 무게는 2~2.5kg 정도 된다.

역사와 세부 내용

투 핸드 펜싱 소드는 양손으로 쓰는 도검 가운데, 그 무게 때문이 아니라 그 기술 구사를 위해 양손을 쓰는 도검으로 알려져 있다. 터크하고는 대조적으로 베기를 목적으로 하며, 주로 양수검 연습용으로 쓰인 듯하다. 수명이 길지 못하여 펜싱 초창기에 잠시 볼 수 있었을 뿐이라고 한다. 그림에서 보는 바와 같이 칼몸은 평평하고 날이 있다.

양손으로 거머쥐고 후리는 데는 충분한 기술이

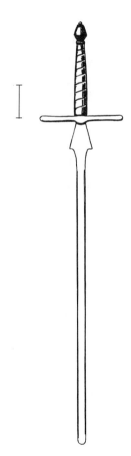

투 핸드 펜싱 소드

필요했던 듯, 다양한 훈련 방법을 안내하는 그림이 오늘날까지 전해 내려오고 있다. 자루 쥐는 법은 일본도처럼 왼손을 자루머리 쪽에 두고 오른손으로 가드 쪽을 쥔다. 그러나 수직으로 내려치는 것이 아니고 비스듬히 후리거나 절단 용법 등이 있었다.

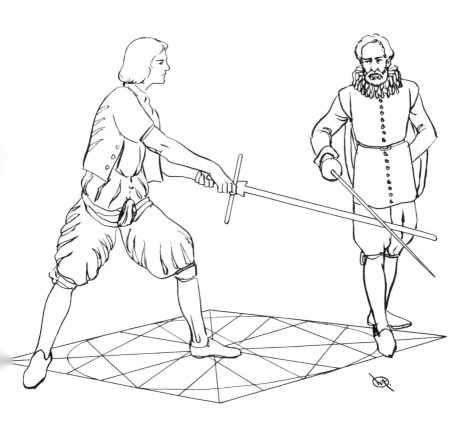

투 핸드 펜싱 소드의 연습

글라디우스 Gladius

- 위 력 : 찌르기 ★★(+★) 베기 ★★
- 체 력 : ★★
- 숙련도 : ★★★
- 가 격 : ★★(+★★★)
- 지명도 : ★★★★

외형

로마 군단병이 주로 이용한 도검으로, 날 폭이 넓고 찌르기에 쓰인다. 넓은 날 폭과 평범한 장방형 가드, 공 모양의 포멜 정도가 이 도검의 특징이며, 자루는 나무나 상아, 은 등으로 만들었다. 길이는 60cm 가량이고, 무게는 1kg이 채 안 된다.

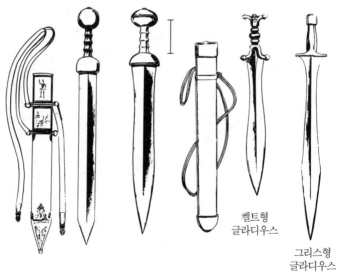

켈트형
글라디우스

그리스형
글라디우스

로마형 글라디우스

역사와 세부 내용

글라디우스는 로마 시대에 이용된 도검으로 그 종류가 참으로 다양하다. 그러나 좁은 의미에서 로마군이 이용한 도검은 몇 가지로 줄어든다. 이 항목에서는 특히 유명한 타입을 소개해 놓았지만, 이것들말고도 미묘한 변화를 보여주는 것들이 많다.

글라디우스는 라틴어로 '검'을 뜻하며, 이 시대 도검류의 총칭[52](로마에서 볼 때)이기도 하다. 하지만 일반적으로 이 이름으로 불리는 것은 보병들이 이용한 도검이다. 그전에 할슈타트 문명[53]에서 볼 수 있는 도검에 비하면 비교적 짧아서 초기에는 50cm 전후이고, 후기 것이라도 70~75cm 정도였다. 날이 예리하고 칼끝이 뾰족한 똑바로 뻗은 양날검이라는 점으로 미루어 보면 애초의 목적은 베기 공격용이었던 것 같다. 로마 시대의 유명한 역사가 리비우스나 폴리비우스에 따르면, 적어도 글라디우스에는 그리스형과 켈트형이 있었다. 94페이지 그림은 그 두 유형의 글라디우스로서, 왼쪽이 켈트형, 오른쪽이 그리스형이다.

이 검은 대체로 기원전 4~3세기에 이용되었는데, 오래된 것으로는 기원전 7세기경에 사용한 것으로 보이는 청동제 검도 있다.

그러나 기원전 2세기의 제2차 포에니 전쟁으로 로마가 이베리아 반도의 켈트인들과 접촉하면서 글라디우스의 용법은 전혀 다른 것으로 변화해 간다. 즉, 글라디우스의 발전에 대하여 말한다는 것은 곧 로마의 전투 기법의 발전

---

52) 글라디우스 : 또는 페럼(ferrum)이라고도 하는데, 그다지 일반적인 이름은 아니다. 참고로 페럼은 '철'을 뜻하는 말로, 철=검을 생각하면 능히 그렇게 부를직한 이름이다. 아마도 후기에 불렸던 이름이었던 듯하다.

53) 할슈타트 문명(Hallstatt) : B.C. 9~5세기에 꽃피운 유럽 중서부의 후기 청동기 시대 및 초기 철기 시대 문화. 할슈타트란 그 대표적인 유물이 처음 발견된 오스트리아 중부의 지명이다. 여기서 말한 도검은 길이 1m 정도의 긴 검으로, 이것에 대해서는 앞에서 설명한 대로다.

글라디우스를 치켜든 로마 병사

을 말하는 것이 된다. 그때까지 많은 나라들에 전해진 도검의 용법은 상대방에 대한 베기 공격이었으므로 조금이라도 더 길어야 했다. 하지만 밀집 대형을 짜고 적과 싸우는 로마군에게 긴 검은 결코 효과적인 무기가 아니었다. 이때 나타난 것이 '이베리안 글라디우스'였다.

로마의 검술은 3세기까지는 찌르기 공격 중심이었으므로 그것은 지금까지 여러 나라와 병사들 사이에 전해 내려온 검술과 상반되는 것이었다. 그러나 한니발[54]이 가져온 히스파니아[55]의 도검류는 그때까지 로마에서 이용해 온 도검과 달리 짧고 칼끝이 뾰족했다. 로마는 포에니 전쟁 당시 이베리아 반도로 쳐들어가 한니발 군대의 무기를 전리품으로 가지고 돌아왔다. 그 도검이 기존의 글라디우스를 변화시킬 정도로 큰 영향을 미친 것이다. 로마형 글라디우스의 칼몸에는 두 가지 형이 있다. 즉, 칼끝이 긴 것과 짧은 것이 있는데, 전자는 주로 아우구스투스[56] 시

---

54) 한니발(Hannibal : B.C. 247~B.C. 183) : 카르타고의 위대한 장군 하밀카르 바르카의 아들로서, 코끼리와 2만 5천여 부대를 이끌고 알프스를 넘어 로마를 침공하여 칸나이 전투에서 로마를 크게 무찔렀다.

55) 히스파니아 : 지금의 스페인을 중심으로 한 이베리아 반도 근방을 로마 시대에 일컫던 이름.

56) 아우구스투스(Gaius Octavius Augustus : B.C. 63~A.D.14) : 로마의 초대 황제. 카이사르의 양자이며, 그의 후계자가 되어 내란을 진압하고 로마를 통일하고 독재정치를 시작했다. B.C.27~A.D.14년까지 재위했다.

대부터 티베리우스[57] 시대까지 이용되었다.

로마형 글라디우스는 날 폭이 넓고 칼끝이 뾰족한 양날검이며, 힐트는 가드, 그립, 포멜의 세 부분으로 이루어져 후세의 도검류의 원형을 이룬다. 칼몸에는 탱(tang, 슴베)이 있어 가드와 그립을 지나 포멜에 고정되어 있다. 그립에는 쥐는 자리가 패여 있으므로 잡기가 매우 편하고, 손에 착 붙어 쓰기 쉽게 하려고 충분히 배려한 것을 알 수 있다. 그립은 나무, 상아, 뼈 등을 이용하였다. 저 플리니우스에 따르면,

우리 나라 병사들의 검 자루는 상아가 별로 좋지 않다고 하여 은으로 만들어 세공을 하고, 그 검집에는 가는 은사슬을 감고, 벨트에는 은 미늘을 늘어뜨려 차랑차랑 소리가 난다.

라고 하여 은제가 주류였음을 짐작하게 한다.

로마의 도검류는 중세 도검에 비하면 길이가 비교적 짧다. 이는 의도적으로 용도를 고려하여 정한 것으로 생각된다. 당시 로마 군단의 중핵을 이룬 중장(重裝) 보병의 방어구는 초기에는 체인 메일, 중기에는 플레이트 메일을 착용하고, 커다란 타원형 혹은 장방형 방패를 들었다. 그리고 사람 하나 정도의 간격을 두고 대열을 짰다. 이것이 바로 밀집대형이라는 전술로, 횡열로 똑바로 정렬해서 수십 명의 병사가 한 덩어리가 되어 적과 싸웠다. 따라서 전투에 사용하는 무기는 긴 것보다 짧은 쪽이 더 효과적이었다. 한편, 로마와 맞선 켈트인은 정연한 대형을 짜지 않고[58] 긴 검을 들고 전투에 임했다. 이는 그들의

57) 티베리우스(Tiberius Julius Caesar Augustus : B.C 42~A.D. 37) : 로마의 2대 황제. A.D.14~37년까지 재위했다.

기풍에 따른 것이겠지만, 긴 검을 휘두르려니 필연적으로 산만한 대형을 이루지 않을 수 없었던 것이다.

여기서 배워야 할 점은, 긴 검이 항상 유리한 것은 아니며, 방어와 공격의 균형을 유지할 수만 있다면 짧은 무기로도 충분히 승산이 있다는 사실이다. 로마 병사는 방패로 몸을 가린 채 밀집하고, 짧고 단단하고 예리하고 곧게 뻗은 글라디우스를 이용하여 둘이서 하나의 적을 대적함으로써 균형을 유지하며 싸웠다. 그들은 적을 충분히 가까이 끌어내어 찌르기와 베기 공격을 가했다. 반면에 검이 짧으니 공격 범위가 넓지 못하다. 이것이 글라디우스의 약점인 셈이지만, 칼끝이 미치는 유효 범위까지 접근한 적이라면 긴 무기를 자유자재로 쓰지 못하므로 잇달아 글라디우스의 공격에 걸려들었던 것이다.

에피소드 〈다양한 칼몸 단조법〉

로마인이 이용하던 단조법(鍛造法)으로 에트루리아식 단조법이 잘 알려져 있다. 얇은 나뭇잎처럼 편 철과 강철 여러 겹을 갈마들며 겹쳐 놓고 그것을 거듭 접어가면서 단련하는 방법이다. 로마인은 이를 에트루리아인에게 배웠다고 한다. 제정 로마에서는 동방에서 양질의 철강재를 수입할 수 있었다. 이러한 동방산 철강재는 목탄 불로 한참을 가열하여 침탄(浸炭)시켜 철강으로 경화시킨 것이다. 이를 다마스쿠스 공법이라고 불렀다.

한편, 암흑 시대의 북유럽에는 '패턴웰디드(pattern-welded)'라 불리는 기법이 있었다. 이는 매우 뛰어난 기법으로서 당시 문헌에서도 이 기법을 볼 수 있다. 『베오울프』에는 다음과 같은 구절이 있다.

---

58) 켈트인이 대형을 짜지 않았던 것은 아니다. 사실 그들도 밀집해서 전투를 했다. 그러나 그것은 어디까지나 집단이고 전술적 단위였을 뿐 대형으로서의 효력은 거의 없었다고 보인다. 또 여기에서 말하는 켈트의 대형에는 쐐기형 대형을 포함시키지 않았다.

그 덴마크공들의 몸에는 분하게도 우리 선조 전래의 보도(寶刀)가, 단단하게 벼려서 고리 무늬가 보이는 헤아조발드인들의 보물이 반짝반짝 빛나고 있습니다.

여기서 말하는 '고리 무늬'란 것이 패턴웰디드 기법에서 나타나는 특징을 표현한 것이다. 『에다』나 『사가』 등에 등장하는 도검이 흔히 뱀에 비유되는 까닭은 이 '고리 무늬'라 불리는 무늬가 마치 뱀처럼 보이기 때문이다. 그럼 여기에서 이 패턴웰디드 기법에 대하여 간단하게 설명해 두겠다.

우선 여러 개의 철판을 탄불 속에 넣고 적열(赤熱) 상태를 유지하도록 철판을 계속 달군다. 그러면 철판 표면은 탄소를 흡수하여 철강이 된다. 다만 이것은 어디까지나 표면만 그럴 뿐, 속은 여전히 철로 남는다. 이렇게 하여 얻은 철판의 강철 부분을 여러 개로 잘라서 다시 합친 뒤 망치질을 하여 얇게 늘린다. 이것을 여러 개 이어 가면서 날의 중심 부분을 만들어 간다. 이 중심 부분은 강철화된 파편과 철이 뒤섞여 마치 대리석 같은 무늬가 생긴다. '패턴웰디드'라는 이름은 여기서 유래한다. 이렇게 해서 얻은 도검의 중심부 위에 역시 강철화된 철판을 덧씌워 단조함으로써 검을 만든다. 이러한 일련의 과정을 패턴웰디드 기법이라고 하는데, 이렇게 만든 도검에는 표면에 특이한 무늬가 떠오르게 된다. 이 무늬는 종종 뱀처럼 보이기도 한다.

철선을 꼬아서
망치로 두드린다

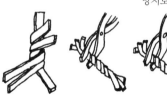

'패턴웰디드'의 방법

팔카타 Falcata

- 위　력 : 베기 ★★
- 체　력 : ★★
- 숙련도 : ★★
- 가　격 : ★★
- 지명도 : ★★

외형

팔카타는 부드럽게 휜 안쪽에 날이 있는 매우 예리한 검으로 알려져 있다. 새나 말의 머리를 본뜬 자루가 특징적이다. 길이는 35~60cm, 무게는 대체로 0.5~1.2kg이다.

역사와 세부 내용

로마 시대에 히스파니아제 도검이라고 불렸던 팔카타는 외날 만곡도로서, 그 생김새만 보더라도 베기에 이용된 것임을 금방 알

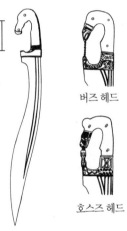

버즈 헤드

호스즈 헤드

팔카타

수 있다. 팔카타의 원형은 그리스의 옛 칼 코피스나 마카에라라고 하는데, 할슈타트 문명에도 거의 똑같이 생긴 단검류가 있었으므로 어느 쪽에서 유래한 것인지 아직 결론을 내리지 못하고 있는 상황인 듯하다. 팔카타의 특징은 부드럽게 휜 칼몸과 독특하게 생긴 힐트에 있다. 새가 목을 구부린 듯한 모양과 말이 머리를 늘어뜨린 모양의 두 종류가 있으며, 각각 '버즈 헤드, 호스즈 헤드 힐트(bird's-head, horse's-head)' 라 불린다. 그 용법은 후려쳐서 절단하는 만곡도 특유의 스타일이며, 이는 항아리 그림 따위에서도 볼 수 있다.

스파타 Spatha

- 위 력 : 찌르기 ★★ 베기 ★
- 체 력 : ★★
- 숙련도 : ★★
- 가 격 : ★★
- 지명도 : ★★

외형

스파타는 기병이 마상에서 사용하는 도검이다. 그래서 날렵하게 만들어 한 손으로도 쉽게 쓸 수 있으며, 칼몸은 찌르기에 적합하도록 곧게 뻗어 있다. 길이는 60cm, 무게는 1kg 정도이다.

역사와 세부 내용

스파타는 로마의 기병이 사용한 날렵한 검으로, 그 이름은 그리스어 '꽃봉오리' 혹은 '포엽 (苞葉 : 꽃봉오리를 감싸는 잎)' 을 의미하는 말에서 유래하였다.

기병이 마상에서 한 손으로 사용해야 하므로 가벼워야 했고, 또 찌르기에 적합하도록 곧게 만들어진 파타카는 그 용도에 참으로 적합한 도검이라고 생각된다. 이 도검에 '꽃봉오리' 라는 이름이 붙은 것은, 예로부터 꽃봉오리에는 '찔러서 꿰뚫다' 는 이미지가 있었기 때문이다.

스파타는 마상에서 찌르기 공격을 해야 하므

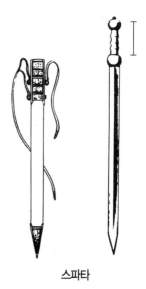

스파타

로 날렵할 뿐만 아니라 글라디우스보다 길게 만들어졌다. 검 자체의 구조는 칼몸에 붙어 있는 슴베가 가드, 그립을 지나 포멜에 고정되므로 글라디우스와 다를 게 없다. 따라서 기병용이라는 목적에 맞게끔 변형시킨 검이라고 할 수 있으며, 아마도 그렇게 목적에 맞추어 만든 최초의 검이었다고 할 수 있을 것이다.

하르페 Harpe

- 위 력 : 베기 ★★
- 체 력 : ★★
- 숙련도 : ★★
- 가 격 : ★★
- 지명도 : ★

외형

하르페는 '낫'으로 번역되기도 하는 그리스의 옛 칼로, 칼몸이 낫처럼 휘어 있는 것이 특징이다. 베기 전문이며, 날은 안쪽에 있다. 길이는 40~50cm, 날을 곧게 편다면 65cm 정도이며, 무게는 0.3~0.5kg이다. 일체성형(一體成形)으로 만들므로 자루를 포함하여 전체가 금속제이며, 손에 편하게 쥘 수 있도록 자루를 올록볼록하게 만들었다.

역사와 세부 내용

하르페의 역사는 참으로 유구하여 그리스 신화에 서 페르세우스가 고르곤 가운데 하나인 메두사를 죽일 때 사용한 무기로 알려져 있다. 그는 고르곤의 목에 하르페를 걸어 서 베어냈다고 하니 그 위력은 꽤 괜찮았 던 모양이다. 걸어서 베는 것이 이 도검의 가장 효과적인 용법일 것이다.

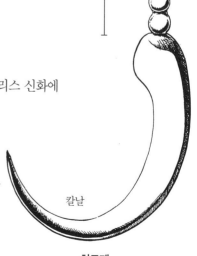

칼날

하르페

에피소드 〈페르세우스의 메두사 퇴치〉

고르곤 세 자매[59]의 막내인 메두사는 아테나 여신의 무녀(巫女)로서 아름다운 머리카락을 가지고 있었다. 그녀는 포세이돈의 총애를 받아 포세이돈의 아내 안피토리테의 미움을 받고 또 아테나 신의 노여움을 샀다. 그래서 아테나 신은 메두사의 아름다운 머리카락을 뱀으로 바꾸어 차마 볼 수 없게 만들고, 그녀의 자매들도 똑같은 모습으로 만들어 버렸다.

한편, 페르세우스는 아르고스의 아크리시오스[60]의 딸인 다나에와 전능한 신 제우스 사이에서 아들로 태어났다. 다나에의 아버지 아크리시오스 왕은 손자가 자기를 죽이리라는 신탁을 받고 딸과 손자를 함께 궤에 넣어 바다에 버린다. 하지만 다나에와 어린 페르세우스는 신의 인도로 어부에게 구조되어 세리포스 섬에서 살아간다. 그런데 다나에를 아내로 맞고 싶어하던 세리포스의 왕 폴리데크테스는 페르세우스가 장성하자 그에게 고르곤들 중에 유일하게 죽일 수 있는 메두사의 머리를 가져오라고 하여 그를 죽음으로 내몰려고 한다.

그러나 폴리데크테스의 기대와는 달리 페르세우스에게는 강력한 원군 아테나가 있었다. 아테나는 메두사의 모습을 추하게 만든 것만으로도 부족하여, 페르세우스가 메두사를 죽이러 간다는 것을 알고는 그에게 지원을 아끼지 않았다. 아테나는 몸을 보이지 않게 하는 투구와 날개 달린 신발, 잘린 머

---

59) 고르곤 세 자매 : 스텐노(Sthenno, 강한 자), 에우리알레(Euryele, 멀리 뛰는 자), 메두사 (Medusa, 여왕)

60) 아크리시오스(Akrisios) : 아르고스의 13대 왕. 아버지 아바스가 죽자 쌍둥이 동생 프로이토스와 계승권을 놓고 싸우다가 그와 왕국을 나누어 차지했다. 손자에게 죽음을 당할 것이라는 신탁을 들은 아크리시오스는 딸이 아들을 출산하자 딸과 손자를 궤에 넣어 바다에 던져버렸다. 그 갓난아기가 바로 페르세우스였다. 아크리시오스는 둥근 방패를 고안해 낸 인물이라고도 한다.

리를 담을 마법의 자루 '키비시스'를 명계(冥界)의 왕 하데스와 요정한테 빌려서 페르세우스에게 주었다. 또 표면이 거울처럼 반들반들한 청동 방패를 주었고, 헤르메스 신은 금강 하르페를 빌려주었다.

　페르세우스는 아테나의 인도로 고르곤이 사는 땅 끝의 아케아노스에 도착하여 잠자는 그녀들을 발견했다. 메두사의 눈을 쳐다보면 누구나 돌로 변해 버리기 때문에 페르세우스는 아테나가 준 방패에 비친 모습을 보면서 메두사에게 다가갔다. 그는 하르페의 날을 메두사의 목에 걸고 힘껏 당겨서 목을 베었다. 그러자 그 상처에서 크리사오르와 페가수스가 피와 함께 솟아나왔다. 페르세우스는 그 광경을 보자 메두사의 목을 재빨리 키비시스에 담고, 페가수스와 크리사오르가 메두사의 두 언니를 깨우기 전에 날개 달린 신을 신고 날아올라 하데스의 투구로 몸을 감춘 채 달아났다고 한다.

페르세우스가 메두사를 죽인 장면을 그린 항아리 그림

코피스/마카에라
Kopis/Machaera

- 위 력 : 베기 ★★
- 체 력 : ★★
- 숙련도 : ★★
- 가 격 : ★★
- 지명도 : ★

외형

그리스의 고도(古刀) 코피스와 마카에라는 베기를 목적으로 한 외날 도검으로 전체가 금속으로 되어 있다. 코피스가 부드럽게 휜 안쪽에 날이 있는데 반해, 마카에라는 바깥쪽, 곧 일반적으로 알려진 만도(灣刀)였다. 길이는 코피스가 50cm 정도이고 마카에라가 60cm 정도, 무게는 전자가 1kg, 후자가 1.2kg 정도다.

역사와 세부 내용

하르페와 마찬가지로 유구한 기원을 가진 무기로 알려진 코피스는 그리스어로 '베다'

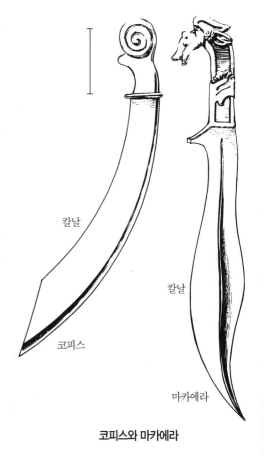

칼날

칼날

코피스

마카에라

코피스와 마카에라

를 뜻하는 콥토(kopto)에서 나온 이름이다. 이를 보더라도 이 검이 베기에 이용되었다는 것을 알 수 있다. 코피스는 그리스에서 독자적으로 생겨난 것이 아니라, 거듭된 침략 전쟁 과정에서 전해진 외래 도검[61]이었다고 한다.

부드럽게 휜 칼몸이 특징이며, 역시 부드럽게 휜 칼몸을 가진 마카에라와 종종 동종으로 분류되기도 한다. 그러나 양자는 분명한 차이가 있다. 그림을 보면 알 수 있듯이 부드럽게 휜 안쪽에 날이 있는 것이 코피스이고, 바깥쪽에 있는 것이 마카에라다.

마카에라는 외날 전도(戰刀; war knife)로서, 양손으로도 쓸 수 있었다고 한다. 그 기원이 매우 유구하여 코피스와 마찬가지로 호메로스[62] 시대부터 존재했던 것으로 보인다. 크세노폰[63]에 따르면 기병들은 말을 타고 전투를 해야 하므로 마카에라를 휴대하기도 했다고 한다. 즉, 보병이건 기병이건 병종(兵種)을 불문하고 널리 이용되고 있었던 것 같다.

당시는 외날이라고 하면 곧 마카에라를 가리켰는데, 실제로는 그 날이 어느 쪽에 있느냐에 따라 다른 도검으로 식별되고 있다. 코피스와 마카에라가 그 좋은 예가 되는 셈이다.

이 두 종의 도검은 그뒤 페니키아인[64]에 의해 지중해 세계 곳곳으로 퍼져나

---

61) 이집트에서 전해졌다는 설이 유력하며, 각주 9)에서 코피스(khopesh)로 소개되어 있다.

62) 호메로스(Homeros): B.C. 9~B.C 8세기의 인물이라는 것 외에는 성별조차 알려지지 않은 그리스의 서사 시인. 『일리아스』『오디세이아』의 작자. 두 대작은 그리스 최고(最古) 최대의 걸작이다.

63) 크세노폰(Xenophon : B.C. 430~B.C. 354): 소크라테스의 제자로 알려졌으며, B.C. 411~B.C. 362년의 그리스사를 다룬 『헬레니카』, 페르시아 왕자 키로스의 반란에 참가했다가 실패하자 그리스인 용병을 이끌고 귀국하는 과정을 그린 『소아시아 원정기(Anabasis)』 등으로 알려졌다. 그밖에도 소크라테스를 정당화한 『기억할 만한 일들』이나 『가정론』 등 다채로운 작품을 남겼다. 일반적으로는 군인 및 철학자로 알려져 있다.

가, 일설에 따르면 켈트의 도검 팔카타의 원조가 되었다고도 한다. 그 때문인지 제2차 포에니 전쟁[65]에서 외날 도검으로 무장한 이베리아인 부대(실제로는 팔카타를 들고 있었지만)를 '마카이로포로이(machairoforoi)'라 불렀다.

코피스와 마카에라는 베기 공격에 이용되었는데, 특히 마카에라는 양손으로도 쓸 수 있어서 그 위력이 한층 강했다. 사용법에 따라 그 타격력을 조정할 수 있었으므로, 바스타드 소드와 같은 용법도 있었을 것이다. 이러한 그리스의 고도(古刀)는 오랜 세월을 두고 여러 문화권에 널리 침투하여, 마침내 코피스와 마카에라의 특징을 합친 '코피스 마카에라'라는 양날검도 등장했다.

에피소드〈식칼에서 도검으로〉

현재 세계적으로 보더라도 자살(刺殺) 사건이 많은 일본에서는 그 흉기로 가장 흔히 쓰이는 것이 식칼(부엌칼)이다. 식칼은 애초에 요리에 쓰는 것임은 두말할 필요도 없지만, 그리스의 고도(古刀)나 북유럽의 외날 도검 색스 역시 본래는 식칼처럼 일상적인 도구였다.

이러한 도구가 무기로 이용된 까닭이야 상상하기 어렵지 않다. 왜냐하면 식칼처럼 어느 가정에나 있었기 때문이다. 생활에 밀착된 매우 흔한 도구를 무기로 삼는 것은 고대 사람들에게 하나의 비용 절감책이었던 셈이다. 더구

---

64) 페니키아인(Phoenicians) : 고대 지중해의 주민으로 시리아 연안과 레바논 산맥 서쪽 지역에 살았다고 한다. 그 명칭은 그들이 진홍 및 망토를 걸치고 있어서, 그것을 본 그리스인이 포이노스(Phoinos, 진홍빛)를 입은 주민, 즉, 포이니케스(Phoinikes)라 부른 데서 유래했다고 한다. 그들의 존재는 B.C. 3000년경부터 볼 수 있고, 1300~1000년경에 해상무역을 통해 지중해 전역에서 번영했으며, B.C. 800년경에 아시리아에 정복되었다.

65) 제2차 포에니 전쟁 : 로마와 카르타고가 겨룬 전쟁으로, 카르타고의 장군 한니발이 활약하였다. 포에니란 페니키아인을 뜻하며, 카르타고인이 페니키아인의 후예라고 해서 로마인은 그 전쟁을 그렇게 불렀다.

나 그 용법, 즉 베기라면 따로 훈련을 받을 필요 없이 이미 알고 있는데다 단순히 칼을 휘두르면 그것으로도 충분한 타격과 절단 효과를 낼 수 있었던 것이다.

　이러한 사정은 그리스의 고도(古刀)나 색스에만 그치지 않는다. 마찬가지 현상은 세계 각지에서 볼 수 있으며, 도검류뿐만 아니라 다양한 무기류의 기원이 그러하다.

쇼텔  Shotel

- 위 력 : 베기 ★★★ 찌르기 ★★
- 체 력 : ★★
- 숙련도 : ★★
- 가 격 : ★★
- 지명도 : ★

외형

쇼텔은 에티오피아의 도검으로, 칼몸이 S
자로 휜 것이 특징이다. 갈고리처럼 매우 심
하게 휜 것도 있고, 양날이다. 길이는 자루에
서 칼끝까지 75cm, 휜 칼몸을 펴면 약 1m이
며, 날 폭은 1.5cm 정도, 무게는 1.4~1.6kg이
다. 자루는 나무로 단순하게 만들었고, 자루
를 쥔 손을 보호해 주는 장치는 없다.

역사와 세부 내용

이 검의 독창적인 생김새는 사실은 매우
현실적인 필요에서 생겨난 것이다. 방패를

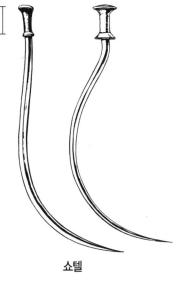

쇼텔

든 적을 상대할 때 그 방패 너머의 적을 공격할 수 있도록 크게 휘어 놓은 것
이다. 이 모양새에 따른 공격 기법은 매우 효과적이었다. 그러나 지나치게 독
창적인 모양새 때문에 칼집에 넣을 수 없어서 그냥 허리에 차거나 벨트에 꽂
고 다녔다. 또 양날을 가지고 있는데다가 휘어 있기 때문에 일반 도검처럼 베
기 공격에도 적합했다.

사베르 Saber

- 위　력 : 베기 ★★ 찌르기 ★
- 체　력 : ★★
- 숙련도 : ★★★
- 가　격 : ★★(+★★)
- 지명도 : ★★★★★

외형

사베르는 말을 탄 병사가 한 손으로 다룰 수 있도록 가볍게, 그리고 최대한 길게 만든 도검이다. 외날에 완만하게 휜 칼몸이 특징이며, 용도에 따라서는 약간 다르게 변형된 칼몸도 있었다.

길이는 0.7~1.2m, 무게는 1.7~2.4kg으로 그 종류가 매우 다양한데, 이는 전 세계 군대에서 널리 이용된 사정을 반영하는 것이다. 명칭도 다양해서, 미국에서는 세이버(sabre)라고 부르기도 하지만, 이 책에서는 가장 친숙한 사베르[66]라는 이름으고 부르기로 했다.

칼몸은 그 특징에 따라 구분하면 직도(直刀)형, 반곡도(半曲刀)형, 그리고 완전한 곡도(曲刀)형으로 나눌 수 있다. 찌르기용이냐 베기용이냐, 아니면 그 양쪽을 겸하느냐에 따라, 즉 사용 목적에 따라 다르게 변형되었기 때문이다. 아무래도 가장 쓰기 편한 반곡도형 사베르가 가장 많았을 것으로 생각된다. 유럽에서는 17~20세기 초까지 널리 이용되었고, 그 발음은 달라도 군용 도검 중에 동일하게 생긴 도검을 많이 볼 수 있다.

---

66) 사베르 : 물론 현재 영어 사전을 보면 세이버로 발음하도록 되어 있지만, 브리태니커 같은 영영사전류를 보면 사베르로 발음해도 된다고 되어 있다. 이는 아마도 프랑스어의 어원 '사브르(sable)'에 가까운 발음을 채용한 때문인 듯한데, 여기에서도 이를 따랐다.

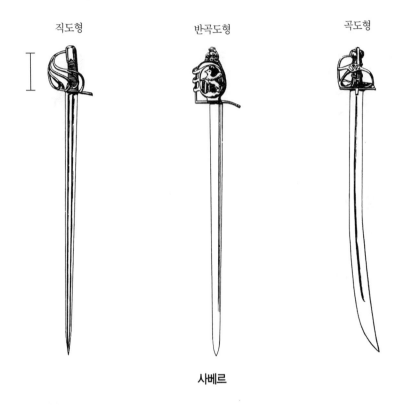

직도형　　　　　　반곡도형　　　　　　곡도형

사베르

　사베르의 칼끝은(113페이지) 그림에서 보듯이 용도에 따라 3가지 유형으로 나눌 수 있다. 손도끼형은 베기 전용, 창형은 찌르기 전용, 그리고 의사인(疑似刃)[67]형은 양쪽에 두루 적합한 것이라고 할 수 있다.

　또 사베르는 칼끝뿐만 아니라 힐트 모양도 다양하여 십자형을 한 가드나 너클 보우 등이 주요 특징으로 열거되곤 한다. 그립도 새끼손가락 쪽으로 갈수록 완만한 커브를 그려서 마치 일본의 와라비테토(蕨手刀)[68]를 방불케 한다.

---

67) 의사인(疑似刃;false edge) : 칼몸에서 칼끝 쪽으로 3분의 1 부분이 양날로 되어 있는 것을 이르는 도검 전문 용어.

역사와 세부 내용

　사베르가 유럽에서 처음 사용된 것은 16세기경, 스위스에서였다. 그들은 그 도검을 '슈바이처사벨(schweizersabel)' 이라 불렀으며, 바스타드 소드의 한 변형으로 보았다. 이 사베르는 독특하게도 칼몸 가운데 칼끝 쪽으로 3분의 1이 양날이고 나머지는 외날이다. 이러한 칼끝은 '의사인' 이라고 하며, 찌르기에도 이용할 수 있도록 궁리된 것이다.

　16세기 이후 대중적인 도검이 되어간 사베르는 독일의 펜싱 스쿨에 도입되고, 이후 점차 발전하여 현재는 펜싱 종목 가운데 하나로 알려지기에 이르렀지만, 앞에서도 말했듯이 칼몸 형태에 따라 찌르기, 베기, 겸용 등 다양한 용도로 쓰였다. 사베르의 장점은 그러한 다용도에 응할 수 있는 도검이라는 것이다.

　서양 도검류는 대체로 무게가 많이 나가, 그 무게의 힘으로 목표물을 절단한다는 인상을 받는데, 사베르 역시 비교적 무거운 것에 속한다. 하지만 다른 도검과는 달리 날이 매우 예리하다. 개중에는 날 폭이 넓은 것도 볼 수 있지만, 이는 극소수이며 대개는 2cm 전후가 표준이었다.

　114페이지의 그림은 나폴레옹 시대의 중기병이 사베르를 꼬나들고 돌격하는 모습이다. 이러한 전법에서는 칼몸이 곧고 칼끝이 창형이거나 의사인형 사베르가 사용되었다는 것은 지금까지 말한 바와 같다.

　펜싱이 유행하면서 사베르도 함께 전유럽, 나아가 전세계로 확산되

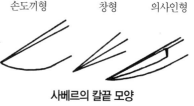

손도끼형　　　　창형　　　　의사인형

사베르의 칼끝 모양

---

(68) 와라비테토(蕨手刀) : 일본 고분 시대(4세기~6세기) 말기부터 헤이안 시대(794~1192년) 초기까지 주로 일본 동부에서 쓰인 칼. 자루 머리가 고사리(蕨)의 싹처럼 휘었다. – 옮긴이

사베르를 꼬나들고 돌격하는 기병

었다. 18세기 말 나폴레옹이 이집트 원정을 거치고 나서 칼몸과 외형이 페르시아식으로 변형되기도 했지만 이는 한때의 유행이었고, 그 외형은 20세기에 이르기까지 대체로 통일된 형태로서 기병대의 주요 도검으로 계승되어 갔다.

에피소드〈사베르의 기원과 힐트의 발달〉

사베르의 기원은 슬라브계 헝가리인[69]이 사용한 도검이며, 그들은 또 그것을 중근동에서 이용되던 곡도에서 배웠다고 한다. 그러나 아랍인도 역시 그것을 중앙아시아에서 온 유목민족에게 배웠다고 보므로, 그 기원은 9세기까지 거슬러 올라갈 수 있다. 이 시대의 외날 도검이라면 역시 색스나 펄션 등이 떠오르지만, 그런 도검류에서도 적지 않은 영향을 받았으리라 생각된다.

116

스위스의 사베르는 길고 완만하게 휘고 의사인 형식이 많았는데, 그 시기에 독일에 유입된 사베르는 그곳에서 독특한 발전을 이루어나갔다. 독일 사베르의 특징은 긴 키용 블록(quillon block)과 거기에 연결된 너클 보우에 있으며, 나아가 16세기 말에는 손을 보호할 수 있을 정도로 커다란 바구니 모양의 가드를 볼 수 있었다. 이는 독일을 통하여 특히 이웃 북유럽 여러 나라에 확산되었다. 당시 이렇게 생긴 사베르는 '싱클레어 사베르'[70]라는 별명으로 불렸는데, 그 생김새는 스코틀랜드식이라 불린 바구니형 힐트였으며, 브로드 소드의 힐트로도 유명했다.

69) 슬라브계 헝가리인 : 색다른 말이지만, 이 말이 지칭하는 대상은 마자르인이 침입해 오기 이전에 현재 헝가리아 지방에 살던 사람들이다.

70) 싱클레어 사베르 : 싱클레어(Sinclair)란 1612년에 노르웨이에서 활약한 스코틀랜드 용병 대장의 이름이다.

백소드/팔라슈

- 위 력 : 베기 ★ 찌르기 ★★
- 체 력 : ★★
- 숙련도 : ★★★
- 가 격 : ★★(+★★)
- 지명도 : ★★(+★)

외형

백소드는 기병대가 이용한 외날 도검으로 서구에 널리 알려져 있다. 한편, 팔라슈는 백소드를 확대한 듯한 도검이며, 주로 동유럽 제국에서 이용되었다. 백소드의 길이는 60~80cm, 무게는 1.3~1.5kg이고, 팔라슈는 70~90cm, 무게는 1.2~1.5kg 정도다. 두 검 모두 예리한 날과 뾰족한 날끝을 가지고 있었으므로 찌르기 전투에 이용되었다는 것을 알수 있는데, 특히 폴란드의 중기병(重騎兵)인 '윙 후서[71]' 들이 이용했다는 것은 잘 알려진 사실이다.

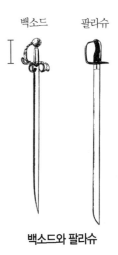

백소드   팔라슈

백소드와 팔라슈

역사와 세부 내용

백소드는 군사용 중검(重劍)으로서 사베르처럼 날이 예리하고 칼끝은 창처럼 뾰족했으며, 특히 17세기부터 사용된 기병 전용 도검이다. 예리한 날을 가진 외날 도검이지만 칼끝을 보면 베기 전투에는 어울리지 않는다는 것을

---

71) 윙 후서 : 후서(Hussars)란 헝가리를 어원으로 하는 기병 명칭으로, 등에 두 개의 깃털 장식을 달았다고 해서 생겨난 통칭이다. 본래는 콤라데(Comrade)라고 한다.

알 수 있으며, 찌르기 공격에만 이용되었다. 가늘고 길게 패인 홈과 곧게 뻗은 칼등, 조개 껍데기 모양이나 둥근 바구니 모양의 힐트를 가지고 있는 점이 특히 두드러진다. 백소드에는 마찬가지 용도로 사용된 팔라슈라는 독일 도검이 있다.

팔라슈는 17세기의 기병용 도검으로 날 폭이 넓은 직도(直刀)다. 그 어원은 터키어의 '곧은'을 뜻하는 '팔라(pala)'이다(팔라슈는 독일어). 백소드를 조금 더 크게 만든 듯한 것으로, 힐트는 단순한 십자가 형상이다. 동유럽에서 널리 이용되었고, 폴란드에서는 '팔로스(pallos)'라 불렸다. 특히 폴란드의 중기병은 찌르기에 이 팔라슈(팔라즈)를 안장에 달았고, 허리에는 따로 칼몸이 휜 사베르를 찼다. 이는 그들이 사베르와 팔라슈를 용도별로 가려서 사용했다는 증거로 볼 수 있다.

팔라슈는 17세기부터 오늘에 이르기까지 존재하는 도검으로, 그 긴 역사 속에서 다양한 양식이 등장했다. 예를 들면, 바구니형 힐트를 단 팔라슈는 '슐라게르(schlager)'라 불리는데, 이는 팔라슈보다 더 큰 중량검으로 알려져 있다.

에피소드 〈찌르기용 도검의 데뷔전〉

14세기는 그 태반을 전쟁으로 지새운 전란의 세기였다. 그 결과 무기류의 개혁이 이루어져 그때까지 전장의 꽃이던 기병의 지위가 흔들리는 징조가 보이기 시작한다. 보병들은 기병의 공격을 막기 위해 파이크(제3장 참조)를 장비하고, 기사들을 땅으로 떨어뜨리기 위해 할베르트(제4장 참조)를 들었으며, 땅으로 끌어내린 기사를 찌르기 위해 칼끝이 뾰족하고 가늘고 곧게 뻗은 도검을 들었다. 또 어떤 자는 갑옷을 장비한 기사를 양수검을 휘둘러 공격하게 되었다. 이러한 변화 속에서 가장 새로운 무기로 등장한 것이 찌르기 전용 도검이었다.

그러면 그때까지만 해도 색다른 무기로 간주되던 찌르기 전용 도검이 왜 병사들의 손에 들리게 되었을까? 그 사정을 알려면 이야기를 반 세기 전으로 돌려야 한다.

신성로마제국의 대공위(大空位) 시대에는 수많은 전투가 있었는데, 그 가운데 1266년의 베네벤트 전투에서 승리한 앙주 백작 샤를(프랑스왕 루이 9세의 막내동생)에 대한 기록을 보면 그 전투의 승리 원인에 대하여 다음과 같은 구절이 있다.

폴란드의 중기병 '윙 후서'

설령 양손으로 휘두르는 커다란 절단용 검이라도 독일 기병을 무찌르지 못하지만, 파이크라면 그들을 물리칠 수 있다. 게다가 갑옷으로 중장비한 기사에게는 끝이 뾰족하고 가는 검이 매우 효과적인 듯하다. 그들은 우리가 쓰는 짧고 가는 검보다 더 큰 도검을 들고 있으면서도 그것을 적절하게 쓰지 못했다.

이 전투가 아마도 찌르기용 도검의 데뷔전이었던 모양이다. 그 이후로 찌르기용 도검에 대한 서술이 잦아진다. 하지만 이 기록보다도, 그로부터 30년 뒤, 어느 이탈리아 귀족의 증언이 더욱 충격적이다. 그는 이탈리아 전쟁에서 자군 병사가 이용한 도검에 대하여 다음과 같은 기록을 남겼다.

찌르기용 도검은 체인 메일 아머를 입은 병사를 공격할 때 유용하다고 할 수 있겠다. 왜냐하면 그런 갑옷을 입은 자에게 아무리 베기 공격을 가해도 큰 피해를 줄 수 없지만 찌르기용 검은 체인 메일 아머를 뚫을 수 있으므로, 얼핏 큰 상처처럼 보이지 않더라도 깊이 찔리면 치명상이 되기 때문이다.

이런 자료를 보더라도 체인 메일을 비롯한 메일 형식의 갑옷이 유행한 13~14세기에는 갑옷을 꿰뚫은 찌르기용 도검이 전장에서 힘을 발휘했다는 것을 짐작할 수 있다.

행어/커틀러스
Hanger/Cutlass

- 위　력 : 베기 ★★★(-★) 찌르기 ★
- 체　력 : ★★
- 숙련도 : ★★★
- 가　격 : ★★(+★★)
- 지명도 : ★★★

외형

사베르는 기본적으로 기병이 사용한 도검인데, 모양새는 그것과 똑같으나 특히 절단용으로 사용된 보병용 도검을 행어라고 한다. 행어는 대개 사냥 등에 이용된 도검이며, 군용이라기보다는 일반 시민이 이용하였다. 따라서 그 용도도 일상적인 작업에 더 잘 어울리는 것이다. 행어의 특징은 날끝에 있다. 날끝은 대체로 양날로 되어 있고, 그 부분이 칼몸 전체의 3분의 1을 차지한다. 이를 도검 전문 용어로 '의사

커틀러스

인(疑似刃)'이라고 한다.

커틀러스 역시 행어와 마찬가지로 군용이라기보다는 주로 선원들이 사용하던 도검이다. 따라서 양자의 차이는 그리 크지 않으며, 존재 가치로 보자면 거의 다를 게 없다. 이 책에서 종종 인용되는 색스(제2장 참조)에 가까운 것으로 생각된다. 행어의 길이는 50~70cm, 무게는 1.2~1.5kg이며, 커틀러스는 50~60cm, 무게는 1.2~1.4kg이다.

역사와 세부 내용

행어의 어원은 아라비아어로 '칼'을 뜻하는 '칸자르(khanjar)'이다. 대체로 16세기부터 이용되었고, 17~18세기에는 너클 가드나 키용을 가진 것이 나타난다. 행어의 특징이기도 한 의사인은 사베르 종류에서 볼 수 있는 의사인과 동일한 역할을 한다. 즉, 찌르기 전법을 위해 고안된 것이다. 행어와 사베르의 차이는 행어가 날 폭이 더 넓다는 점에 있으며, 이는 기병이 사용하지 않았던 데서 온 자연스러운 변화라고 할 수 있다.

행어는 18~19세기 중반에 독일과 러시아에서 군용으로 쓰이기도 했는데, 독일에서는 '두사크(dusack)', 러시아에서는 '테사크(tessak)'라 불렀다. 이 도검은 머스킷 총이나 총검을 쓸 수 없을 때를 대비하는 2차적인 무기로서 전원이 멜빵에 차고 있었다. 그리고 그 편의성을 위해 점차 짧아져 결국은 단검 종류로 알려지게 되었다.

커틀러스는 초창기의 행어와 같은 모양을 한 도검으로 알려져 있다. 이것은 18~19세기에 선원들이 사용했으며, 행어하고는 아무런 차이가 없다. 커틀러스는 15세기경에 벌써 그 원형이 나타났다고 하지만, 브로드 소드와 중첩되는 시기이므로 실제로는 그렇게 오래 전부터 사용되었다고는 할 수 없을 것이다.

행어는 절단을 목적으로 하는 도검이지만, 때로는 혼전에서 이용되었다. 찌르기에 이용되기도 하므로 의사인을 한 것을 많이 볼 수 있다. 개중에는 등이 톱날처럼 된 것도 있었다. 커틀러스도 행어와 마찬가지로 절단을 주요 용법으로 하며, 선상에서 이용된 탓인지 일찌감치 짧은 것이 나타난다. 그러나 날 폭이 넓어서 강력한 타격에도 충분히 견딜 수 있었다.

헌팅 소드 Hunting Sword

- 위 력 : 베기 ★ 찌르기 ★★★
- 체 력 : ★★
- 숙련도 : ★★
- 가 격 : ★★(+★★★)
- 지명도 : ★★

보어 소드

외형

헌팅 소드는 귀족들의 사냥용 도검으로, 말을 타고 멧돼지 따위를 찌르는 데 사용하였다. 날끝이 창끝처럼 되어 있는 모양만 보더라도 찌르기 전용 도검임이 분명하다. 또 동물을 있는 힘껏 찌르거나 일단 찔렀던 칼을 뽑아내야 하므로 양손으로도 쥘 수 있도록 자루가 길다. 미처 칼을 뽑지 못할 때를 대비하여 칼몸 중간 부분이 분리되게 만든 것도 있었다. 길이는 1m 전후, 무게는 1.6kg 정도다.

역사와 세부 내용

그림에 소개한 헌팅 소드는 일명 '보어 소드(boar sword)' 혹은 '보어 스피어 소드(boar spear sword)'라고 불리었다. 멧돼지 송곳니를 닮았기 때문이다. 16세기 중반에 독일에서 사용되었고, 귀족들의 사냥 도구로 위력을 발휘했다. 하지만 총이 발달하고 보급되자 제 역할을 마감하고 말았다.

헌팅 소드는 목표물을 찌를 때만 사용된다. 자루는 도검과 마찬가지로 생겼지만 사냥할 때는 단검을 쥐듯 날을 아래로 향하도록 자루를 쥐고 말 위에서 사냥감을 찔렀던 것이다.

샴쉬르 **Shamshir**

- 위　력 : 베기 ★★(+★★)
- 체　력 : ★★(+★★)
- 숙련도 : ★★(+★★)
- 가　격 : ★★(+★★★)
- 지명도 : ★★★★

외형

　샴쉬르는 일본에서 '초승달칼'이라 부르기도 하는 페르시아의 휜 칼, 곧 만도(灣刀)이다. 페르시아의 도검에서 가장 대표적인 것 중의 하나이며, 사브르의 기원이 된 도검으로도 알려져 있다. 완만하게 휜 칼몸과, 자루가 칼몸과 반대 방향으로 휜 것이 특징이며, 이는 베기에 매우 적합한 생김새다.

　길이는 0.8~0.9m, 큰 것은 1m가 넘는 것도 있다. 또 물결처럼 꼬불꼬불하게 생긴 것도 있는데, 그 칼날이 75~90cm나 된다. 무게는 1.5~2kg이며, 브로드소드와 마찬가지로 보기보다 무거운 도검이다.

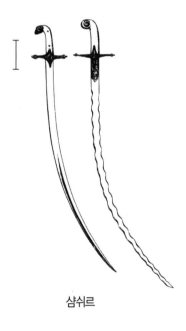

샴쉬르

역사와 세부 내용

　샴쉬르는 라틴어로 '시미테라(simiterra)', 프랑스어로 '시메테레(cimeterre)', 영어로는 '시미터(scimitar)'가 되는데, 그 어원인 페르시아어는 '사자의 꼬리'

라는 뜻이며, 이 칼의 실루엣은 종종 이슬람권의 기장(旗章)으로도 이용되었다. 아마도 그 이름이 백수의 왕 사자의 꼬리일 뿐만 아니라, 실제로 비슷하게 만들어졌기 때문에 왕족의 상징으로 사용되었던 모양이다.

샴쉬르는 페르시아에서 실용적인 도검을 만들려는 과정에서 발전하고 탄생한 도검이다. 샴쉬르가 없었던 시절에 페르시아의 도검은 칼몸이 직선으로 뻗어 지금의 모습하고는 크게 달랐다. 그러나 그들의 주요 검법이 내려쳐서 베는 것이었으므로 점차 모양이 변하여 지금의 형상으로까지 발전했다.

그 외형을 보면 자루가 자루머리 쪽으로 갈수록 부드럽게 커브를 그리며 날 쪽으로 휘어 있고, 그 끝은 둥글게 마무리되어 직각으로 튀어나와 있다. 자루가 이렇게 변한 까닭은 일본의 와라비테토(蕨手刀)의 경우와 유사하다. 이 자루머리는 '사자의 머리(lion's head)'란 애칭으로 불렸다. 이러한 자루의 변화는 점차 칼몸에까지 미쳐서 오늘날과 같은 형상이 되었던 것이다.

샴쉬르는 페르시아 특유의 도검이지만, 이웃 나라 오스만 투르크에서도 '킬리지[72]'라는 이름으로 이용되었다.

샴쉬르가 베기에 적합하다는 것은 지금까지 소개한 특징을 보아도 분명하며, 그 용법은 일직선으로 쳐들었다가 내려치는 지극히 일반적인 것이었다. 샴쉬르처럼 휜 칼몸을 가진 도검은 후리기로 상대를 베는 데도 알맞았다.

에피소드 〈샴쉬르의 칼몸에 있는 문구에 대하여〉

샴쉬르의 칼몸은 주로 평평하게 생겼지만, 매우 드물게는 홈(fuller)을 판 것이나 문구가 새겨진 것, 또는 금 따위로 장식을 한 것도 있다. 샴쉬르에 새겨진 문구는 초기에는 대장장이의 이름이 대부분이었다. 그러다가 샤 아바스 1

---

72) 킬리지(kilij) : 킬리지는 검을 뜻하는 터키어 '킬리크(kilic)'에서 유래하는 휜 칼로, 그 모양은 샴쉬르와 유사하지만 개중에는 의사인(疑似刃)을 가진 것도 있었다.

세[73] 시절부터는 알라 신에게 기원하는 내용이 많아지게 된다. 이는 이슬람 세계의 도검인 만큼 매우 당연하다고 할 수 있겠다. 그리고 후기에는 금성을 뜻하는 '바 달 하 와우'라는 글이 새겨지게 되었다. 그들은 금성이 힘과 용기를 뜻하고 정신적인 고통을 물리쳐 준다고 믿었기 때문이다.

---

73) 샤 아바스 1세(Shah Abbas Ⅰ : 1571~1629) : 이란 사파비 왕조의 제5대 왕으로, 이 왕조를 중흥한 영웅으로 알려졌다. 1588~1629년에 재위하였고, 왕 직속의 상비군을 창설하였으며, 오스만 투르크를 무찔러 그 판도를 넓혔고, 나아가 유럽 국가들과 외교, 통상 관계를 쌓았다.

카라벨라 **Karabela**

- 위　력 : 베기 ★★★(+★)
- 체　력 : ★★
- 숙련도 : ★★★
- 가　격 : ★★(+★★)
- 지명도 : ★★★

외형

카라벨라는 투르크의 휜 칼로, 특징은 흡사 독수리의 머리를 옆에서 본 듯이 휜 자루에 있다. 그 종류가 다양하며, 나중에 소개할 텔와르의 전통을 계승한 것이다. 카라벨라는 편리성을 추구하는 과정에서 등장한 도검 가운데 하나라고 할 수 있다.

길이는 0.9~1m, 날 폭은 2~3cm 안팎, 무게는 0.8~1kg으로서 휜 칼 중에서는 비교적 무거운 편에 들어간다.

역사와 세부 내용

카라벨라는 17세기에 오스만 투르크의 병사가 이용한 도검이다. 인도, 페르시아에서 영향을 받았으

카라벨라

며, 다시 동유럽 여러 나라나 북아프리카에 영향을 미친 것으로 알려져 있다. 휜 칼의 한 형식으로서 자리를 잡은 이유는 휜 자루 때문인데, 알맞게 쥘 수 있도록 고안된 그 모양은 샴쉬르 등에서도 볼 수 있는 특징이다. 카라벨라에는 두 얼굴이 있는데, 전투에 이용하는 무기 본래의 쓰임새를 위한 것과, 의례

용으로 장식되어 예술적인 가치가 높은 것이 그것이다. 의례용은 특히 유럽에서 유행하였다.

폴란드에 도입된 카라벨라는 다양한 변화를 이루었다. 19세기 이후까지도 폴란드의 대표적인 무기 가운데 하나였으며, 나폴레옹 시대에 유럽의 기병들이 허리에 차던 것이기도 하다.

탤와르 **Talwar**

- 위　력 : 베기 ★★
- 체　력 : ★
- 숙련도 : ★★
- 가　격 : ★★
- 지명도 : ★★★

외형

탤와르는 16세기에 인도에서 생겨난 사브르의 일종으로, 외날의 휜 칼로 알려져 있다. 자루는 십자형 키용과 너클 가드를 갖추었다. 귀족이나 왕족이 이용한 것에는 칼몸에 상감 처리된 동물 부조 장식 따위를 볼 수 있는데, 그 편리성 때문인지 계급에 관계 없이 널리 애용되었다.

자루 중앙 부분은 도톰하여 손에 알맞게 잡히도록 되어 있다. 포멜은 접시처럼 독특하게 생겼으며, 이는 인도 도검류의 한 특징이기도 하다. 포멜에 사자 머리를 새겨서 장식해 놓은 것도 종종 볼 수 있다. 접시 모양의 포멜은 다른 항목으로 소개하는, 칼몸이 곧게 생긴 피랑기에서도 볼 수 있으므로, 그 형식

탤와르

은 일종의 유행 같은 것이었다고 생각된다. 또 키용과 자루는 한몸을 이루고 있는데, 이러한 형식을 '펀자브 양식' 이라고도 한다.

길이는 0.7~1m 정도이며, 날 폭은 2cm 가량 된다. 무게는 1.4~1.8kg으로 비교적 가볍다.

역사와 세부 내용

인도에서 16세기 중반에 탄생한 이 도검은 무굴제국에서 투르크, 페르시아, 몽골 등에도 전해졌다. 저 유명한 '우츠 강철[74]' 로 만들어졌다고 해서 유명해진 도검이며, 휜 칼의 원조라고도 한다.

부드럽게 휜 칼몸은 몽골식이라고 불리기도 하지만, 그 휜 정도가 두드러진 탤와르는 '테그하(tegha)' 라 불리며 경시되었다. 17세기가 되자 극단적으로 휜 탤와르는 인도와 페르시아에서만 볼 수 있게 된다. 인도식과 페르시아식 탤와르의 칼몸에서 볼 수 있는 차이는, 인도식에는 자루와 가까운 쪽 칼몸에 날이 없다는 것이다. 이른바 투 핸드 소드와 같은 리카소를 가지고 있다.

탤와르는 유럽에도 전해져서 다양한 영향을 미친 것으로 알려졌는데, 그 휜 칼몸은 상대를 스치듯 베는 용법에 알맞았다. 그러나 인도에서 다른 나라로 전해진 탤와르 중에는 칼끝을 곧고 예리하게 벼려서 찌르기 공격에 쓸 수 있도록 개량한 것도 있었다.

---

74) 우츠 강철(wootz) : 인도에서 만들어진 날붙이용 철강으로, 다마스쿠스 강철이라고도 불린다.

파타 Pata

- 위　력 : 베기 ★★★ 찌르기 ★★★★
- 체　력 : ★★★
- 숙련도 : ★★★★★
- 가　격 : ★★★(+★★)
- 지명도 : ★★

외형

파타는 인도의 도검으로, 특유의 건틀릿 (gauntlet, 팔뚝 보호대) 모양의 자루를 가진 색다른 것이다. 양날이며, 베기나 찌르기에 두루 이용할 수 있다. 그러나 이 도검을 제대로 구사하기란 그다지 쉽지 않았다고 한다.

건틀릿 표면에는 종종 상감 장식을 했는데, 그 소재는 호랑이 · 사자 · 사슴 등이며, 날의 뿌리께에는 돋을새김 장식을 하였다. 길이는 1.0~1.2m, 칼몸은 70~90cm, 무게는 2.1~2.5kg 정도이다.

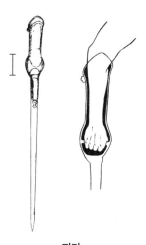

파타

역사와 세부 내용

파타는 매우 길고 곧게 뻗은 칼몸과 건틀릿 모양의 자루를 가진 독창적인 도검이다. 이것을 창안한 것은 아주 호전적인 부족으로 알려진 마라타 (mahratta)족인데, 그들은 인도의 중부에서 서부에 걸쳐 살았던 힌두족의 한 갈래였다.

파타는 제대로 구사하기가 매우 어려운 무기 가운데 하나였지만, 그런 만큼 이 무기의 위력은 강력하기로 정평이 났다. 쓰기가 어려운 이유는 쉽게 손에서 놓을 수가 없으므로 헛휘둘러서 공격에 실패하면 자기 팔을 다칠 수도 있기 때문이다.

건틀릿 모양으로 생긴 자루와 칼몸이 직접 연결되어 있고, 이 건틀릿 속의 손바닥이 닿는 위치에 금속제 로프가 칼몸과 수직으로 가로놓여 있어 그것을 쥐고 휘두른다.

콜라 **Kola**

- 위 력 : 베기 ★★★
- 체 력 : ★★
- 숙련도 : ★★
- 가 격 : ★★
- 지명도 : ★★

외형

콜라는 이상할 정도로 큼지막한 칼끝이 눈길을 끄는 도검으로, 부드럽게 휜 안쪽에 예리한 날을 가지고 있다. 이 위력적인 외날 도검은 인도의 구루카족(族)이 이용한 것이다. 그림을 보면 금방 알 수 있듯이 그 독창적인 모양과 금속제 자루가 특징이다.

칼끝 부근의 등에 보이는 문양은 부처를 뜻하는 것이고, 때로는 등을 따라 홈이 패인 것도 있다. 놋쇠로 만든 자루는 일체성형으로 만든 것이며, 원통형 손잡이 앞뒤에 두 개의 원반을 끼운 듯한 모양이다. 이 두 개의 원반이 칼밑과 포멜 역할을 한다. 길이 70cm, 칼몸 60cm, 무게는 1.4kg이다.

콜라

역사와 세부 내용

콜라는 네팔의 구루카족이 9~10세기경에 개발했으며, 코피스의 후예로 보인다. 이상할 만큼 발달한 칼끝은, 내려칠 때 힘을 싣기 위한 아이디어이며, 그 위력은 대단한 것이었다. 칼끝의 두 개의 커브에도 날이 벼려져 있어 흡사 도끼 같은 위력을 발휘할 것처럼 보이지만 날 없이 돌기만 있는 것도 있는 점으로 보아 그러한 목적에 쓰였다고 생각되지는 않는다.

콜라와 같은 칼몸을 가진 도검의 칼집은 기본적으로 두 종류가 있었다. 슬리퍼 모양의 가죽제로서 칼끝의 크기에 맞춘 칼집이 주류를 이루었고, 또 하나의 타입은 단추로 벨트에 고정시키는 것이었다.

피랑기 / 칸다
Firangi, Phirangi, Farangi / Khanda

- 위 력 : 베기 ★★★★ 찌르기 ★★★
- 체 력 : ★★★★
- 숙련도 : ★★★
- 가 격 : ★★★★
- 지명도 : ★★★

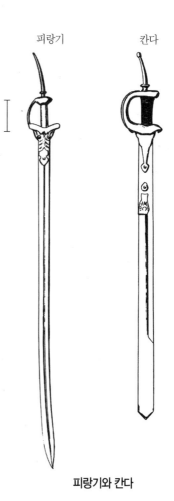

피랑기   칸다

피랑기와 칸다

외형

피랑기는 베기와 찌르기에 두루 적합한 인도의 도검이다. 뾰족한 받침접시 같은 독특한 포멜과 송곳니처럼 포멜을 꿰뚫은 줄기의 끝 모양이 특징이기도 하다. 칼끝부터 3분의 2 부분까지는 양날이고, 거기부터 자루께까지는 외날이다. 외날은 활 모양의 너클 보우가 달린 쪽에 있다. 한편, 대체로 피랑기와 같은 특징을 가지되 베기용 도검을 칸다라고 한다. 칸다는 피랑기보다 짧고 베기를 전문으로 하는 만큼 칼끝은 그리 날카롭지 않다.

피랑기는 1.1~1.5m 정도이며, 칼몸은 짧으면 1m, 큰 것은 1.2m 쯤 되는 것도 있다. 그러나 전체 길이에는 송곳니처럼 튀어나온 줄기 부분까지 포함되어 있다는 점을 고려해야 한다. 날 폭은 3cm, 무게는 1.6~2kg으로 비교적 가벼웠다. 이는 매우 긴 도검이지만 한 손으로 사용했다는 것을 뒷받침해 준다.

역사와 세부 내용

피랑기는 17세기 인도에서 막강한 무굴제국을 뒤흔들어 마침내 붕괴를 앞당기는 데 공헌한 용맹한 부족 마라타족이 이용한 도검으로 알려져 있다. 그이름은 '프랑크(Frank)'를 어원으로 하는 인도어 '외래(外來, feringi)'에서 유래하였다. 곧게 뻗은 칼몸, 칼밑과 자루머리로 이루어진 칼자루의 형상이 서양에서 이용되는 도검과 비슷했기 때문이다.

마라타족은 체구는 작아도 사나운 일족으로서, 인도 데칸 고원의 서반부에살았다. 그들은 17세기 중반부터 부족들이 결속하여 주변에 대한 침략 활동에 나서서 지배 영역을 넓혀 나가며 무굴 왕조에 맞섰다. 특히 게릴라전에 능한 그들은 불리하면 고향이나 다름없는 산악지대로 피신하니 참으로 대응하기 힘든 일족으로서 그 이름을 날리고 있었다. 그들이 애용한 도검이 바로 피랑기였다. 즉, 피랑기하면 곧 마라타족이었던 것이다. 다양한 용법에 효과적으로 활용하기 위해서 가볍고 길게 만들었고, 찌르기와 베기에 두루 쓸 수 있도록 칼끝을 날카롭게 만들고 날은 예리하게 벼리었다.

칸다 역시 마라타족이 만들고 이용한 도검이며, 피랑기와 같은 종류에 속한다. 칼끝은 그리 날카롭지 않아 찌르기보다는 베기에 어울린다.

마라타족이 오른손에 이 검을 들고 왼손에 둥근 방패를 들고 싸웠던 점을볼 때, 오로지 찌르거나 베기 등의 공격에만 이용했던 것 같다. 그 때문인지매우 단순하게 생겨서 손가락을 보호하는 활 모양의 너클 보우 정도만 볼 수있을 뿐, 방어를 위한 장치에는 그리 철저하지 않다는 것을 알 수 있다. 반면에 후기에 등장한 피랑기 중에는 바구니형 너클 가드를 한 것도 있다.

제**2**장

단검류

단검의 구조

서양의 '단검(dagger)'은 도검의 발전과 함께 그 형태도 변해 왔다. 단검의 형태가 변화하기 시작한 것은 인류가 단검류를 무기로 이용한 10세기 이후의 일이다. 그러나 그 변화는 하나의 유행에 지나지 않아 자루(hilt)와 칼몸(blade)이라는 기본 구성은 지금에 이르기까지 달라지지 않았다. '패링 대거' 따위에

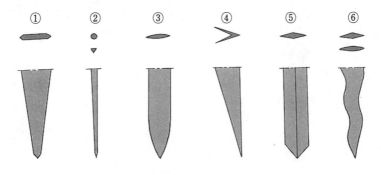

각종 칼몸의 형상과 단면도

① 날이 넓고 평평한 타입 : 금속의 경도가 그리 높지 않았던 시대의 형상으로 알려진 것인데, 개중에는 이탈리아에서 등장한 '친퀘디아' 처럼 경도와 관계 없이 이런 타입으로 만든 것도 있다.

② 막대 타입 : 찌르기만을 전제로 한 것으로, 날이 아래로 가도록 거꾸로 들고 내려쳐야 제 효과를 발휘하는 타입이기도 하다. 또 기사들의 전성시대에는 갑옷의 이음매를 찌르는 데도 이용되었다.

③ 직선형의 평평한 타입 : 단검의 기본적인 날 모양의 하나. 직선형의 양날 칼몸이다.

④ 직선형의 앵글 타입 : 찌르기를 목적으로 하며, 날을 앵글 모양으로 굽혀 강도를 좋게 한 것.

⑤ 마름모꼴 단면 타입 : 예리한 칼끝을 가진 단검에서 볼 수 있는 날 모양으로서 양날이다. 직선형의 평평한 타입과 마찬가지로 이 역시 단검 칼몸의 기본적인 타입 가운데 하나이다.

⑥ 물결형 타입 : 비대칭으로 만들어진 칼몸으로 유명하며, 말레이시아의 단검 '크리스'가 있다. 플랑베르주 같은 플랑부아양 양식이 아니라 말레이시아 특유의 형식이다.

서 볼 수 있듯이 적의 공격을 막기 위한 장치가 있는 것을 제외하면, 칼몸의 종류가 증가했을 뿐 이렇다 할 만한 점은 찾아볼 수 없고, 오직 찌르기에만 중점이 두어졌다.

따라서 여기에서는 단검의 특징인 칼몸에 대해서만 설명하겠다.

칼몸의 각부 명칭에 대해서는 도검의 그것과 동일하므로 제1장의 '도검'에서 소개한 명칭을 참조하기 바란다.

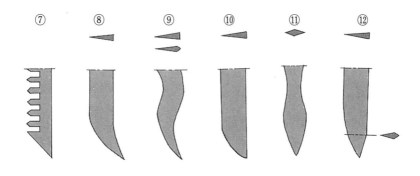

⑦빗살형 날 타입 : 그다지 일반적이지는 않으며, 주로 적의 도검을 이 빗살에 끼워 부러뜨리는 것을 목적으로 한다.

⑧아라비아형 만곡(彎曲) 타입 : 중근동에서 볼 수 있는 단순한 만곡 형식으로서 잠비야로 대표되며 양날로 만들어져 있다.

⑨S자형 만곡 타입 : 페르시아, 인도를 대표하는 날 형식으로 알려져 있다.

⑩외날에 평평한 타입 : 게르만계 고도(古刀)인 색스로 대표되는 날 형식이며, 대단히 단순한 모양이다.

⑪나뭇잎형 평평한 타입 : 오래 전부터 존재했던 것으로서 역시 기본적인 날 형식의 하나이다. 살상력(殺傷力)이 매우 높은 날로 알려져 있다.

⑫나이프형 외날 타입 : 외날이지만 칼끝 부분이 의사인(疑似刃) 형태로 되어 있고, 오늘날에는 톱 모양의 날로 된 것도 있다.

단검의 정의와 그 어원

　단검에 대해서 설명하기 전에 먼저 이 책에서 무엇을 두고 단검이라 이르는지부터 정의하여 단검이 포괄하는 범위를 규정하고자 한다.

　글자 그대로 '단검(短劍)'이란 짧은 검이라고밖에 해석할 수 없지만, 이는 어디까지나 한자를 풀이한 데 지나지 않는다. 단검으로 번역된 영어 '대거 (dagger)'라는 말에는 '짧은 검'이라는 의미가 없다. 그렇다면 대거는 과연 어떤 것을 말하는가? 대거라는 이름이 생겨나기 이전 시대부터 살펴보도록 하자.

'대거'라 불리기 이전의 단검

　대거라는 말이 생겨나는 10세기 이전의 단검, 또는 원시 시대의 단검은 오로지 길이라는 잣대로만 규정된 이름일 뿐 그 용법은 염두에 두지 않았다. 또 역할과 가치도 지금하고는 많이 달랐다.

　금속, 특히 철이나 구리가 귀했던 시대에 단검은 그 희소가치로 인하여 귀족을 비롯한 일부 부유 계급만 소지할 수 있는 것이었다. 그래서 권위를 상징하는 존재였다.

　그런데 긴 도검이 탄생하자 대거는 품속에 숨겨 다닐 수 있는 무기라는 점이 주목을 받게 되었고, 품속에 감출 수 없는 무기인 도검류에 기존의 명예로운 지위를 자연스럽게 넘겨주게 된다. 바꾸어 말하면 단검이 권위의 상징이었던 것으로 보이는 신석기 시대와 청동기 시대에는 단검 본래의 기능이나 가치는 별로 주목을 받지 않았던 것이다. 또한 대거라는 말이 등장하기 이전에는 그 기능이 일정하게 정해져 있었던 것도 아니었던 것 같다.

　그럼 먼저 대거의 어원부터 고찰해 보자.

'대거'의 어원

단검을 뜻하는 영어 '대거(dagger)'는 중세 영어의 시대(1050~1450년)부터 지금에 이르기까지 단검의 총칭으로 사용되지만, 애초에 이 말은 고(古)프랑스어의 '다그(dague)'에서 유래하며, 중세 라틴어 '다구아(dagua)', 그리고 라틴어 '다카에네시스(DACAENSIS)'와 닿아 있다.

'다카에네시스(DACAENSIS)'의 '다카(DACA)'란 다키아를 뜻하고, '에네시스(ENSIS)'란 '~사람의 것'이라는 뜻이다. 따라서 대거란 다키아인의 도검이라는 뜻이 담겨 있는 것으로 생각된다.

대거의 기원에 관해서는 몇 가지 설이 더 있다. 그 가운데는 아라비아어에서 유래했다는 설도 있다. 대거를 뜻하는 프랑스어 '다그(dague)'가 근거로 제시된다. 이 프랑스어의 기원은 스페인어 '다가(daga)'인데, 이 스페인어의 기원이 아라비아어에 있다는 것이다. 그러나 이 설은 '그런 것 같다'는 막연한 추측에 지나지 않으므로, 이 책에서는 대거의 어원을 '다키아인이 사용한 도검'이라고 보는 설을 택하기로 했다.

'다키아인의 검'

다키아인은 도나우 강 남쪽, 그리고 북쪽의 만곡(灣曲) 지대에 거주한 민족으로서, 기원전 4세기에 켈트족의 침입을 계기로 철기문명에 눈을 떴다. 켈트인이 할슈타트 문명의 주인공

할슈타트 문명의 전형적인 단검

으로서 다키아인에게 그 문명을 전했으므로 다키아인의 도검도 켈트인의 그 것과 비슷했을 것으로 짐작된다. 하지만 단검이라면 수많은 유물을 남긴 켈트족이 다키아인보다 훨씬 유명하므로 굳이 도검에 다키아인이라는 이름을 붙이지는 않았을 것이다.

다키아인의 도검으로 유명한 것이 팔크스라는 것은 앞 장에서 이미 말했는데, 그 특징은 일체성형으로 만들어졌다는 점이다. 그들은 광산자원이 풍부했던 것이다. 그러나 단검이 이 팔크스를 계승한 것이라고 생각하기는 힘들다. 다키아인은 사르마티아[75]와 동맹관계에 있었으므로 그들의 뛰어난 무기를 전수받았으리라 추측된다. 말하자면, 사르마티아식이라 불리는 도검, 즉 날이 곧고 길이가 다양한 도검류를 다키아인들도 사용했으리라는 것이다.

사르마티아식 도검류는 날의 폭이 일정하고 끝이 예리하며 날이 얇아 가벼웠다. 따라서 이런 도검류는 찌르기용이었다고 볼 수 있다. 또 이것은 중세 영어에서 대거의 이미지, 즉 '짧고 칼끝이 날카로워 상대를 찌르는 날붙이' 라는 것에 부응한다.

다키아인은 옛날부터 여러 나라와 교역했는데, 그들이 가장 두려워한 것은 로마인이었다. 이는 로마가 다키아를 여러 차례 침공한 사실에서도 짐작할 수 있는 일이다. 도미티아누스 황제[76]가 86~89년에 단행한 다키아 원정은 용맹한 왕 데케발루스[77] 때문에 실패로 끝났지만, 트라야누스 황제[78]는 두 차례의 원정을 단행하여 마침내 다키아를 정복했다. 트라야누스 황제는 첫 원정

---

75) 사르마티아 : 볼가 강 유역의 북방 카프카스 주변에 거주한 이란어계 부족. 문명적으로 높은 수준에 달했던 것으로 알려져 있다.

76) 도미티아누스 황제(Titus Flavius Domitanus : A.D. 51~96) : 브리튼 섬 및 도나우 유역의 다키아인을 지배하에 두었다. 지나치게 엄격한 탓에 결국 암살당하고 말았다.

77) 데케발루스(Decebalus) : 지금의 루마니아 지방에 살았던 다키아족의 왕. 여러 다키아 부족을 하나로 합쳐 나라를 이루었으며 로마 황제 도미티아누스, 트라야누스와 싸웠다.

이 실패하자 우선 다키아인의 무기를 연구하여 주
로 이들의 팔크스를 염두에 두고 로마 병사의 장비
를 갖추었던 것이다. 아마 이때의 연구와 정복으로
'다키아인의 도검'이라는 말이 생겼을 것이고, 세
계 제국을 이룬 로마에 의해서 이 말이 널리 퍼진
듯하다.

사르마티아식 도검

---

78) 트라야누스 황제(Marcus Ulpius Trajanus A.D. 53~117) : 로마 제국 역사상 최대 판도를
이룩한 황제. A.D. 101~106년에 두 번의 원정을 통하여 다키아를 정복했다.

단검의 역사 – 그 형상과 재료의 역사

장구한 석기 시대 – 일상 도구

인류가 가장 오래 전부터 이용하던 무기인 단검은 일상적인 도구로 등장한 것으로, 석기 시대를 대표하는 유물 가운데 하나다. 본래는 간단한 연모로 이용되었으며, 길이가 짧고 날을 갖고 있었다.

이 즈음, 물건을 만드는 데 사용되는 단검에는 크게 두 종류가 있었다. 하나는 원돌을 돌이나 뼈, 나무 따위로 때려서 만드는 뗀석기(打製石器), 또 하나는 원돌을 숫돌에 갈아서 만드는 간석기가 그것이다. 인류가 가장 오래 전부터 이용한 것은 뗀석기로서, 간석기(磨製石器)하고는 무려 1만 년의 차이가 있다고 한다.

단검은 원돌을 깨뜨려서 만든 것이 많으며, 가장 오래된 뗀석기의 일종인 '찍개(chopper, chopping tool)'가 생기면서부터 그 역사가 시작되는 것이다.

찍개란 떨어져 나온 돌조각 중에서 형태가 좋은 것(주관적인 판단에 따라 달라지므로 통일성은 없다)을 골라 거기에 날을 만든 석기로서, 가장 먼저 만들어진 것으로 알려져 있다. 그 용도는 아직 분명치 않은 점이 많지만, 식물 채집이나 동물의 해체 등에 이용되는 등 생활에 밀착된 도구였다고 생각된다. 일반적으로 외날을 가진 것을 외날찍개(chopper tool), 양날을 가진 것은 양날찍개(chopping tool)라고 한다. 찍개가 사용되던 원시 시대의 인류는 도구라고는 그것밖에 몰랐으므로 찍개가 사라지는 것은 곧 새로운 시대의 개막이기도 했다.

아무튼 중기 구석기 시대(10만 년 전)의 원인(原人) 네안데르탈인 시대가 되자 '찌르개'와 '자르개'라 불리는 석기가 탄생한다. 찌르개란 말 그대로 찌르기에 적합하도록 뾰족한 끝을 가진 것이고, 자르개란 주로 자르기에 쓰는 석기다. 찌르개가 바로 단검의 뿌리이며, 자르개는 석도, 즉 도검의 뿌리가 되는

셈이다. 단검의 원조가 점차 모양
을 갖추어 가는 이 시대를 거쳐 마
침내 단검다운 것이 만들어지려면
그로부터 6만 년의 세월이 더 필요
했다.

찌르개와 자르개

약 4만 년 전에 시작되는 후기 구
석기 시대에 마침내 우리와 같은
종인 신인류가 등장하였고, 기존의 석기문화를 계승한 신인류는 다양한 모양
과 재질의 단검을 모색해 나갔다. 이러한 석기가 무기의 성격을 띠기 시작한
것은 중석기 시대를 맞이하는 기원전 8천 년경이었다. 이는 지구 온난화에 따
라 수렵, 어로, 채집을 중심으로 하는 경제가 탄생한 결과였다.

신석기 시대와 청동기 탄생의 시대 − 부와 권력의 상징

인류가 농경과 목축으로 오늘날의 기반을 만들어낸 것
이 바로 이 시대였다. 일반적으로 이를 '신석기혁명'이라
부르며, 근대의 산업혁명에 못지않은 기술 및 경제의 혁
신으로 간주된다. 이 개혁으로 인류가 성취한 것은 계급
사회의 성립과 도시문명의 탄생이며, 그 결과 사람들은
각자 전문업을 가지기에 이른다.

이에 따라 석기는 점차 정교하게 균형잡힌 형태가 되고,
우리가 보더라도 단검이라는 것을 금방 알 수 있는 것이
되었다. 당시 단검은 양날이었고 대체로 길이 30cm 정도
였으며, 나뭇잎 모양에 칼끝이 뾰족하게 벼려지고 종종

신석기 시대의 단검

막대기에 묶어 창날로도 쓰는 만능형 검이었다.

　신석기 시대에 주목할 만한 점은 그 후기에 마침내 금속제 검, 즉 '동검(銅劍)'이 등장한 것이다. 그 결과 예리한 날을 가진 단검이 만들어진다. 그러나 금속을 추출하는 방법이 널리 알려지지 않아 일반적인 소재가 아니었을 뿐만 아니라 그 경도(硬度)가 석재에 미치지 못하였으므로 귀중품으로서 부족장이나 지배계급들만 이용할 뿐이었다. 즉, 금속제 단검은 아직 실용적인 역할을 부여받지 못했던 것이다(정확하게 말하자면 제 역할을 가질 수 있을 만한 성능이 못 되었던 것이다).

　이러한 사실은 문명이 일찌감치 싹튼 메소포타미아에서 볼 수 있다. 각 지방의 실력자들은 권력의 상징으로 금속제 단검을 휴대하기 시작했는데, 그들이 소유한 단검의 길이는 10~20cm에 지나지 않아 무기로 보기에는 부족한 것이었다.

청동기 시대 ─ 은닉 무기

　구리를 쉽게 추출할 수 있게 되자 인류는 경도(硬度)를 늘리는 기술을 고안하기 시작했다. 그 과정에서 생겨난 금속이 청동이다. 그러나 경도를 늘리고자 고안해 낸 청동이 곧 단검을 실용적인 무기로 만들어 준 것은 아니다. 왜냐하며 이 시대에는 경도도 경도지만 일정한 길이를 가진 도검이 무기의 주류를 이루게 되었기 때문이다. 또 이 즈음에는 베기를 전문으로 하는 만도(灣刀) 따위도 나타났다.

　이러한 도검이 등장함에 따라 무기의 의미를 잃은 단검은 이전 시대와는 달리 그 필요성이 많이 줄어들었다. 물론 의례용이나 일상 도구로서는 그대로 남아 있었다. 즉, 일상적인 공구(工具)로 사용되거나 의례에서 신기(神器)로 쓰였던 것이다. 무기로서 사용된다면 오로지 호신용 또는 품속에 감추었다가 누군가를 부당하게 해치는 비장의 무기로 쓰였다. 때문에 단검은 예전의 권위를 잃었고, 품속에 숨길 수 없는 도검이 그 권위를 물려받게 된다.

철의 등장, 그리고 중세 암흑 시대 ─ 다목적용 무기

청동을 만드는 데 필요한 주석이 '해양 민족' 등에 의해 그 교역로가 차단당하여 구하기가 힘들어지자 인류는 청동을 대신할 금속을 찾아내야만 했다. 이리하여 등장한 것이 '철'이다.

철이 단검의 소재로 쓰이게 된 뒤에도 얼마 동안은 꼭 철제일 필요가 없는 자루 부분에는 청동이 이용되었다. 그리고 제조 방법이 주조(鑄造)[79]에서 단조(鍛造)[80]로 바뀜에 따라 구조상으로는 슴베를 가진 칼몸이 주류를 형성해 간다.

단검은 청동기 시대부터 무기보다는 일상 도구로서의 가치가 더 컸기 때문에 무기와 도구로 두루 이용되고 있었다. 로마군은 각 병사에게 단검을 장비하게 했는데, 이는 군사적인 의미뿐만 아니라 일상적인 도구로 사용하기 위한 것이기도 했다. 즉, 로마군은 요즘 군인들이 휴대하는 군용 나이프의 원조를 만들어냈다고 할 수 있겠다.

서양 단검사에서 그뒤에 등장하는 것이 '색스'나 '팔카타'이다. 그 가운데 팔카타는 코피스나 마카에라 등에서 유래한 도검류로 알려져 있는데, 애초부터 무기로만 쓰였던 것은 아니었다. 일상적인 도구가 무기로 발전하는 예는 여러 나라에서 볼 수 있으므로 이는 옛날부터 일반적인 현상이었던 것으로 생각된다. 색스는 북유럽에서 발전한 것으로, 특히 일상적인 도구와 무기의 중간께에 위치하는 단검으로서 서양 문화 속으로 침투했던 것이다.

---

79) 주조 : 액상으로 녹인 금속이나 합금을 주형(틀)에 부어 모양을 만드는 것을 말한다.

80) 단조 : 가열한 금속을 망치 등으로 때려서 강화하는 동시에 모양을 만드는 것을 말한다.

중세부터 르네상스까지 — 무기로 부활하다

중세 암흑 시대에 색스가 등장하자 단검이 가진 무기로서의 가능성이 재평가되기 시작한다. 그러나 한편으로는 색스를 대형화해서 스크래머색스를 만드는 등 크기에서 개량이 이루어진다. 이 시대에는 이미 도검이 병사의 주요 무기로 일반화되었기 때문에 '긴 것'이 아니면 무기로서의 가치를 인정받지 못했던 것이다.

이런 생각을 변화시킨 것은 방호구의 발달과 기사의 등장이다. 갑옷이 발달하자 검으로 내려치는 정도로는 상대를 쓰러뜨릴 수 없었고, 따라서 타격으로 전투력을 빼앗으려고 하게 되었다. 이때 상대방이 치명상을 당하면 그에 대한 자비로서 최후의 일격을 가했는데, 이런 사태를 대비해 단검을 늘 휴대하였다. 그것은 일종의 유행과 같은 경향이기는 했지만, 이를 계기로 단검의 개혁은 더욱 확산되어 갔다.

이리하여 단검 본래의 공격법인 찌르기를 중시한 막대기형 칼몸을 가진 단검이 등장하여 찌르기 능력이 커지자 어지간한 갑옷은 관통이 가능해졌다. '발럭 나이프'나 '키드니 대거' '라운들 대거'가 이 시대에 등장한다.

한편, 갑옷의 이음매 틈새를 찌르는 것이 하나의 공격법으로 자리잡게 되었다. 다만 이것이 얼마나 효과적이었는지는 알 수 없다. 왜냐하면 화약의 등장과 총기가 발달하면서 중장비 갑옷이 사라지기 시작했기 때문이다. 따라서 단검은 방어 수단으로 이용되는 일이 많아졌다고 할 수 있다. 일찌감치 변화해 가는 키용의 형상이 그런 사정을 대변해 주고 있다. 상대의 일격을 막아내기 쉽도록 키용이 길게 뻗으며 칼끝 방향으로 휘게 되어갔던 것이다.

갑옷이 사라지기 시작하는 르네상스 시대에는 가볍고 날씬한 찌르기용 도검류, 즉 레이피어나 스몰소드가 일반화된다. 그리고 펜싱이라는 분야가 등장하여 귀족들의 결투 수단으로 확산되자 곧 다양한 유파가 탄생했다. 특히 이탈리아나 스페인의 유파는 오른손에 소드, 왼손에 대거를 드는 검술이 성행했는데, 이 검술은 이웃 여러 나라에 전파되어 나갔다. 그러나 17세기 중반에는 수그러들기 시작하여 고작 스페인이나 남이탈리아, 그리고 신대륙 등에서 그 흔적을 볼 수 있는 상황이 되었다.

근대 이후의 단검류 – 군용 나이프로

17세기 중반부터 18세기에 걸쳐 유럽 각국에서는 군대를 동일한 장비로 통일하기 시작하였다. 각 병사의 복장이나 무기 등의 장비마다 규격이 정해지고 도검류는 동유럽에서 전래된 사브르로 바뀌기 시작한다.

프랑스의 루이 14세가 처음으로 사브르를 군용 도검으로 채택하자 그에 따라 단검도 사브르 모양의 칼몸을 가진 외날검이 등장한다. 사브르는 본래 기병의 무기로 사용되던 것인데, 보병도 총기를 대신하는 보조 무기로 사브르를 장비하고 있었다. 그러나 총기가 더욱 발전하고 '바이오네트'가 등장함에 따라 보병에게 사브르는 쓸모없고 거추장스럽기만 한 물건으로 변하게 된다. 동시에 사브르 같은 대형 도검과 함께, 전투뿐만 아니라 일상적인 작업에도 쓸 수 있는 단검을 허리에 차게 되었고, 이것이 마침내 군용 나이프로 정착해 갔던 것이다.

단검류의 성능 일람표

위력

단검과 나이프 종류를 상호 비교할 목적으로 이 값을 설정했다. 도검과 마찬가지로 ★ 하나가 가지는 의미는 단검 종류에만 한정해서 생각해 본 것이므로 다른 장에 소개된 무기하고는 비교할 수 없다. 즉, 단검들끼리 비교할 때의 기준치라는 것이다.

날의 모양

'단검의 구조' 에서 소개한 12종류의 날 형식 가운데 어디에 속하는지를 말하는 것이다.

용도

단검에는 공격 외에도 여러 가지 용도가 있다. 도검과 짝을 이루어 주로 방어에 쓰이기도 하고, 단순한 의례용으로 소지하기도 했다. 이 항목에서는 그러한 용도를 소개해 보았다. 또 공격용 단도는 주요 공격법을 소개해 놓았다.

가격

도검과 마찬가지로 매매를 상정할 때의 일반적인 가격을 제시했다. 도검과 비교한다면 ★ 하나의 값은 도검의 약 2분의 1 정도가 될 것이다.

지명도

도검과 마찬가지 기준으로 정해 본 값이다. 도검과 같은 기준을 적용했으므로 상호 비교할 수도 있다.

길이와 무게

도검에서와 마찬가지로 필자가 길이와 무게를 계산하여 제시했다. 무게를 계산할 때의 조건은 도검과 동일하다.

번호	명칭	위력	날의 모양	용도				
				공격			방어	일반
				베기	찌르기	던지기		
①	안테니 대거(Antennae Dagger) 링 대거(Ring Dagger)	★	직선형에 평평한 타입	○	–	–	–	○
②	발럭 나이프(Ballock Knife)	★(+★)	직선형에 평평한 타입, 앵글형	–	○	–	–	–
③	바젤라드(Baselard or Basilard)	★★(+★)	직선형에 평평한 타입	○	–	–	–	○
④	바이오넷(Bayonet)	★★★	여러 종류가 있지만 대부분 직선형	–	○	–	○	–
⑤	친퀘디아(Cinquedea)	★★★★	넓은 날	○	○	–	–	–
⑥	더크(Dirk)	★(+★★)	나이프형 외날, 직선의 평평한 날	○	○	○	–	–
⑦	이어드 대거(Eared Dagger)	★★(+★)	직선형에 평평한 날	–	○	–	–	–
⑧	헌팅 나이프와 나이프 (Hunting Knife & Knife)	★(+★)	외날	○	○	–	–	○
⑨	잠비야(Jambiya)	★★	아라비아형 만곡, S자형 만곡	○	○	–	–	–
⑩	카타르(Katar or Kutar)	★★★★(+★)	넓은 날, 날의 단면이 마름모꼴	–	○	–	○	–
⑪	크리스(Kris)	★★(+★★★)	물결형이되 전체적으로는 직선형, 평평한 날	○	–	–	–	–
⑫	쿠크리(Kukri)	★★(+★)	외날 평형	○	–	○	–	–
⑬	패링 대거(Parrying Dagger)	★★(+★★★)	직선에 평평한 형, 빗살형, 날의 단면은 마름모꼴	○	○	–	○	–
⑭	파냐드 대거(Poniard Dagger) =	★★(+★★★)	막대형	–	○	–	–	–
⑮	라운들(런들) 대거 (Roundel Dagger, Rondel Dagger)	★★★	직선의 평평한 날, 앵글형	○	○	○	–	–
⑯	색스(Sax)	★	외날의 평평한 날	–	–	–	–	–
	스크래머색스 (Scramasax)	(+★★)		○	–	–	–	○
⑰	시카(Sica)		직선에 평평한 날, 앵글형	○	○	–	–	–
	파스가논(Phasganon)	★★★		○	○	–	–	–
⑱	스틸레토(Stiletto/Stylet)=막대형	★★(+★)		–	○	–	–	○

154

가격	지명도	길이 (cm)	크기 (cm)	무게 (kg)
	★★	30	2	0.25
	★★★★	30	2	0.3
	★★	30~50	3~4(넓은 부분)	0.4~0.6
★	★★★★	30~40 최대 60	1~2(6~10)	0.4
★(+★★)	★★★	40~60	8~10	0.6~0.9
	★★(+★★)	15~20	2	0.25~0.4
★	★★★★	20~30	1~3	0.25~0.4
(+★★)	★★★★★	30 이상	3 이하	0.3 이하
		20~30	4~7	0.2~0.3
★(+★?)	★★★★★	15~70	2~6	0.2~0.5
(+★★★)	★★★★★	40~60	2~5	0.5~0.7
(+★)	★★★★★	45~50	3 · 6	0.6
(+★)	★★★★★	30~50	1~3	0.3~0.5
★	★★★	20~30	1 이하	0.3
	★★★★	30	2	0.3
(★★)	★★★★	30~40 85~100	2~5	0.4~1.4
(★?)	★★★★	30	3	0.4
	★★★	30~40	1 이하	0.4

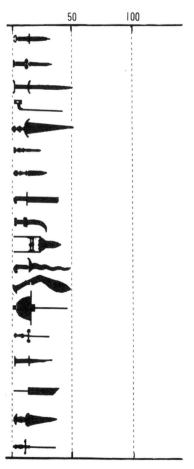

50   100

안테니 대거/링 대거
Antennae Dagger/Ring Dagger

- 위 력 : ★
- 날모양 : 직선형에 평평한 타입
- 용 도 : 공격(베기), 일반
- 가 격 : ★★
- 지명도 : ★★

외형

'안테니' 란 '달팽이의 더듬이' 를 뜻한다. 포멜이 꼭 달팽이의 더듬이를 닮았기 때문에 붙은 이름이다. 칼몸은 얇고 평평하며, 외날인 것도 있고 양날인 것도 있다. 무기보다는 연장으로 더 많이 쓰였던 것으로 보인다.

한편, 링 대거는 안테니 대거가 발전한 단검이다. 이름에 '링' 이 붙은 것은 끈을 꿸 수 있는 구멍이 뚫려 있기 때문이다. 대거에 끈을 꿰어 두려는 것은 손에서 놓치더라도 즉시 주울 수 있도록 하기 위해서다.

두 대거는 길이가 약 30cm, 날의 폭은 2cm, 무게는 0.25kg 정도다.

안테니 대거

역사와 세부 내용

안테니 대거는 13세기 중반부터 14세기까지 서유럽에서 가장 일반적인 단검으로 쓰였다. 그 자루머리가 흡사 달팽이의 촉각, 또는 채 닫히지 않은 고리처럼 되어 있다고 해서 안테니(촉각)라 불렸다.

'안테나'라는 말은 '고리'를 뜻하는 라틴어 '아눌루스(Anulus)'에서 유래하므로 고리형 포멜이라는 뜻도 있었던 듯하다.

양날 칼몸은 칼끝을 향해 살짝 커브를 그리며, 칼끝에서 예리하게 벼려져 있다. 또 외날도 존재하는데, 이는 베기용으로만 썼던 것으로 생각된다. 자루는 가늘고 길며, 비교적 가볍게 만들어져 있다. 작고 곧은 가드는 장식 이상의 역할은 하지 못했을 것이다. 포멜의 생김새는 어떤 상징성이었으리라 추측되며, 그밖의 특별한 역할은 없었던 듯하다. 사실 이 단검은 무기라기보다 다목적용으로서 두루 쓰였던 듯하며, 매우 흔한 부류의 도구였다.

한편, 링 대거의 원형은 라텐 문명에서 그 모습을 볼 수 있다. 또 멀리 중국에도 포멜에 구멍을 뚫은 도검이 존재하지만, 그것들이 중세에 이용된 도검에 얼마나 영향을 미쳤는지는 분명하지 않다. 따라서 링 대거는 일반적으로 안테니 대거의 발전된 모습으로 알려져 있으며, 14세기 중엽부터 등장한다. 그러나 14세기 말에는 이미 자취를 감추는 점으로 보아 수명은 짧았던 것 같다. 당시 전사들은 이 대거를 위해 특별한 사슬을 주문 제작하여 갑옷에 달아 둠으로써 전투중에 대거를 떨어뜨려도 바로 주울 수 있도록 고안한 것이다. 시각을 달리하면 그만큼 전투가 격렬해지고 있었음을 대변해 주는 증거라고도 할 수 있겠다.

발럭 나이프/키드니 대거
Ballock Knife/Kidney Dagger

- 위 력 : ★(+★)
- 날모양 : 직선형에 평평한 타입, 앵글형
- 용 도 : 공격(찌르기), 의례
- 가 격 : ★★
- 지명도 : ★★★★

외형

발럭이란 '고환'을 말하는데, 공 모양의 칼밑이 흡사 남근처럼 보이기 때문이다. 중세에 남자 전용 단검으로서 기사들이 이용하였다.

주로 찌르기에 이용하는 단검이므로 칼몸이 곧고 끝이 뾰족했다. 또 칼몸을 강화하고 찌르기 능력을 키우기 위해 칼몸을 앵글 모양으로 만든 것도 있었다. 길이는 30cm 정도, 그 가운데 칼몸은 20cm, 무게는 대체로 0.3kg이며, 평평한 타입의 날은 그 폭이 2cm 정도이다.

역사와 세부 내용

발럭 나이프의 자루는 두 가지 타입이 있다. 공 모양의 칼밑이 자루와 한몸을 이룬 타입(자루는 주로 목제)과 금속제 원반을 자루 끝 양쪽에 접합시킨 타입이 그것이다. 시대적으로는 후자가 더 오래되어서, 이미 12~13

발럭 나이프

세기경에 그 존재를 확인할 수 있다. 이러한 돌기가 붙어 있는 까닭은 처음에는 뽑을 때 잡을 곳으로 삼기 위해서, 또는 칼밑과 마찬가지로 적의 일격을 막기 위한 것이었다. 나중에는 상징적인 의미까지 띠게 되어 꼭 실용적인 의미가 아니라도 그런 모양으로 만들었던 것 같다. 그러나 칼밑과 자루가 한몸을 이룬 뒤부터 방어 기능은 없어졌다고 할 수 있다.

14세기가 되자 '키드니 대거'라는 이름으로 기사들에게 이용되었다. 키드니란 '친절하게'라는 뜻인데, 이는 전쟁 등에서 회생할 가망이 없을 만큼 중상을 입은 적이나 아군을 신속하게 저승으로 보내주는 데 이용되었기 때문이다. 그리하여 나중에는 공격용으로는 이용하지 않게 되었으며, 일종의 의례적인 역할을 가지고 있었다고 할 수 있다.

발릭 나이프 또는 키드니 대거의 용법은 갑옷의 이음매를 노려 오로지 찌르는 데만 사용되었다. 그러나 초기에는 칼몸을 앵글 모양으로 만들어 찌르기 성능을 키운 것[81]도 있다. 그러한 앵글 모양의 칼몸이라면 체인 메일 정도는 쉽게 뚫을 수 있었다.

---

81) 견고한 갑옷을 찌를 때 칼몸이 구부러질 수 있으므로 칼몸의 단면을 앵글 모양으로 만들면 평형 칼몸보다 단단해지므로 갑옷을 뚫을 수 있다. 다만 절단력은 감소된다.

바젤라드 Baselard, Basilard

- 위 력 : ★★(+★)
- 날모양 : 직선형에 평평한 타입
- 용 도 : 공격(찌르기, 베기), 일반
- 가 격 : ★★
- 지명도 : ★★

외형

바젤라드는 도검의 일종으로 분류할 수도 있으나 단검으로 더 잘 알려져 있다. 막대기처럼 큰 포멜이 가드와 평행으로 부착되어 있어 마치 대문자 I자로 보이는 자루의 모양이 두드러진 특징이다. 칼몸의 외관은 쐐기형의 양날이며, 날은 얇고 평평하여 베기에도 적합하다고 할 수 있다.

길이는 30~50cm, 날 폭은 넓은 곳이 3~4cm, 무게는 0.4~0.6kg 정도였다.

역사와 세부 내용

바젤라드는 13~15세기에 유럽 각지에서 사용하던 단검으로, 쇼트 소드의 일종으로도 알려져 있다. 유럽에서 널리 이용되었으며, 지방에 따라서 모양이 약간씩 달라서 크게 세 가지 종류로 분류한다.

바젤라드

유럽 여러 나라에서 가장 일반적으로 사용하던 것은 가드가 칼끝을 향해 부드럽게 휜 것과, 가드는 칼끝으로 포멜은 그 역방향으로 서로 등을 돌리듯 휜 것이 있다. 그러나 이탈리아에서 이용된 바젤라드는 가드와 포멜이 평행을 이루며 곧게 뻗어 있어 다른 나라의 그것들과는 구별되는 독특한 모양을 하고 있다.

바젤라드의 기원은 스위스의 바젤(Basel)[82]이라는 도시라고 한다. 그러나 다른 유력한 설에 따르면, 독일의 유명한 도검 단야촌(鍛冶村) 졸링겐(Solingen)에서 만들기 시작했다고 한다. 마침 그때가 졸링겐이 전성기로 들어선 시절이었기 때문에 이런 설이 제기되었는지도 모른다. 바젤이라는 지명에서 바젤라드의 기원을 설명하는 것은 조금 무리가 있는 듯하다. 하지만 그런 사정이야 어찌되었든 이 바젤라드는 스위스식 단검이라 불리는 형식의 원조로서 높이 평가받고 있다.

스위스식 단검은 훗날 16세기에 전성기를 이루었고, 제2차 세계대전 당시에는 히틀러가 독일군용 단검으로

스위스식 단검

채택하였다. 또 앞에서도 말했듯이 단검으로 널리 이용되었을 뿐만 아니라 쇼트 소드로 분류되는 것도 있었다. 도검으로 분류된 바젤라드는 스토타식 (storta)이라고 한다.

바젤라드의 용법은 주로 찌르기 공격이었고, 그밖에 일반적인 도구로도 잘 알려져 있다. 날이 얇고 예리하여 전사가 전장에서 식사할 때도 이용했다고 한다. 말하자면 만능 단검이었던 셈이다.

---

82) 바젤 : 스위스 북서쪽에 있는 도시. 라인 강변에 있으며, 옛 지명은 바젤라.

바이오넷 Bayonet

- 위 력 : ★★★
- 날모양 : 여러 종류가 있지만 대부분 직선형
- 용 도 : 공격(찌르기), 방어
- 가 격 : ★★★
- 지명도 : ★★★★

외형

바이오넷이란 총검을 말하며, 단발식 총을 장비한 병사가 접근전에서 방어를 할 수 있도록 고안된 무기다. 일반적으로는 총구 부근에 장착해서 찌르기 공격을 한다. 이 책에 등장하는 무기들 중에서는 가장 새로운 축에 속하는 것이다.

여러 유형이 있어서 그 모양을 구체적으로 설명하기는 힘들지만, 대체로 길이는 30~40cm이고, 긴 것은 60cm 정도이다. 무게는 400g 안팎, 날 폭은 초기의 것은 6~10cm를 넘기도 했지만 일반적으로는 1~2cm 전후였다.

역사와 세부 내용

바이오넷은 프랑스의 도시(Bayonne)에서 17세기경에 처음 생산되었다. 최초의 총검은 총구에 직접 꽂는 삽입식이었다. 하지만 삽입식으로는 총을 창처럼 쓰는 데 지나지 않게 되고, 본래 목적에 따라 총탄을 재장전할 때는 총구에서 총검을 뽑아야 하므로 총검을 방어용으로 쓸 수가 없었다. 게다가 총구에 꽂으면 너무 헐겁거나 아니면 너무 꼭 끼어서 뽑아내기가 힘들다는 등 많은 문제가 있었다. 이 때문에 탈착 방법은 점차 개선되어 갔다.

그래서 등장한 것이 '소켓식' 총검이다. 소켓식 총검은 18세기에 들어서서

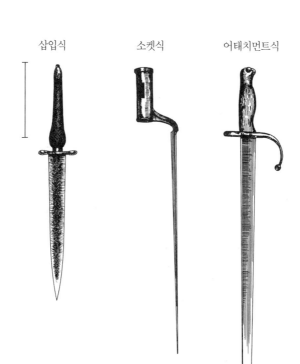

삽입식　　　　　소켓식　　　　　어태치먼트식

바이오넷

나타났으며 브라운 베스 머스킷 총[83]용 총검이 유명하다.

　당시 총검의 특징은 총검이 총구를 바라보고 오른쪽에 장착되었다는 점이다. 전장식(前裝式 : 총탄을 총구를 통해 장전하는 방식) 총의 경우 총신 아래는 탄을 삽입하는 장치나 총구를 청소하는 장치가 있어서 곤란하고, 총구 위에

---

83) 브라운 베스 머스킷 총 : 영국에서 만들어진 머스킷 총으로 최대 사정거리 700m. 1720년부터 1840년까지 주력 병기였다.

두면 조준하는 데 방해가 되기 때문이다. 따라서 총검을 장착한 채 탄환을 장전하려면 총구 오른쪽에 장착해야 했던 것이다. 당시 사용된 총검은 대부분 '엘보식'이었다. 소켓 본체의 옆구리에 연결된 칼몸이 총구 옆으로 구부러져 있어 흡사 팔꿈치(엘보)를 닮았기 때문에 붙여진 명칭이다.

시대가 흘러 19세기에 후장식(後裝式 : 총탄을 방아쇠 윗부분에서 장전하는 방식) 총이 개발되자 총검은 총신 밑에 장착되고, 개중에는 총검과 일체를 이룬 것도 등장하였다. 그리고 군용으로 휴대하는 나이프도 연결 장치를 사용해서 부착할 수 있게 되었다. 연결 장치를 사용하는 '어태치먼트식'은 현대의 군대에서도 사용하고 있다.

총구에 총검을 장착하면 총을 창처럼 사용할 수 있다. 영화를 보면 총검을 장착한 장총을 옆구리에 꼬나들고 돌격하는 병사들의 모습을 볼 수 있는데, 그것이 총검을 쓰는 일반적인 자세였다.

친퀘디아 Cinquedea

- 위 력 : ★★★★
- 날모양 : 넓은 날
- 용 도 : 공격(베기, 찌르기)
- 가 격 : ★★★(+★★)
- 지명도 : ★★★

외형

친퀘디아는 '다섯 손가락' 이라는 뜻의 이탈리아어 '친
퀘 디타(cinque dita)' 에서 나온 말이라고 한다.

이름처럼 다섯 손가락 폭에 상당하는 넓은 날이 특징이
다. 자루는 짧으며, 쥐기 편하도록 물결 모양을 이루고 있
다. 그리고 자루 가운데께에 구멍이 몇 개 뚫려 있어 여기
에 끈을 꿸 수도 있다. 칼집은 가죽(cuir bouilli)으로 만들었
으며, 그 표면을 다양하게 장식하는 것으로 유명하다.

길이는 쇼트 소드만한 것도 있지만 대체로 40~60cm이
며, 날 폭은 8~10cm 또는 그보다 더 넓은 것도 있었고, 무
게는 0.6~0.9kg이다.

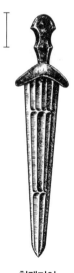

친퀘디아

역사와 세부 내용

친퀘디아는 베네치아에서 처음 만들어졌다고 한다. 그리고 에밀리아와 베
네토 지역에서 개량되고 곧 이탈리아 전역으로 퍼져나갔다. 때는 마침 르네
상스의 전성기였고, 그 시대적 조류에 따라 이 단검이 발전하고 유명해지게
되었다. 친퀘디아의 길이는 단검과 쇼트 소드의 중간쯤이다. 폭 넓은 날에 장

식적인 홈이 패여 있고, 나아가 상감, 금박, 구리도금 등 다양한 기법으로 장식했다. 성서의 금언이나 고대 영웅의 초상 및 전신상(때로는 나체로)을 새겨넣기도 했으니 실용성뿐만 아니라 장식에도 공을 많이 들인 단검이다.

좌우 대칭의 양날을 가지며, 칼끝은 끝으로 갈수록 점점 가늘어져 삼각형으로 된 것과 또 급격히 가늘어져 끝부분이 뾰족한 것도 있다. 자루는 동물 뼈나 상아를 덧댄 것이 많고, 그 양쪽 끝에 장미 무늬를 투각하기도 했다. 그리고 굵직하게 만든 키용은 칼밑께에서 칼끝 쪽으로 완만하게 커브를 그린다.

날에 패여 있는 홈의 모양에 따라 친퀘디아를 두 종류로 나눌 수 있다. 먼저 칼몸 전체를 세 부분으로 나누어 칼밑에서부터 홈이 각각 네 줄, 세 줄, 두 줄로 패여진 것과, 이런 구분 없이 칼밑께부터 칼끝까지 홈이 두 줄로 패인 것이 있다.

친퀘디아의 이름을 부동의 것으로 만든 인물 중에 르네상스의 적자라고 하는 체사레 보르자가 있다. 그의 친퀘디아는 로마의 카자 가에타니에 지금도 남아 있다. 또 런던의 빅토리아 앨버트 박물관에는 그것과 짝을 이루는 아름답게 장식된 가죽제 칼집이 소장되어 있다. 친퀘디아는 나중에 빈에 남아 있는 펠리페 미공(美公)의 검이나 웨스트민스터 사원이 소유한 헨리 5세의 검 등에 영향을 주었다고 추측된다.

친퀘디아 중에서도 유명한 것에는 작자의 이름이 새겨져 있다. 페라라의 에르콜레 그란디, 에르콜레 데이 페데리 같은 인물이 그들인데, 그밖에도 토스카나 지방이나 볼로냐, 페라라 등에 유명한 도검 장인이 모여 있었다. 친퀘디아는 그들의 주요 작품으로서 작자의 이름이 상감되어 있다. 이러한 단검의 장인이 있던 지명에서도 알 수 있듯이, 친퀘디아는 르네상스의 주요 도시국가와 깊은 관련이 있었다. 그 때문인지 미술 공예품으로 보아도 무방할 만큼 호화롭게 장식된 것들이 많이 남아 있다.

더크 Dirk

- 위 력 : ★(+★★)
- 날모양 : 나이프형 외날, 직선의 평평한 날
- 용 도 : 공격(베기, 찌르기, 투척), 의례
- 가 격 : ★★
- 지명도 : ★★(+★★)

외형

더크는 스코틀랜드 고유의 단검이다. 외날이지만 칼끝께의 등에 짧게 날이 벼려져 있는 것도 있다. 주로 연장으로 이용되었으며, 필요할 때는 무기로 쓰기도 했다. 또 18세기에는 영국 해군의 정식 단검으로 이용되었다.

길이는 15~25cm, 날 폭은 2cm 정도, 무게는 0.25~0.4kg이다.

역사와 세부 내용

더크는 하일랜더가 즐겨 가지고 다닌 것으로, 발럭 나이프의 맥을 이은 것이다. 평소에는 연장으로 사용하다가 여차하면 무기가 되기도 했으므로 하일랜더들은 더크를 평생 손에서 놓을 수 없는 필수품으로 알았다.

칼등 위에 장식적인 홈이 패여 있는 것도 있는데,

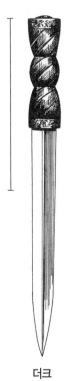

더크

이는 헌팅 나이프와 마찬가지로 칼날과 같은 효과가 있었다. 한편, 양날 더크도 있다. 더크의 자루는 발럭 나이프의 그것과 비슷한데, 가죽이나 담쟁이덩굴의 뿌리, 상아 등으로 만들었고, 켈트적인 문양으로 장식한 것이 특징이다. 포멜은 둥글고 넓적하며 놋쇠나 은으로 만들었고, 종종 자루 전체를 놋쇠로 감싼 것도 있다. 또 18세기 말경에는 하일랜더의 전통적인 의상이 부활하고 장식 따위도 호화로워지자 포멜에 은뿐만 아라 금을 쓰기도 했다.

　더크는 본래 스코틀랜드의 토착 무기였지만 스코틀랜드가 대영제국에 편입된 뒤 본래의 장점은 그대로 유지하면서 그 모양이 약간 바뀌어 대영제국 정규군의 무기로 이용되었다. 그 결과 많은 나라의 해군용 단검이 되었다. 나아가 이를 지위의 상징으로 삼는 나라도 있었다.

이어드 대거 **Eared Dagger**

- 위 력 : ★★(+★)
- 날모양 : 직선형에 평평한 날
- 용 도 : 공격(찌르기)
- 가 격 : ★★★
- 지명도 : ★★★★

외형

이어드 대거라는 이름은 자루머리에 귀(ears)처럼 생긴 것이 두 개가 달려 있다고 해서 붙은 것이다. 양날이지만 칼몸이 좌우대칭은 아니고 칼밑께에서 한 쪽 날이 다른 쪽보다 더 넓다. 자루는 가늘고, 칼밑에 작은 원반이 달려 있으며, 그 위쪽으로 깊은 홈이 패여 있다. 길이 20~30cm, 무게 0.25~0.4kg, 날 폭은 1~3m 전후였다.

이어드 대거

역사와 세부 내용

본래 동방에서 유래한 것으로 알려져 있다. 12세기 십자군 시대부터 활발해진 이슬람 세계와의 교류를 통해, 또는 반도의 남부를 이슬람 국가에 의해 지배당하던 스페인, 특히 콘스탄티노플 시장에 진출해 있던 이탈리아 상인들의 손을 거쳐 유럽에 전해졌다. 14세기를 맞이할 즈음에는 유럽 각지에 퍼져 있었다. 이어드 대거는 중세 기사들이 애용했다. 귀 부분에 엄지를 걸치고 날을 거꾸로 세워 들고 내려찌르면 더욱 강력한 관통력을 얻을 수 있었다. 문헌에 따르면 이러한 용법이면 능히 갑옷을 뚫을 수 있었다고 한다.

헌팅 나이프/나이프 Hunting Knife / Knife

- 위 력 : ★(+★)
- 날모양 : 외날
- 용 도 : 공격(베기, 찌르기), 일반
- 가 격 : ★★★
- 지명도 : ★★★★★

외형

나이프는 직선형 날과 날의 축을 기준으로 비대칭적인 자루를 가지며, 다양한 용도로 이용되는 가장 보편적인 단검이다. 작은 것은 가정에서 쓰였고, 큰 것은 사냥이나 야전에 이용되었다.

역사와 세부 내용

나이프라는 이름은 석기 시대에는 하나 내지 두 개의 예리한 날을 가진 돌칼을 이르는 것이었다. 그러나 일반적인 의미의 나이프라는 이름에 어울리는 것은 청동기 시대에 들어서서 만들어진, 자루와 날을 일체형으로 주조한 칼이라고 할

헌팅 나이프

수 있다. 나이프 종류는 날이 직선인 것, 부드럽게 휜 것 등 다양하다. 개중에는 초승달형도 있다. 그러나 역시 그 최고봉이라고 할 만한 나이프는 빌라노반 문명[84](B.C. 1000~B.C. 600)에서 볼 수 있는 면도칼이라고 할 수 있을 것이다.

이러한 일체성형 나이프는 오랜 세월을 거쳐 가정용 나이프로 발전했다. 철을 사용하게 되면서 자루와 날을 따로 만들게 되었고, 자루 부분에는 동물

의 뼈나 견고한 나무 등 철과는 다른 재료를 이용하게 된다.

게르만 민족의 대이동 시대가 되면 다양한 민족의 다양한 나이프가 등장한다(저 유명한 색스 따위가 가장 대표적인 예일 것이다). 그 중 헌팅 나이프로 발전한 것은 일상 생활 도구로 이용되는 한편, 호신용으로서 몸에 지녔다. 도검의 칼집에 넣게 되어 있는 것도 있었는데, 이를 흔히 '헌팅 세트'라 부른다.

중세에 이러한 일상적 용도의 나이프를 휴대하는 것은 권력 당국에게 골칫거리였다. 나이프를 소지하고 다니다가 자칫 잘못하면 살상으로 이어질 가능성이 많았기 때문이다. 그래서 나이프 휴대를 금지하는 공포(公布)가 누차 떨어졌지만 애초에 지켜지기가 힘든 일이었다. 그런 사정은 오늘날도 주변에서 나이프 종류를 흔히 볼 수 있다는 점을 보아도 충분히 짐작할 수 있다.

나이프는 자루의 소재나 장식에 온갖 정성이 다 바쳐진다. 상아나 동물의 뼈, 견고한 나무, 은 등의 값비싼 금속에 상감, 칠보, 투각 등 다양한 기법으로 여러 가지 그림을 새겼다. 날에도 홈을 파거나 당초문양 등을 새기기도 했다. 시대가 흘러 사람들이 부유해지고 소재가 늘어나고 수공예 기술이 진화함에 따라 이러한 장식도 점점 화려해져갔다.

근대의 가장 유명한 나이프는 '보위 나이프(Bowie Knife)'일 것이다. 이는 단단하게 생긴 외날의 예리한 단검으로, 1대 1 전투에 쓰기 위해 디자인된 것으로 미국 서부의 덫 사냥꾼이나 사냥꾼이 즐겨 사용했다. 이 나이프를 완성시킨 사람은 아칸소의 개척자이며 아라모 요새에서 전사한 제임스 보위 대령이다. 그래서 그의 이름을 따서 보위 나이프라 부르게 되었다.

---

84) 빌라노반 문명(Villanovan culture) : 이탈리아 볼로냐 부근에 남아 있는 초기 철기 시대의 유적을 중심으로 그 근방에 퍼진 철기문화를 이른다. B.C. 11세기경에 전성하기 시작하여 B.C. 4세기에 갈리아에 멸망당할 때까지 지속되었다.

잠비야 Jambiya

- 위　력 : ★★(+★)
- 날모양 : 아라비아형 만곡, S자형 만곡
- 용　도 : 공격(베기, 찌르기), 의례
- 가　격 : ★★(+★★★)
- 지명도 : ★★★★★

외형

잠비야는 아라비아에서 흔히 볼 수 있는 휜 단검이다. 전형적인 잠비야는 양날이며, 날 중앙에 홈이 패여 있다. 자루와 칼집의 형태가 다양하여 시대나 나라, 지방에 따라 각자 독자적인 양식을 가지고 있다. 길이는 20~30cm, 무게는 0.2~0.3kg이다. 날 폭이 넓어 4~7cm 가까이 되는 것도 있다.

역사와 세부 내용

잠비야는 아라비아를 기원으로 하며 오스만 투르크에서 페르시아, 인도에서까지 널리 사용된 단검이다. 17~18세기경에 특히 많이 나타났고, 전투용뿐만 아니라 종교 의식에도 사용되었다. 아라비아 반도의 여러 나라에서는 할례나 결혼 같은 의식에서 꼭 몸에 지녀

잠비야

야 하는 것으로 여겼다. 또 잠비야를 소유하는 것은 자유인의 긍지이며, 이를 몰수당하는 것은 명예 박탈형에 상당하는 것이었다. 아라비아의 로렌스가 아랍 민족에게 친구로 받아들여질 때 그는 잠비야를 선사받았다고 한다. 이는

아랍 사람들이 그를 친구로 인정한 것을 의미하며, 매우 명예로운 일이었던 것이다.

잠비야는 날이 부드럽게 휘어 있으므로 칼집도 칼을 넣거나 빼기 좋게끔 날보다 조금 길고 휘어져 있다. 그 끝에는 완자 같은 작은 장식이 달려 있는데, 이러한 칼집 장식은 금은 투각이나 색돌로 장식되어 이슬람 공예의 결정이라고 할 만큼 예술적으로 뛰어난 것이었다. 자루는 대개 동물의 뿔을 이용하며, 기린의 뿔이 특히 애호되었다. 기린 뿔의 노란색을 좋아했기 때문이다. 아라비아의 칼집 중에는 U자형도 있는데, 이는 일종의 변형이라고 해야 할 것이다.

모로코의 잠비야 칼몸은 직선형이고 자루에서 칼몸 중간께까지는 외날이며 그 밑으로는 양날로 되어 있다. 또 평평한 포멜이 달려 있는데, 그 커다란 모양 때문에 '공작 꼬리(peacock's tail)'라는 별명으로 불렸다. 투르크의 잠비야의 날은 살짝 휘어 있을 뿐, 홈은 있기도 하고 없기도 하는 등 다양한 타입이 있었다. 그리고 칼집 끝은 아라비아에서 볼 수 있는 칼집과 달리 둥글지 않다.

가장 아름다운 잠비야는 인도나 페르시아의 것이라고 할 수 있다. 다마스쿠스 강철을 이용하여 아름다운 파도형 무늬[85]가 떠오르는 날에는 금으로 돋을새김 문양이나 상감을 했다. 자루에는 상아나 비취를 이용한 것, 혹은 귀석(貴石) 같은 값비싼 것을 박아넣기도 했다. 이처럼 인도나 페르시아에서는 매우 호화롭게 만든 잠비야가 존재했다. 그리고 포멜은 굽어서 말머리 모양을 한 것도 있다. 특히 호화로운 잠비야는 그것을 꽂을 가죽 벨트까지 멋지게 장식하여 검과 짝을 이루기도 했다.

---

85) 이것은 다마스쿠스 강철의 잘 알려진 특징이다.

카타르 **Katar, Kutar**

- 위 력 : ★★★★(+★)
- 날모양 : 넓은 날, 날의 단면이 마름모꼴
- 용 도 : 공격(찌르기), 방어
- 가 격 : ★★★(+★?)
- 지명도 : ★★★★★

외형

카타르는 인도 이슬람 교도의 고유한 찌르기용 단검으로 인도 지역 외에서는 거의 볼 수 없다. 다만 유럽의 단검이 여기에 영향을 주었다고 생각되는 점은 있다. 카타르의 특징은 역시 자루에 있는데, 평행하게 뻗은 두 갈래의 자루와, 그 자루를 가로질러 잇는 가로대가 하나 혹은 두 개 있으며, 이 가로대를 손으로 쥐도록 되어 있다.

날은 30~70cm로 길이가 다양하며, 칼몸이 직선으로 뻗은 것, 부드럽게 휜 것 등 모양도 여러 가지다. 무게는

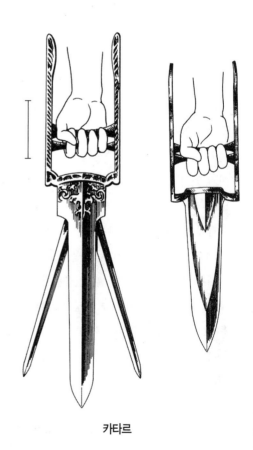

카타르

174

대체로 0.5kg 전후인데, 작은 것은 길이가 15cm가 채 안 되고 무게도 고작 0.2kg에 지나지 않는다. 날 폭은 4~6cm이며, 작은 것은 2cm 정도다.

역사와 세부 내용

카타르처럼 자루와 손으로 쥐는 부분이 완전하게 분리된 단검은 드물다. 손으로 쥐는 가로대가 날과 직각을 이루므로 손을 그냥 앞으로 쑥 내밀기만 해도 상대에게 치명적인 타격을 가할 수 있다. 즉, 복싱 글러브를 끼우고 펀치를 내지르듯 카타르를 다룬 것이다.

가장 전형적인 카타르는 날이 30cm로서 곧게 뻗었고, 개중에는 그 칼몸에 둥근 홈이나 구불구불한 무늬를 새긴 것도 있다. 한편, S형이나 만곡형, 그리고 두 갈래형 카타르도 유명하다. 또 날 자체가 구불구불한 스캘럽(scallop:가장자리 장식으로 쓰이는 부채꼴의 연속 무늬) 형도 있다. 나아가 패링 대거처럼 날이 세 갈래가 있어 자루에 있는 버튼을 눌러서 세 갈래로 변형시키는 것도 있다.

카타르 중에는 인도 기술 공예의 정수라고 할 만한 '카타르 세트'라는 것이 있다. 크고 작은 것이 세트를 이루는데, 작은 카타르를 큰 카타르 속에 완벽하게 넣을 수 있도록 되어 있다. 이 카타르는 많은 카타르 중에서도 가장 뛰어난 솜씨를 보여준다. 큰 카타르의 속을 비워서 작은 카타르를 수납할 수 있도록 만드는 데는 뛰어난 기술력이 필요했던 것이다. 이러한 카타르를 만든 기술력도 기술력이지만 인도인의 상상력도 대단한 것이라고 할 수 있다.

카타르의 칼집은 가죽으로 만들었는데, 귀금속이나 나뭇조각을 박아 장식한 것도 있고 비단을 감은 것도 있다. 이 카타르에서 마라타의 도검 파타가 생겨난 것은 앞에서 말한 바와 같다.

크리스 Kris

- 위 력 : ★★(+★★★)
- 날모양 : 물결형이되 전체적으로는 직선형, 평평한 날.
- 용 도 : 공격(베기), 의례
- 가 격 : ★★(+★★★)
- 지명도 : ★★★★★

외형

크리스는 말레이 민족 고유의 단검으로, 세계에서 가장 세련된 무기 가운데 하나로 알려져 있다. 오랜 역사를 통해 다듬어져 온 크리스는 구조와 장식이 모두 복잡한 특징을 가지며, 곳곳에 신비한 상징이 담겨 있다.

날의 모양은 크게 파도형과 직선형의 두 종류로 나눌 수 있다. 또 크리스는 도검의 일종으로 소개되기도 한다. 칼집은 목제이며, 금속 박막을 씌우기도 하는데 아름다운 금속세

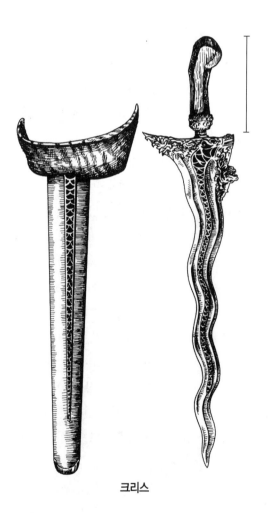

크리스

176

공이 되어 있기도 하다. 길이는 40~60cm이며, 무게 0.5~0.7kg, 날 폭은 2~5cm
이다.

역사와 세부 내용

크리스는 'Keris'로 표기하기도 하며, 이는 말레이어로 단검을 뜻한다. 전
승에 따르면 크리스는 자바에서 유래하였으며, 14세기에 쟌고로의 왕 이나크
토 파리가 발명한 것이라고 한다. 그러나 적어도 힌두의 여러 왕조가 발전한
8세기에 이미 그 존재를 찾아볼 수 있다. 양날에, 칼끝이 예리하고 칼몸이 직
선형인 것과 파도형인 것의 두 종류가 있다.

칼몸의 재료는 주로 운철이 쓰였고, 운철 특유의 주조 기술의 결과 날에는
독자적인 무늬가 다양하게 나타나게 되었다. 오늘날에는 운철 대신 니켈 강[86]
이 이용되고 있다. 운철의 주조에는 독특한 기술이 있었다. 운철 또는 니켈 강
은 주조 과정에서 파모르(pamor)라 불린다. 파모르란 연철 세 겹을 겹쳐 놓고
때린 상태를 말하는데, 이때 철의 배분과 때리는 방식, 그밖의 기술에 따라 다
양한 날 무늬가 나타나는 것이다. 그 무늬는 흡사 온갖 꽃들이 얽혀 있는 듯
아름답다.

자루는 나무나 동물의 뿔, 상아 따위로 만들며, 다양한 조각으로 장식하는
등 의장(意匠)에 갖은 정성을 다 쏟는다. 형태도 다양하고 조각의 내용도 가지
각색이어서 어느 것 하나도 똑같은 것이 없다고 해도 과언이 아닐 것이다. 특
히 애용된 것은 힌두 신들의 형상이다. 비슈누의 탈것인 가루다, 본래는 악귀
인 락샤사 등을 즐겨 장식하였다.

---

86) 니켈 강 : 운철은 본래 니켈 함유량이 많은 금속으로 알려져 있다. 따라서 좀처럼 구하기
가 힘든 운철보다 직접 만들 수 있는 니켈 강을 이용하게 된 것은 당연한 결과라고 할 수 있
다. 어떤 의미에서 니켈 강은 인공 운철이라고 해도 과언이 아닐 것이다.

칼집도 자루 못지않게 호화롭게 장식한다. 칼집의 모양은 직선형이고 물결무늬의 날을 가진 크리스를 위해서는 굵은 칼집이 준비되어 있다. 나무로 만든 것, 나무 위에 금속 박막을 씌우고 세공을 한 것, 나아가 금은 세공을 한 것 등 다양하며, 날이나 자루의 장식과 조화를 이룬 것도 많다.

크리스 가운데 가장 아름다운 것은 '크리스 나가'라고 할 수 있을 것이다. 날 밑동에 용의 머리를 장식했다고 해서 이런 이름으로 불린다. 칼몸은 매끈한 물결무늬이며, 날 중심에는 물결무늬에 맞추어 금 상감이 되어 있다. 날 밑동의 용에서 이어져 나온 이 상감은 용의 꼬리를 표현한 것이다. 칼몸에는 아름다운 꽃무늬가 그 독특한 주조 기술로 돋을새김되어 있다. 자루는 여러 종류가 있어서 한 가지로 말할 수 없다. 개중에는 특히 호화롭게 보석을 박은 것도 있다.

크리스는 무기일 뿐만 아니라 왕실 전래의 보물이며, 거기에는 다양한 의미가 부여되어 있었다. 즉, 한 자루 한 자루마다 독자적인 의미를 가지고 있었던 것으로 보인다. 이것도 말하자면 일종의 개성일 터인데, 크리스의 수만큼이나 그 의미가 따로 있다고 할 수 있을 것이다. 이것은 말레이 민족의 신화나 비밀 의식, 그리고 신비주의와 관계가 있다. 크리스는 자기를 소유한 자의 신변을 지켜 주고 사악한 기운을 피하게 해 주는 탈리스만(부적)으로 믿고 있다. 이 때문에 크리스는 종종 일가의 가보가 되기도 한다. 그래서 말레이의 결혼식에서 정장할 때 신랑은 크리스를 몸에 지닌다. 말레이에서는 신화 세계에서 소재를 취한 무용을 할 때 출연자가 크리스를 몸에 지니기도 한다. 그들에게는 무용도 역시 주술의 한 표현인 것이다.

에피소드〈발롱 댄스와 크리스〉
말레이 신화에서 소재를 취하는 발롱 댄스에서는 관중들이 황홀경에 빠지는데, 이때 크리스가 등장한다. 발롱 댄스의 가장 두드러진 특징은 선한 영과 악한 영의 싸움이라는 것, 그리고 관중이 그 싸움에 직접 참가한다는 점이다. 이 선악의 싸움에서 가믈란 가락에 흥이 오른 관중은 완전한 황홀경에 들어 크리스로 제 몸을 자해한다. 이 크리스의 칼끝이 매우 예리하다는 것은 앞에서 말했다. 그러나 황홀경에 빠진 관중이 발롱을 만지고 제 정신으로 돌아와 보면 놀랍게도 상처가 전혀 없다고 한다(다만 개중에는 제정신으로 돌아오지 못하는 사람도 있다고).

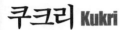

쿠크리 Kukri

- 위 력 : ★★(+★)
- 날모양 : 외날 평형.
- 용 도 : 공격(베기, 투척), 의례
- 가 격 : ★★(+★)
- 지명도 : ★★★★★

외형

쿠크리는 네팔의 구르카족(族) 고유의 나이프이다. 그 모양은 그리스에서 유래했다고 한다. 외날에 칼몸이 굽어 있고 날 밑동에 작은 홈이 패여 있다. 이 패인 부분은 여성 성기의 상징으로서, 날의 위력을 높여 준다고 믿었다.

쿠크리 자루는 견고한 나무나 상아로 만들며, 곧게 생겼고 칼밑이 없는 것도 있다. 그리고 원형 포멜과 칼밑이 있고, 자루 중간께에 고리형 장식을 감은 것도 있다. 이 모양은 자루에 쇠고리를 끼웠던 옛 방식을 답습한 것이다. 길이는 45~50cm이고, 무게는 0.6kg 정도다. 날 폭은 넓은 부분이 6cm를 넘는 것도 있다. 날의 넓은 부분과 좁은 부분의 차이는 3cm 안팎이다.

역사와 세부 내용

쿠크리는 알렉산드로스 대왕에 의해 동방에 전해진 그리스의 고도(古刀) 마

쿠크리

카에라나 코피스와 흡사하다. 투르크의 '야타간[87]'이나 그것을 기본으로 만들었다는 인도의 '소순 파타'[88]하고도 비슷하다.

쿠크리는 밀림을 헤치고 나아갈 때 초목을 베는 데 매우 편리하도록 만들어져 있으며, 살상력도 높은데다 공격할 때도 그다지 근력을 필요로 하지 않는다. 날의 무게가 날끝에 몰리도록 만들어져 있기 때문이다. 네팔 사회에서는 쿠크리를 매우 존중하여, 그 재질이나 장식으로 소유자의 신분을 엿볼 수 있을 정도이다.

쿠크리는 허리띠에 매달린 칼집에 넣어서 착용한다. 허리띠와 칼집은 같은 장식으로 꾸미는 경우가 많다고 한다. 칼집은 목제에 비단을 싸며, 특히 금은 세공을 즐겨하였다. 칼집 주둥이는 쿠크리의 자루보다 넓어서 한두 자루의 소형 나이프와 부싯돌을 함께 넣을 수 있다.

---

87) 야타간(Yatagan) : 투르크의 외날 도검으로 직선형이며, 베기와 찌르기에 좋다고 한다. 17세기경에 전성했는데, 마카에라를 그 기원으로 한다. 야타간은 특히 돌격 전투에도 쓸 수 있었다고 한다.

88) 소순 파타(Sosun Pattah) : 북인도에 전해진 도검으로, 야타간과 코피스의 특징을 두루 가지고 있다. 소순 파타에는 '백합 잎'이라는 별명이 있다.

패링 대거/맹 고슈
Parrying Dagger / Main Gauche

- 위 력 : ★★(+★★)
- 날모양 : 직선에 평평한 형, 빗살형, 날의 단면은 마름모꼴
- 용 도 : 공격(베기, 찌르기), 방어
- 가 격 : ★★(+★)
- 지명도 : ★★★★★

외형

스페인이나 이탈리아의 펜싱 유파에서 도검과 함께 쓰는 단검으로 이용하였다. 칼몸이 단단하며, 종종 구조와 장식을 도검과 통일하였다. 패링 대거는 도검의 반대쪽 허리춤에 차게 되어 있었다(파냐드 대거 참조). 프랑스에서는 이 것을 맹 고슈라 불렀다. 참고로, 이 말의 뜻은 프랑스어로 '왼손용 단검' 이다.

길이는 30~50cm, 무게는 0.3~0.5kg 정도이며, 그 종류가 많기 때문에 무게와 길이의 비율은 일정하지 않다. 날의 폭은 1~3cm 정도다. 용도가 가느다란 검을 막는 것이고 또 왼손으로 이용하기 때문에 비교적 가볍게 만들어지며, 길이와는 관계 없이 가는 것이 많았다.

역사와 세부 내용

패링 대거는 15세기 말에 등장하여, 특히 방어용 무기로서 상대의 공격을 막아내고 틈이 보이면 상대의 칼을 부러뜨릴 수도 있는 구조로 발달되었다. 곧게 뻗은 키용 혹은 칼몸 쪽으로 크게 휜 키용으로 상대방 검을 막을 수 있었다. 또 자루에서 수직으로 돌출한 사이드 링은 적의 검을 키용으로 막아낼 때 손가락을 보호하도록 만든 것이다.

패링 대거에는 참으로 많은 변형이 있다. 예를 들면, 엄지로 버튼을 누르면

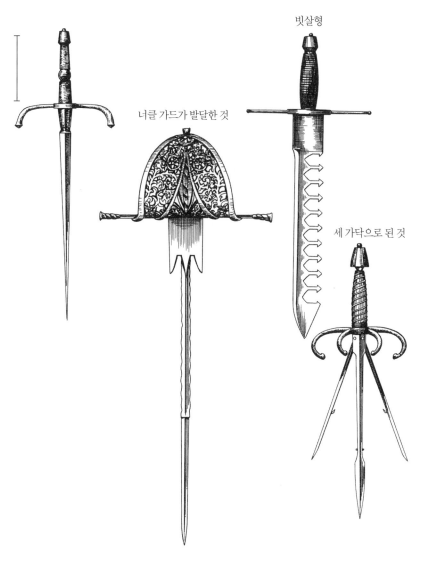

빗살형

너클 가드가 발달한 것

세 가닥으로 된 것

패링 대거

칼몸이 세 가닥으로 갈라지는 장치가 된 것, 칼몸이 빗살로 되어 있어 그 빗살에 상대방 검을 끼워 기회만 되면 부러뜨릴 수도 있는 것까지 있다. 이런 빗살형 단검은 일명 '소드 브레이커(sword-breaker)'라고도 불린다.

유럽에서는 16세기 초에 번쩍이는 갑옷을 입은 기사들 간의 의식적인 대결인 토너먼트가 폐지되자 귀족이나 병사들 사이에서는 갈등을 해결하는 수단으로 '사투(私鬪 : 개인 결투)'가 유행했다. 이럴 경우 언제 어디서 적수를 만날지 알 수 없으므로 스몰소드와 레이피어를 휴대하는 것은 일상적인 일이 되어갔다. 이 사투에서 적의 일격을 슬쩍 피하기(=parry) 위해서는 어떤 무기, 예를 들면, 둥근 방패나 단검이 필요하다. 그런 것이 없을 때는 장갑이나 망토, 때로는 칼자루 따위로 상대의 찌르기를 피하는 등 주로 쓰는 팔의 반대쪽을 방어하는 데 이용하였다. 그러나 역시 단검이 보기도 그럴듯하거니와 여차하면 무기가 되므로 자연히 오른손에 검, 왼손에 단검을 드는 스타일이 결투의 주류가 되어갔다. 그리하여 왼손용 단검, 즉 방어를 주목적으로 하는 단검인 패링 대거가 등장하게 된다.

17세기 스페인에서 볼 수 있었던 패링 대거는 독특한 모양의 컵 가드를 가진 것으로 알려져 있다. 이것은 동일한 모양의 컵 가드를 가진 도검과 짝을 이루는 것이 보통이다. 이런 종류의 패링 대거는 키용이 길고 팔을 보호하는 볼록형 칼밑이 달려 있으며, 칼밑에는 상대방의 칼을 피하기 위한 테두리가 달려 있었다. 칼몸이 세 가닥인 것도 있었다. 스페인식 컵 가드를 가진 도검과 단검은 이탈리아나 일부 독일에서도 만들어졌다. 특히 칼밑을 조각이나 투각 등 다양한 장식으로 꾸몄으므로, 칼밑은 도검을 만드는 장인이 자신의 실력을 발휘하는 곳이기도 했다.

그러나 패링 대거는 17세기에 양손을 쓰는 검술이 폐지되기 시작하면서 서서히 쇠퇴해 갔다. 반면, 스페인이나 남이탈리아에서는 17세기 중반을 지나서도, 그리고 스페인의 영향을 받은 신대륙에서는 18세기 중반까지도 패링대거를 사용하는 검술이 남아 있었다. 또 육군사관학교 생도의 장비로 패링대거가 채택되었기 때문에 톨레도에서는 19세기 초까지도 이 고전적인 단검을 만들었다.

파냐드 대거 **Poniard Dagger**

- 위 력 : ★★(+★★)
- 날모양 : 막대형
- 용 도 : 공격(찌르기)
- 가 격 : ★★★
- 지명도 : ★★★

외형

파냐드 대거는 레이피어와 함께 사용되는, 찌르기에 역점을 둔 단검이다. 가느다란 칼몸의 단면은 정사각형이며, 칼끝이 강화되어 있어 물방울처럼 생겼다. 레이피어와 파냐드 대거를 짝으로 사용하기 때문에 이 두 가지를 꽂을 허리띠와 자루, 칼집의 모든 장식을 통일시키는 것이 유행이었다. 길이는 30cm, 무게는 0.3kg 정도이며, 막대형 날이므로 그 폭은 당연히 좁아서 1cm를 넘지 않았다.

역사와 세부 내용

파냐드 대거의 어원은 '비수'를 뜻하는 프랑스어 포와냐르(poignard)이다. 16세기 영국에서 명명되고 작은 단검이라는 의미를 가지게 되었다. 파냐드 대거는 칼몸에 홈을 파거나 두렁을 붙여 강화하였으며, 레이피어와 함께 결

파냐드 대거

투 등에 이용하는 살상력 높은 무기다. 기능에만 한정하여 말한다면 맹 고슈(왼손용 검)라고 할 수 있다.

전성기였던 16세기부터 17세기 중반에 걸쳐 파냐드 대거는 주로 쓰는 팔쪽 허리띠에 수평으로 꽂았다. 이는 잘 쓰는 쪽 팔로 레이피어를, 반대쪽 팔로 파냐드 대거를 순식간에 뽑기 위한 합리적인 배치라고 할 수 있다. 17세기 중반이 되면서 도검과 단검을 함께 쓰는 검술이 서서히 폐지되어 가자, 패링 대거와 마찬가지로 파냐드 대거도 남유럽(스페인과 이탈리아)을 제외한 지역에서 점차 사라져갔다. 그리하여 마침내 '파냐드'라는 말 자체도 잊혀지고 말았다.

라운들(런들) 대거
Roundel Dagger, Rondel Dagger

- 위 력 : ★★★
- 날모양 : 직선의 평평한 날, 앵글형
- 용 도 : 공격, 의례
- 가 격 : ★★
- 지명도 : ★★★★

라운들 대거

외형

라운들(런들) 대거는 자루 양쪽 끝에 원반형 '라운들(런들)'이 있는 것이 특징이다. 이는 흡사 큰 동전 같은 얇은 원반으로, 손잡이에 대하여 수직으로 달려 있다. 원반은 손에서 단검이 미끄러져 빠져나가지 않도록 고안된 것이다.

길이는 대체로 30cm, 무게는 0.3kg, 날의 폭은 2cm 정도였다.

역사와 세부 내용

본래 이렇게 생긴 단검은 청동기 시대부터 존재했었다. 옛날의 것은 자루가 원통형에 포멜이나 키용도 없었으므로 미끄러지지 않도록 라운들을 붙인 것이다. 그뒤 점차 자루가 길어지고 자루 끝 라운들 쪽으로 갈수록 폭을 넓게 만드는 한편, 칼몸과 경계를 이루는 라운들은 작아져 간다.

라운들 같은 타입의 포멜은 그다지 돌출되지 않아

손잡이의 일부로 보일 수도 있다. 그러나 이 라운들에는 손에 쥔 단검이 미끄러져 나가는 것을 막는 효과가 있었다. 때로는 볼록렌즈 모양을 한 것도 있다. 라운들이 자루와 칼몸 사이에 있는 경우 칼밑에 상당하는 것으로 볼 수 있다. 칼몸은 본래 외날이지만 나중에 칼끝을 둥글게 처리한 것도 나타났다.

14세기에 등장한 라운들 대거는 라운들이나 칼몸의 형상이 점차 변화된다. 칼끝이 둥근 형은 15~16세기의 것으로, 독일에서 흔히 볼 수 있다. 이러한 모양의 라운들 대거는 한 마디로 '메일 브레이커(mail breaker : 갑옷 뚫개)'이며, 실용적인 용도에 중점을 둔 것이므로 시대와 지방에 따라 다양한 변형을 볼 수 있다.

색스/스크래머색스 Sax / Scramasax

- 위 력 : ★(+★★)
- 날모양 : 외날의 평평한 날
- 용 도 : 일반, 공격(베기 : 스크래머색스의 경우)
- 가 격 : ★★(+★★★)
- 지명도 : ★★★★

외형

색스는 약간 큰 편에 속하는 전투용 나이프로서, 날카로운 외날에 곧게 뻗은 등, 매우 예리한 칼끝이 특징이다. 자루는 등 쪽에 연결되어 있고, 날 쪽으로 휘어진 것이 일반적이다.

색스의 칼몸은 그 길이가 다양한데, 대거로 분류되는 30~40cm짜리, 롱 소드로 분류되는 85~100cm짜리도 있다. 이런 것들 가운데 특히 후자의 장도(長刀)[89]를 스크래머색스라고 한다. 스크래머색스는 색스 중에서도 전투용으로 쓰인 것을 가리킨다.

색스의 길이는 방금 소개한 바 있지만, 30cm의 스크래머색스의 경우 무게는 약 0.4kg, 날의 폭은 2~5cm 정도이다.

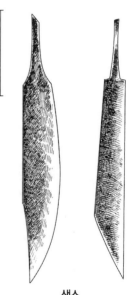

색스

---

89) 앵글로 색슨 문화의 저명한 연구가인 David M. Wilson씨에 따르면 스크래머색스는 7.5cm짜리에서 75cm짜리까지 있다고 한다.

역사와 세부 내용

색스는 청동기 시대부터 할슈타트 문명(B.C. 900~500)에 걸쳐 이미 그 원형이 등장한다. 그러다가 철이 등장한 라텐 문명(B.C. 500~기원 전후)에서 그 모습이 확고하게 자리를 잡는다. 색스는 색슨 민족 고유의 무기로서, 4~6세기의 민족 대이동 시기부터 중세 초에 이르기까지 왼허리에 장검과 함께 찼다. 게르만 민족의 전사들 묘에서 색스가 부장품으로 출토되고 있다.

그런데 기사도가 등장하면서 대형 색스는 모습을 감추고 가정용 도구로 변해 가는데, 다만 소형 색스의 경우, 기사들이 전장에서 장검과 투창과 함께 나이프로 이용하였다. 또한 색스는 중세를 지나면서 헌팅 나이프로서 살아남았다. 색스는 이교 시대를 거쳐 기독교 시대가 되어도 그 전통은 계속 이어졌다.

스크래머색스는 장도(長刀)로서 색스의 일종인데, 그 이름의 뜻은 '스크래머(scrama) → 상처를 주다', '색스(sax) → 나이프'가 된다. 이로부터 유추하자면 가장 공격적인 성격을 가진 무기로서 전투에 이용되었다고 생각할 수 있다. 한편, 스크래머는 '짧다'는 뜻이고, 색스는 '검'이라고 하는 설도 있다.

스크래머색스에 대하여 일반론을 말하는 것은 그 종류, 출토 사례를 감안하면 무리한 일이다. 다만 대륙에서 발견되는 것은 40cm 전후가 대다수를 차지하고, 균형이 잡히지 않고 슴베를 가진 것들이 많다. 반면 영국에서는 크고 작은 다양한 것들이 발견되곤 한다. 예를 들면, 60cm짜리 스크래머색스가 35cm짜리와 함께 발견되는 경우도 종종 있다. 스크래머색스는, 허리의 가죽 벨트에 사슬로 매달아 넓적다리께까지 내려오는 칼집에 넣어서 가지고 다녔다.

6세기의 유명한 역사 서술가 투르의 그레고리우스가 쓴 『프랑크의 역사』에서는 서기 575년 프랑크의 지기베르트 왕을 살해한 것과 관련하여 다음과 같이 말하고 있다.

그때 프레데군드 왕비에게 학대를 받던 두 하인이 흔히 스크래머색스라 불리는 강력한 작은 검에 독을 발라 들고 짐짓 볼일이 있는 척하며 다가와 왕의 옆구리를 찔렀다.

이 언급말고도 서고트족(族)의 법전에는 병사에게 지급해야 할 무기 목록에 스크래머색스가 포함되어 있다.

시카/파스가논 Sica / Phasganon

- 위 력 : ★★★
- 날모양 : 직선에 평평한 날, 앵글형
- 용 도 : 공격(시카 : 베기, 파스가논 : 베기, 찌르기)
- 가 격 : ★★(+★★?)
- 지명도 : ★★★★

외형

시카는 그리스와 로마에서 예리한 외날 단검을 총칭하는 것이다. 시카의 특징은 날이 〈자로 극단적으로 굽어 있다는 것, 즉 자루가 날에 직각을 이루고 있다는 점이다. 한편, 파스가논은 곧게 뻗은 도검의 총칭으로, 색스처럼 그 의미가 소드나 대거, 나이프 등에 두루 적용될 수 있는 것으로 알려져 있다.

역사와 세부 내용

시카는 트라키아에서 일리리아 지방[90] 근방에서 생겨났다고 한다. 에트루리아인이나 리그레스인[91]도 즐겨 이런 타입의 단검을 이용하였다. 그리고 라인 강이나 도나우 강 건너 지역의 사람들도 이런 타입의 단검을 알고 있었다.

파스가논

지중해 세계에서 기원전 6~4세기에 그리스인은 굽은 날을 가진 모든 검을 마카이라 혹은 코피스라 불렀다. 헬레니즘 시대가 되자 트라키아인이나 일리리아인 병사가 저지른 잔학무도한 행위를 언급할 때면 시카라는 말이 사용되곤 했다.

기원전 1세기에는 아드리아해 연안을 노략질하는 일리리아 해적이나 전문적인 살인자의 범죄를 서술할 때 시카라는 말이 사용되었다. 즉, 그리스인은 자기들 이외의 야만족이 사용한 만도(蠻刀)를 가리켜 시카라고 불렀던 것이다. 어쨌거나 문명국(이라고 그들은 믿었다) 그리스인에게 시카는 야만스러운 무기였다.

직선형 단검으로 알려진 파스가논은 아득히 고대 미케네 시대부터 이름 높은 무기로 알려져 있다. 파스가논은 고대 크레타 문명에서는 '사이포스(xiphos)'라 불렸다. 이는 미케네어로 유명한 선문자(線文字) B에서 볼 수 있는 옛 언어이다.

파스가논은 그리스의 서사시에서 볼 수 있는 용어로서 장검, 단검, 나이프를 가리키며, 곧고 양날을 가지고 있으며 끝이 뾰족한 검을 뜻했다. 기원전 1500년경의 미케네어 문헌이 이를 증명하는데, 그 문헌을 보면 그 이름이 동지중해 지방 고유의 예리한 무기에 붙여진 것임을 알 수 있다. 호메로스가 남긴 문헌에서도 파스가논이라는 말을 볼 수 있는데, 그(?)[92]는 오히려 단검보다 장검을 이르는 말로 사용하고 있는 것 같다.

---

90) 트라키아(Thracia)와 일리리아(Illyris) 지방 : 트라키아는 지금의 발칸 반도 동남부 지역이고, 일릴리아는 역시 발칸 반도 아드리아해 연안 지역이다.

91) 리그레스인 : 유럽인도어족이 침입하기 이전, 남프랑스나 북서 이탈리아 지방에 살던 종족. 기원전 3세기에 로마에 정복되어 이탈리아의 한 지역이 되었다.

92) 호메로스는 그리스에서 가장 오래된 이야기인 『일리아스』와 『오디세이아』의 작자로 유명한데, 과연 어떤 인물이었는지는 전혀 알려지지 않았으며, 그가 여성이라는 설도 있다.

스틸레토 Stiletto, Stylet

- 위　력 : ★★(+★)
- 날모양 : 막대형
- 용　도 : 공격, 일반
- 가　격 : ★★
- 지명도 : ★★★

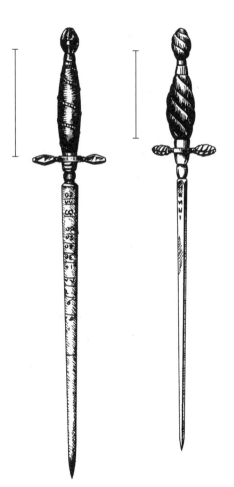

외형

스틸레토란 칼몸이 가늘고 송곳처럼 뾰족한 단검을 말한다. 이 칼몸은 그 절단면이 삼각형 혹은 사각형이다. 자루에는 작은 공 모양, 때로는 조금 납작한 포멜이 달려 있었고, 솔방울 모양의 포멜도 있었다. 작은 키용이 달려 있고 그 양쪽 끝에 포멜 같은 것이 달린 것도 있다.

길이는 30~40cm, 날 폭은 1cm 정도, 무게는 0.3~0.4kg이다. 17~18세기의 스틸레토는 이것보다 한층 크다.

스틸레토

195

역사와 세부 내용

스틸레토라는 이름은 밀랍판에 글이나 그림을 그리는 도구 '스틸루스 (stylus)'에서 온 말이다. 이 단검은 쉽게 휴대할 수 있는데다가 찌르기를 목적으로 만들어진 것이어서 도시의 평화를 위협하는 흉기라 하여 종종 휴대가 금지되기도 했었다.

그럼에도 불구하고 스틸레토가 광범위하게 쓰인 것은, 시민들이 신변을 지키기 위해 메일이나 가죽을 사용하게 되었기 때문이다. 이 가늘고 예리한 칼끝이라면 상대가 아무리 새로운 갑옷을 입고 있더라도 효과적으로 찌를 수가 있었던 것이다.

한편, 17~18세기 이탈리아에서는 스틸레토가 전혀 다른 용도에 쓰였다. 포병부대 병사들이 포구나 포탄의 크기를 재는 데 쓰기 위해 스틸레토의 칼몸에 눈금을 새겨서 썼던 것이다. 이때 사용된 스틸레토는 그 단면이 원형이었다.

제 **3** 장

창류

창의 생김새

창의 종류

창이란 긴 자루에 날붙이를 매단 무기다. 쉽게 말해서 날붙이와 자루가 결합된 단순한 구조인 것이다. 제3장에서는 그 중에서 예리한 날붙이를 가진 것들을 소개한다.

예리한 날붙이란 '창날' 혹은 '창끝'을 갖춘 것으로, 찌르기나 베기에 이용된다. 그 모양새와 용법에 따라 크게 두 종류로 나눌 수 있다. 즉, 스피어(spear) 종류와 폴 암(pole arm) 종류가 그것이다.

스피어류(類)는 찌르기만을 목적으로 한다. 가장 단순하고 오래 전부터 존재했으며, 자루를 가진 무기의 원점에 위치하는 것이라고 할 수 있다.

한편, 폴 암류(類)란, 길다는 특성을 살려 찌르기 이외의 용법으로도 쓰는 창을 총칭하는 것이다. 시대적으로는 중세에 발달한 무기류로서, 스피어류에 비해 그 수명이 짧았던 것으로 보인다.

스피어의 종류

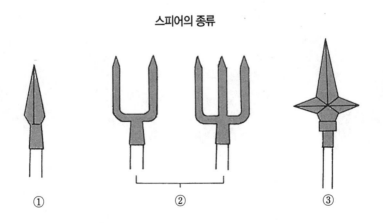

①   ②   ③

① 기본형 창

기본형 창의 일종인 스피어는 구조가 간단한데다가 보병과 기병이 두루 쓸 수 있는 것이었다. 또 접근전이나 원거리전에 두루 효과적이었으므로 매우 널리 보급되었다. 스피어가 접근전용 이라면 파이크는 원거리 전용으로서 그 이름을 남기고 있다. 총기가 일반화되기 전에는 기본형 창은 전세계에서 가장 많이 제작되고 사용된 무기라고 할 수 있다.

② 갈퀴형 창

갈퀴형 창을 대표하는 쌍지창 및 삼지창형 창으로는 도구에서 진화한 포크나 트라이던트가 있다. 이러한 무기가 서유럽에서 정식 무기로 채택된 일은 없지만, 민중 봉기 등에 이용되어 그 위력을 과시했다.

③ 날개 부착형 창

창끝이 창머리의 좌우에 달려 있어서 흔히 '윙 스피어' 라 불린다. 기원은 중세 암흑 시대까지 거슬러 올라갈 수 있다. 날개 부착형 창은 당초에는 상대에게 깊이 찔리지 않도록 하기 위한 궁리였지만 나중에 파르티잔 같은 것이 등장하자 그 효용은 상대에 대한 타격을 늘리거나 무기를 막아내는 것이 되었다.

폴 암의 종류

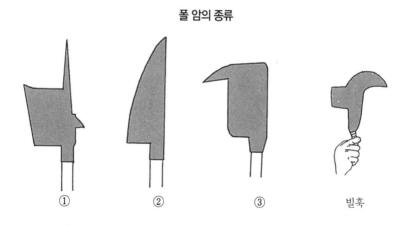

① 도끼형 창

영국에서는 폴 엑스, 유럽 대륙에서는 할베르트라고 불렀으며, 중세를 대표하는 무기로 알려져 있다. 고대 그리스 · 로마인을 제외하고 그들이 등장했던 시대보다 앞서 무기로 사용되었다. 이 형은 베기를 목적으로 한다.

② 장도형 창

폭이 넓은 한쪽 날을 지닌 무기로서 베기 공격에 사용한다. 도끼형과 달리 그 기원이 도검이며,

이를 휘둘러 상대방을 베는 것을 목적으로 한다.

③ 갈고리형 창

나뭇가지를 걸어서 베는 빌 혹이라는 공구에서 발전한 것으로 중세에 기병이나 갑옷 입은 병사를 끌어당겨 쓰러뜨리기 위한 것이다.

각부분 명칭

여기에서는 창의 일반적인 형상을 전제하고 각 부분별 이름을 소개하면서 간단하게 설명하겠다.

창의 각부 명칭

①스피어헤드(창끝 : spearheads)

스피어헤드에는 날이 선 평평한 형과 날이 없는 막대형이 있다. 평평한 형은 정식 무기로 사용되던 창의 특징이며, 막대형은 일반 도구를 무기로 만든 창에서 자주 볼 수 있다. 그러나 찌르기 전용이나 위협 전용이라면 막대형으로도 충분하며 파이크 따위는 거기에 해당한다.

②스파이크(spike)

폴 암 종류를 찌르기에 이용할 수 있도록 고안된 것으로, 전방을 향해 도사리도록 장착되어 있다.

③플러크(미늘, 갈고리 : fluke)

목표물을 잡아채기 위해 고안된 것으로, 이는 낫처럼 걸어서 베는 농기구의 특징을 무기에 적용한 것이다.

④액스 블레이드(도끼날 : ax blade)

창 중에는 도끼머리에 스파이크나 플

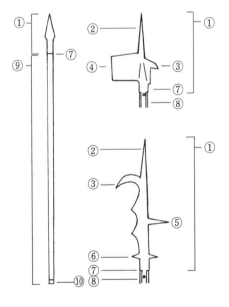

러크를 장착한 것도 있다.

⑤ 핀(peen)

핀은 폴 암 종류에 있는 독특한 부분으로, 휘두를 때도 찌르기 효과를 낼 수 있도록 고안된 것이다.

⑥ 러그(lugs)

기본형 창에 이것이 달려 있다면 타격을 늘리기 위해서나 너무 깊이 막히지 않도록 하는 기능을 가지지만, 폴 암 종류에서는 핀처럼 휘두를 때 찌르는 효과를 주기 위해서 장착된 것으로 생각된다. 또 적의 공격을 막아내는 데 중점을 둔 러그는 따로 '크로스 가드(cross guard)'라 불렀다.

⑦ 소켓(socket)

자루에 창끝을 꽂는 부분으로, 파이프처럼 된 것을 '소켓'이라고 한다.

⑧ 랑게트(langet)

창끝을 자루에 고정하는 곳으로, 보통 좌우 양쪽에 있으며 여기에 못을 쳐서 고정했다.

⑨ 폴, 샤프트(자루 : pole, shaft)

창에서 창끝 이상으로 중요한 것이 자루이다. 이는 예로부터 나무로 만들었다. 공격의 충격은 자루를 통해 사용자에게 전달되므로 튼튼하고 탄력성이 풍부한 재질이 필요했다. 그래서 예로부터 주목이나 물푸레나무 따위를 썼다.

또 폴은 사용하기 쉽도록 끝에 가까워질수록 가늘어지거나, 손으로 쥐는 부분에 천이나 가죽을 감아 단단하게 쥘 수 있도록 했다.

⑩ 바트(밑동 : butt)

마개 모양의 금속을 부착하기도 하지만 기본적으로는 창끝 반대쪽을 이렇게 부른다. 땅에 꽂히는 타입일 경우 여기에 창끝 모양의 쇠붙이를 작게 부착하기도 한다.

창의 역사

창의 등장 배경

긴 막대 끝에 예리한 나무나 돌, 쇠붙이를 동여맨 무기를 모두 창이라고 한다. 창은 자루의 길이나 창끝의 생김새에 따라 다양한 종류가 있으며 저마다 다른 이름을 가지고 있다. 그 기원은 원시 시대의 사냥 무기에서 발달한 것으로, 상대를 찌르기 위한 도구이다. 그리고 창은 조직적인 군대가 사용하면서 비로소 무기로서 제 위치를 확립하였다.

창의 사용법은 그리스 시대에 확립되어 오늘날까지 전해지게 되었다. 그리스 로마 시대에는 이를 '아멘툼(amentum)'이라 했으며, 원근(遠近)에 두루 쓰이는 만능 무기였다. 보병용 창으로는, 알렉산드로스 대왕 시대에 그가 이끈 마케도니아군의 팔랑크스(밀집대형)에서 주요 무기로 쓰인, 길이가 5m나 되는 '사리사(sarisa)'가 유명하다. 또 로마인의 '하수타(hasuta)', 켈트인이 사용한 '랜시아(lancea)', 투척에 편리한 '필룸' 등도 당시를 대표하는 창으로 알려져 있다.

전성기에 이르기까지의 배경

로마 시대가 끝나고 역사의 중심이 지중해에서 서유럽으로 옮겨가기 시작한 4~9세기, 당시 대국이었던 프랑크 왕국에서는 기존의 예각적이던 창머리 대신에 찌르기뿐만 아니라 베기에도 쓸 수 있도록 나뭇잎 모양의 창끝을 사용하기 시작했다. 나아가 머리와 자루가 접속되는 부분에 작은 돌기를 부착한 창이 출현하는 것도 이 즈음이다. 이는 '윙드 스피어(Winged spear)'라 불리며, 상대에게 주는 타격이나 거리를 향상시키고 나아가 상대의 공격을 저지할 수 있도록 고안된 것이다.

또 윙은 지나치게 깊이 찌르지 않도록 하는 역할도 했다.

이 윙은 12~14세기에 발전하였고, '랑데베베(langdebeve)'라는 날 넓은 창과 결합하여 르네상스 시대에 '파르티잔'이라는 모습으로 완성된다. 파르티잔이 징검다리 역할을 해 주었기에, 군대의 기병화(騎兵化)에 따라 기병의 무기로 발전하는 '랜스'가 등장할 수 있었다. 이것은 지금도 사용되고 있다.

전성기를 지나며

창의 전성기는 군대의 기병화와 함께 보병의 대(對)기마 전술이 발전하면서 도래하였다. 때는 11세기경, 그 원형은 농기구나 일반 연장이었다. 도끼나 낫, 포크에서 발전한 '할베르트'나 '부주' '빌'이 그것이다. 그러나 편리성과 전투성을 염두에 둔 이러한 무기는 르네상스 시대의 문화 · 개혁의 영향 및 유행에 따라 비대해져서 본래의 목적뿐만 아니라 다양한 용도에 맞추어 개량되어 갔다. 르네상스는 유럽인에게 문화의 르네상스일 뿐만 아니라 병기의 르네상스이기도 했던 것이다.

14~17세기 이탈리아에서는 앞에서 소개한 파르티잔을 비롯하여 '코르세스카' '보어 스피어(bore spear)'[93] '파이크' 등이 잇달아 발명되었다. 보어 스피어는 매우 커다란 나뭇잎 모양의 날이 서 있는 수렵용 창으로, 역시 작은 돌기가 있다. 또 16세기에 마찬가지로 이탈리아에서 발명된 '폴딩 스피어(folding spear)'[94]라는 무기는 머리의 날 부분이 다른 창보다 몇 배나 크고 곧게 뻗은 날의 양쪽에는 크게 휜 윙이 붙어 있었다. 이 윙은 가지고 다니기에 편리하도록 접어서 머리에 집어넣는 형태도 있었지만, 이것은 매우 값비싼 무기여서 귀족이 아니면 사용하지 못했던 것 같다. 그래서 폴딩 스피어 중에는 멋

---

93) 보어 스피어 : 창끝이 나뭇잎처럼 생긴 스피어.

94) 폴딩 스피어 : 창끝이 곧게 뻗고, 창끝 좌우에 초승달처럼 젖혀진 윙을 가진 스피어.

지게 장식된 것이 많다.

　16세기에 화약을 사용하는 개인 병기, 즉 머스킷 총이 군대에 채택된 뒤부터 창은 보병용 무기의 제왕의 자리를 내주어야만 했다. 그러나 당시 총은 탄약 장진에 시간이 걸린다는 결점이 있었기 때문에 창이 전혀 사용되지 않았던 것은 아니다. 나아가 총 앞에 꽂는다거나 해서 계속 사용되었고, 현재 남아 있는 '바이오네트'의 원형이 되기도 했다. 그리고 보병용 외에 승마용 창으로는 중세 토너먼트에 사용된 '랜스'가 유명하고, 투척용 창은 '재블린'이라는 모습으로 지금도 남아 있다.

스피어를 치켜든 병사

창이 무기의 역할을 마감한 뒤에도 일부는 과거의 영광 덕분에 병사들에게 하나의 상징으로 애호되어 지금까지 남아 있다. 의식용 '글레이브' '할베르트' 그리고 '스펀툰' '하프 파이크' 등이 그것들이다.

창류의 성능 일람표

표에서 ★의 수는 앞의 장과 마찬가지의 제한과 기준에 따라 정해졌다.

차례	명칭	위력				체력	숙련도
		찌르기	베기	구타	잡아채기		
①	스피어(Spear)	★★(+★★)	–	–	–	★(+★★)	★(+★★)
②	할베르트(Halbert)	★★(+★)	★★(+★)	(★★)	–	★★(+★)	★★(+★★)
③	부주(Vouge)	★(+★)	★★★	–	★★	★(+★★★)	★(+★★)
④	글레이브(Glaive)	★(+★)	★★★(+★)	–	(★)	★★(+★★★★)	★★(+★★)
⑤	빌(Bill)	[★★(+★)]	[★★(+★)]	–	★★★★	★★(+★)	★★★+(★★)
⑥	트라이던트(Trident)	★★★★(+★)	–	–	–	★★	★★
⑦	포크(Fork)	★★★	–	–	–	★(+★)	★(+★)
⑧	파르티잔(Partisan)	★★★★	–	–	–	★★	★★
⑨	파이크(Pike)	★★(+★★★★)	–	–	–	★★★	★★★
⑩	코르세스카(Corsesca)	★★★★	–	–	★★	★★(+★)	★★(+★)

가격	지명도	길이 (m)	무게 (kg)
★(+★★★)	★★★★★	2~3 롱스피어 0.8~2 쇼트 스피어	1.5~3.5 롱스피어 1.2~ 쇼트 스피어
★★★(+★★)	★★★★★★	2~3	2.5~3.5
★(+★★★)	★★★	2~3	2~3
★★★(+★★)	★★★★★★	2~2.5	2~2.5
★★(+★★)	★★★★★★	2~2.5	2.5~3
★★(+★★)	★★★★	1.5~1.8	2~2.5
★(+★★)	★★★★★★	2~2.5	2.2~2.5
★★★(+★★)	★★★	1.5~2	2.2~3
★★★	★★★★★★	5~7	3.5~5
★★★	★★★	2.2~2.5	2.2~2.5

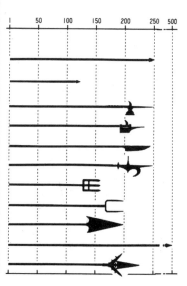

207

스피어 Spear

- 위　력 : 찌르기 ★★(+★★)
- 체　력 : ★(+★★)
- 숙련도 : ★(+★★)
- 가　격 : ★(+★★★)
- 지명도 : ★★★★★

외형

스피어는 창끝 날 부분의 차이 외에는 뾰족한 창끝과 자루만 결합시킨 단순한 구조이다. 그 길이와 용법에 따라 '롱 스피어'와 '쇼트 스피어'로 나뉜다.

롱 스피어는 보병이 적보다 유리한 위치에서 공격하기 위한 것으로, 길이가 2m 전후이다. 이것은 단순히 위협용이 아니라 순수한 찌르기 전용 무기이다.

쇼트 스피어의 목적은 더욱 다양하여, 때로는 투척에도 이용되었다. 마상에서 이용하는 스피어는 대부분 이런 종류에 속한다. 이상 두 가지 공격법을 기준으로 롱 스피어와 쇼트 스피어를 구분할 수 있다.

롱 스피어는 길이 2~3m 무게 1.5~3.5kg 정도이고, 쇼트 스피어는 그보다 짧아, 가장 짧은 것은 1.2m, 무게는 약 0.8~2kg 이다.

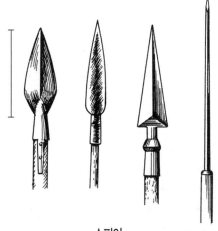

스피어

역사와 세부 내용

창 가운데 가장 단순하게 생긴 것이 스피어이다. 구조가 단순한데다가 보병과 기병이 모두 쓸 수 있는 디자인이고, 또 접근전과 원거리전에 두루 유용했으므로 총기가 일반화되기 전에는 전세계에서 가장 많이 제작되고 사용된 무기라고 할 수 있다.

쇼트 스피어는 원시 시대에 수렵 생활이 발전함에 따라 수렵 도구로 등장했다. 다만 도구에서 무기로 바뀐 것은 세월이 더 흘러 군대가 성립한 시기에 이루어졌다고 보는 편이 타당할 것이다.

고대의 전투는 방패를 들고 쇼트 스피어로 찌르기 공격을 하는 접근전이었다. 그러나 고대 메소포타미아 문명에서 히타이트의 전술로 대표되던 이러한 집단 전술은 사르곤 왕이 도입한 전차와 투척 무기에 의해 완전히 뒤집히고 만다. 이때 스피어를 더 길게 늘려 적을 신속하게 공격하고 기병을 위협해야 할 필요성이 생겨나면서 롱 스피어가 등장하였다. 이것이 저 유명한 그리스의 방진(phalanx)이라는 밀집대형[95] 전술로 연결되는 것이다.

스피어는 그 길이에 따라 용법도 달라지게 되었다. 이를테면 롱 스피어는 허리춤에 꼬나들고 적과 맞서고, 쇼트 스피어는 어깨 위로 치켜들고 적을 위협하며 접근했다가 투척을 하거나 그대로 찌르기 공격을 하기도 했다.

이 용법은 얼마간 유지되었지만 활이 널리 보급되자 스피어는 긴 것이라는 관념이 뿌리를 내리게 된다. 이리하여 롱 스피어가 전성기를 맞이하는데, 중세에 다양한 용도에 쓸 수 있는 할베르트나 빌 등이 등장하자 그 전성기도 막을 내렸다. 그리고 찌르고 위협하는 용도는 파이크가 이어받았다. 이렇게 롱 스피어는 중세 창의 기초가 되었다.

---

95) 그리스의 밀집대형 : 병사들이 서로 어깨가 닿을 정도로 가까이 늘어서되, 보통 가로·세로 8명씩 모두 64명이 하나의 방진을 구성한다.

할베르트 **Halbert**

- 위 력 : 찌르기 ★★(+★) 베기 ★★(+★) (구타 ★★)
- 체 력 : ★★(+★)
- 숙련도 : ★★(+★★)
- 가 격 : ★★★(+★★)
- 지명도 : ★★★★★

외형

　백병전 무기의 황금기인 르네상스 시대에 가장 대중적인 무기가 바로 할베르트다. 이 복잡하게 생긴 무기는 찌르기, 베기, 잡아채기, 갈고리로 때리기 등 네 가지 기능을 두루 갖추고 있었다. 창머리 부분은 30~50cm 정도이고, 여기에 2~3m 되는 자루에 부착되어 있어 전체 길이는 2~3m, 무게는 2.5~3.4kg 정도였다.

역사와 세부 내용

　할베르트라는 이름은 '막대기'를 뜻하는 독일어 '할름(Halm)'과 도끼를 뜻하는 '베르테(Berte)'를 합친 것으로, 굳이 번역하자면 '도끼창' 정도가 될 것이다. 생김새는 창형 머리에 도끼처럼 생긴 넓은 날이 붙고, 그 날 반대편에 작은 갈고리 모양의 돌기가 튀어나온 것이었다.

　할베르트의 뿌리가 된 무기는 6~9세기에 북유럽의 전사가 사용하던 스크래머색스라는 날 넓은 검을 긴 막대기 끝에 부착한 것으로, 13세기경 스위스에서 사용되었다. 이 무기가 더욱 강력한 것으로 개량되어 15세기 말경에 세 번째 특징인 갈고리가 부착됨으로써 할베르트의 외형이 완성되었다고 할 수 있다.

할베르트는 도끼 부분 덕분에 기존의 스피어보다 위력이 있고, 갑옷을 장착한 기병에게 열세를 보이던 창병의 공격력을 크게 향상시켰다. 도끼 부분의 사용법은 상대방의 머리를 내려치거나 옆으로 휘두르거나 혹은 상대방의 뒤에서 발을 후리는 것, 나아가 마상의 적을 말에서 잡아채어 끌어내리는 등 참으로 다양한 용법이 있었다.

또 할베르트의 갈고리 부분은 머리를 보호하는 헬멧을 부수고 적에게 치명상을 주기 위해 부착된 것이다.

15~16세기에 걸쳐 보병들은 이 할베르트를 장비하게 되었고, 유럽에서 할베르트 또는 그와 유사한 무기를 장비하지 않은 군대는 없었다.

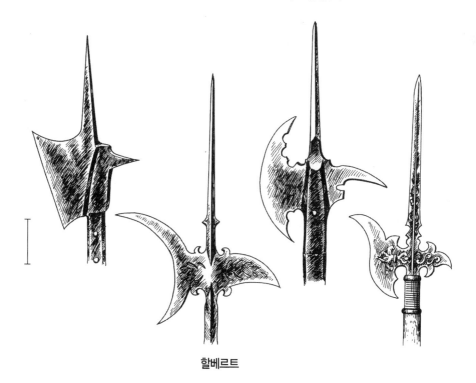

할베르트

할베르트의 역사가 종말로 가는 첫 발은 파이크의 등장이었다. 파이크는 알렉산드로스 대왕 시대의 '사리사'처럼 자루가 5m나 되는 창이다. 이 무기를 채택한 16세기의 스위스군이 파이크 전술이라 불리는 사형진(斜形陣)을 구사하자(상세한 내용은 파이크 항목 참조) 할베르트를 장비하고 있던 스위스의 적국은 무참하게 패주하였다. 물론, 파이크를 내세운 공격에 패주하기는 했지만 르네상스 시대에 파이크를 장비한 것은 스위스 병사들뿐이었고, 할베르트는 여전히 각국 군대에서 사용되고 있었다.

이 무기가 최종적으로 전장에서 모습을 감춘 것은 다른 백병전 무기와 마찬가지로 '머스킷 총'[96]이 발명되었을 때였다. 그러나 결국 할베르트는 그 원형이 나타난 13세기부터 머스킷 총에 밀려나는 16세기 말까지 실로 300년 동안이나 유럽의 핵심 병기였던 것이다.

할베르트나 부주는 그 전성기인 16세기 중반부터 전장에서 모습을 감추는 그 세기의 말까지 약 50년 동안 최후의 진화를 이루었다. 도끼 부분은 전보다 더 커지고, 경량화를 위해 면적을 줄인 도끼라기보다는 초승달형 낫에 가까운 모습이 되었다. 나아가 스파이크는 가늘고 길어지고 갈고리는 아름답게 장식되었다. 이것은 할베르트의 목적이 실용적인 것에서 군주의 군대 퍼레이드용이나 의식용으로 변해 갔기 때문이다. 할베르트는 전장에서 사라진 뒤에도 그 모습 그대로 19세기까지 계속 사용되었다.

---

96) 머스킷 총 : 근세의 소총으로서 전장식(前裝式) 소총의 일반적인 명칭.

부주 Vouge

- 위 력 : 찌르기 ★(+★)   베기 ★★★   잡아채기 ★★
- 체 력 : ★(+★★)
- 숙련도 : ★(+★★)
- 가 격 : ★(+★★★)
- 지명도 : ★★★

외형

부주는 스위스나 프랑스에서 사용된, 할베르트와 유사한 무기의 총칭이다. 할베르트와 마찬가지로 창머리에 도끼처럼 생긴 날을 장착하고 작은 갈고리도 달려 있다. 길이는 2~3m, 무게는 2~3kg이었다.

역사와 세부 내용

프랑스의 할베르트로 알려진 부주는 농기구에서 진화했다는 설이 가장 유력하다. 하지만 이것이 할베르트의 전신(前身)이라고 하는 설에 따르면 작은 돌기가 달린 장도형(長刀形) 무기 '기자르므(guisarme)'[97]에서 발전한 것이라고 한다.

부주에도 할베르트와 마찬가지로 갈고리가 있는데, 이는 할베르트처럼 상대방 투구를 부수기 위한 것이 아니라 진짜 갈고리 모양을 하고 있어 공성전(攻城戰) 때 성벽을 오르는 데 사용된 것이라고 한다.

또 할베르트는 15세기에 갈고리가 부착됨으로써 완성되는데, 그전에 사용되던 것을 부주라고 한다는 설도 있다. 이 설에 따르면 갈고리가 달린 할베르

---

97) 기자르므 : 글레이브나 빌의 원형이기도 한 낫 모양의 폴 암.

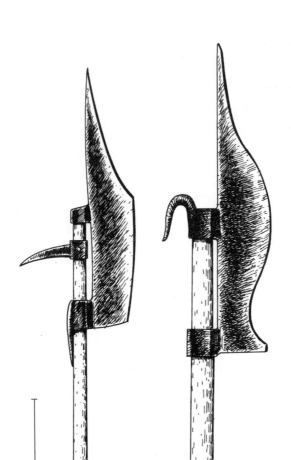

부주

트가 탄생하면서 그때까지 할베르트라 불리던 것을 '스위스 부주'라 부르게 되었다는 것이다. 그리고 이에 대하여 프랑스 등지에서 사용되던 마찬가지 모양의 무기를 '프렌치 부주'라 부르기도 했다.

글레이브 Glaive

- 위　력 : 찌르기 ★(+★)　베기 ★★★(+★)　(잡아채기 ★)
- 체　력 : ★★(+★★★)
- 숙련도 : ★★(+★★)
- 가　격 : ★★★(+★★)
- 지명도 : ★★★★★

외형

로마군이 사용하던 글라디우스가 어원인 글레이브는 펄션이라 불리는 언월도(偃月刀)를 닮은 날을 가진 폴 암으로, 유사한 무기 가운데서는 가장 큰 날을 가지고 있다. 커다란 것으로는 머리 부분이 70cm나 되고, 외날에 초승달처럼 크게 젖혀져 있다.

자루의 길이는 약 2m에서 2.5m 정도이며, 개중에는 날 반대편에 작은 갈고리가 달린 것도 있다. 길이는 2~2.5m, 무게는 2~2.5kg 정도였다.

역사와 세부 내용

글레이브의 원형은 메소포타미아 문명 때부터 무기로 사용되던 농기구인 큰낫이라고 하는데, 북유럽 민족이 사용하던 펄션에 자루를 단 것이라는 설도 있다. 대체로 13세기경에 그 모양을 갖추고 각국 군대에서 주로 궁정 근위병용 무기로 썼다. 일설에 따르면, 글레이브가 사용된 것은 12세기라고 하는데, 그 시대에 이와 비슷한 무기를 사용하던 이탈리아에서는 군용 큰낫과 글레이브를 모두 펄션이라고 불렀으므로 그것이 글레이브의 시초라고 단언할 수는 없겠다.

큰낫에서 발전한 원형과 글레이브의 커다란 차이는 글레이브가 날끝이 뾌

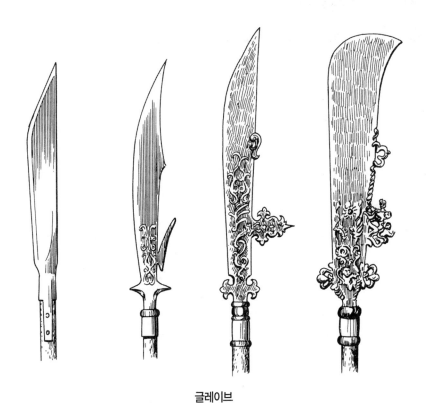

글레이브

족하여 찌를 수도 있었다는 점이다. 글레이브는 이렇게 찌를 수도 있었지만 그 넓은 날을 최대한 활용하여 크게 휘두르는 것이 일반적인 용법이었다.

글레이브는 그뒤로도 진화를 계속한다. 실제 전투에서 사용되었을 뿐만 아니라 더욱 주요하게는 의식용이나 근위병용 장식으로 쓰였기 때문에 시대가 흐를수록 날은 더 커지고 장식도 요란스러워진다. 그러나 실용적인 진화가 전혀 없었던 것은 아니다. 15세기경에는 전쟁에서 상대방 무기를 자기 무기로 제압할 수 있는가가 문제가 되면서 글레이브에도 다른 창 무기와 마찬가지로 날 반대편에 갈고리가 달리게 되었다.

글레이브는 16세기 말경이면 이미 전장에서 사라지지만, 이탈리아를 중심으로 하는 궁정에서는 17세기 말까지 근위병의 퍼레이드 등에 사용하였다. 독일에서는 이렇게 사용된 글레이브를 '쿠제(couse 또는 kuse)'라 불렀다.

한편, 일본에서는 헤이안 시대부터 비슷한 모양의 나기나타(刀)가 에도 시대까지 사용되었다. 이것이 글레이브와 직접적인 연관이야 없겠지만 글레이브의 일종이라고 할 수도 있을 것이다.

빌 Bill

- 위　력 : 잡아채기★★★★ 찌르기 ★★(+★) 베기 ★★(+★)
- 체　력 : ★★(+★)
- 숙련도 : ★★★(+★★)
- 가　격 : ★★(+★★)
- 지명도 : ★★★★★

외형

　빌은 글레이브와 마찬가지로 긴 자루 끝에 부드럽게 휜 날을 단 무기다. 다만, 글레이브가 상대를 찌를 수도 있도록 끝이 뾰족한 데 반해, 빌은 상대를 잡아챌 수 있도록 끝을 갈고리처럼 만들었고, 또 양날이라는 것이 차이점이다. 다양한 폴 암 중에서도 상대를 찌르기보다 잡아채기만을 고려하여 디자인된 것은 빌뿐이다. 보병이 튼튼한 플레이트 아머를 장비한 뒤로는 찌르기보다 잡아채어 쓰러뜨린 뒤에 공격하는 것이 더 효과적이

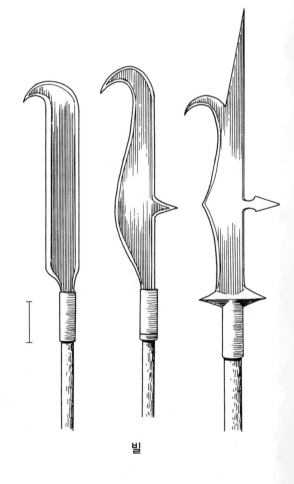

빌

218

었기 때문에 활발하게 보급되었다. 길이는 2~2.5m, 무게는 2.5~3kg이다.

역사와 세부 내용

빌도 다른 폴 암과 마찬가지로 본래는 농기구에서 발전한 것이다. '빌훅 (billhook)' 혹은 '시클(sickle)'이라 불리는 둥근 형의 낫이 그 원형이다. 이 무기 가 언제부터 사용되었는지는 분명하지 않지만, 13세기 이탈리아에서 '론코 (ronco)' '론코네(roncone)' 따위로 불리던 것이 그 시초라고 할 수 있을 것 같 다.

13세기경의 빌은 매우 단순하게 생겼는데, 시대가 흐르면서 다른 무기의 영향을 받았는지 점차 복잡하게 변모해 간다. 우선 굽어 있던 창끝에 상대를 찌를 수 있는 스파이크가 부착되어, 상대를 잡아채어 쓰러뜨린 뒤에 찌를 수 도 있게 되었을 뿐만 아니라, 그 창 부분과 낫 부분 사이로 상대방의 무기를 막을 수도 있게 되었다.

또 15세기부터는 상대의 공격으로부터 사용자의 손을 보호할 수 있는 작은 윙을 부착하였고, 나아가 당시 주요 병기였던 할베르트의 영향을 받아 상대 방의 투구를 공격하기 위해 작은 갈고리도 부착하였다.

빌은 아무래도 대규모 군대보다는 농민이나 시민 공동체처럼 비교적 작고 미숙한 군대에서 많이 사용했던 것 같다. 이는 주요 병기였던 할베르트가 고 도의 훈련을 필요로 했기 때문인데, 그렇게 훈련된 병사가 아닌 사람들에게 는 이 빌이 안성맞춤이었던 것이다.

16세기 중반에 새로운 유형의 군대, 즉 총을 든 보병이 등장하면서 빌도 다 른 폴 암과 마찬가지로 제일선에서는 모습을 감춘다. 그러나 그뒤에도 비록 소수이기는 하지만 프랑스나 피에데몬테의 하급 사관이 계급이나 소속 부대 의 문장이 새겨진 이 무기를 18세기 중반까지 계속 사용했다고 한다.

트라이던트 Trident

- 위 력 : 찌르기 ★★★★(+★)
- 체 력 : ★★
- 숙련도 : ★★
- 가 격 : ★★(+★★)
- 지명도 : ★★★★

외형

트라이던트는 농기구에서 발전한 비교적 오래 전부터 존재했던 폴 암이다. 그 모습은 바다의 신 포세이돈이나 그 밖의 신화에 등장하는 신들의 무기로서 각종 이야기의 삽화나 예술품, 동전 등에서도 볼 수 있다. 모양은 포크와 비슷하며, 긴 자루 끝에 갈퀴가 세 갈래로 된 창끝이 붙어 있다. 창끝이 하나인 것보다 세 개일 때 명중률과 위력이 향상된다는 점이 이 무기의 설계 개념

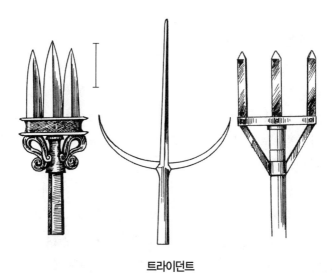

트라이던트

이라고 할 수 있겠다. 그래서 트라이던트에 입은 상처는 치료하기가 매우 힘들었다고 한다.

세 갈퀴의 창끝은 곧게 뻗거나 바깥쪽으로 펴져 있는데, 중국에서 사용된 것 중에는 양쪽 날이 초승달처럼 젖혀진 것도 볼 수 있다. 길이는 1.5~1.8m, 무게는 2~2.5kg이었다.

역사와 세부 내용

어느 나라도 트라이던트를 정식 무기로 채택한 적은 한 번도 없었다. 이것은 본래 물고기를 잡는 도구로 개발된 것이며, 농기구로 사용된 예도 쉽게 찾아볼 수 있다. 지금도 각국의 농가에서 그 모습을 볼 수 있다. 트라이던트의 날끝은 처음에 사슴뿔로 만든 것으로 추측되는데, 주조 기술이 개발되자 금속이 사용되기 시작했다. 그런 의미에서는 가장 원시적인 무기인 창과 트라이던트는 같은 시기에 발생했다고 생각할 수도 있을 것 같다.

트라이던트가 역사상 무기로 처음 등장한 것은 고대 로마 시대이다. 당시 콜로세움(원형경기장)에서 벌어진 검투사(글래디에이터)의 싸움은 로마 시민들의 인기 있는 유흥이었는데, 레티아리우스라 불린 검투사들은 오른손에 트라이던트, 왼손에 그물을 들고 어부처럼 이를 던져 적을 움직이지 못하게 한 다음 최후의 일격을 가하는 전법을 구사했다.

또 같은 시대의 해상에서는 갤리선[98]의 해전에서 선원들이 트라이던트를 무기로 하여 싸웠다고 한다. 로마 시대 이후에도 트라이던트는 여러 전쟁에서 게릴라나 농민병 등에 의해 계속 사용되었다.

유럽뿐만 아니라, 기원전 200년경 중국에서도 역시 농민의 무기로 트라이

---

98) 갤리선 : 보통 노로 움직이는 거대한 전함을 말한다. 다만 고대에는 노를 상하로 몇 단을 두느냐로 이름을 붙였는데, 그리스에서는 트라이림,즉 삼단 갤리선이 유명했다.

던트가 등장한다. 중국 문학사의 걸작『삼국지연의』에는 여러 무장이 이 무기를 사용하는 장면이 묘사되어 있다. 또 중앙 아프리카에서는 트라이던트가 어로에 쓰일 뿐만 아니라 기도사의 기우(祈雨) 춤에도 사용되는 등 종교(샤마니즘)적인 의의도 가지고 있었다고 한다. 그 밖에 자바 섬을 비롯한 오세아니아에도 변형된 트라이던트가 남아 있다.

트라이던트를 꼬나든 로마의 검투사

포크 Fork

- 위　력 : 찌르기 ★★★
- 체　력 : ★(+★)
- 숙련도 : ★(+★)
- 가　격 : ★(+★★)
- 지명도 : ★★★★★

외형

포크는 트라이던트와 마찬가지로 농기구에서 발전한 병기이지만 트라이던트와 전혀 다른 용도와 역사를 가진다. 트라이던트가 한 번도 정규군의 무기로 채택된 적이 없는 임시방편적인 무기였던 데 반해, 포크는 여러 군대에서 사용되어 '밀리터리 포크'라는 독자적인 범주를 낳기에 이르렀다.

포크의 유형은 다양할 뿐 아니라 저마다 다른 용도와 생김새를 하고 있지만, 갈퀴가 두 개라는 것이 포크의 공통된 정의라고 할 수 있다. 길이는 2~3m, 무게는 2.2~2.5kg이었다.

역사와 세부 내용

밀리터리 포크가 전장에 처음 모습을 드러낸 것이 언제였는지는 분명하지 않지만, 정식 병기로 사용된 것은 10세기 십자군 원정 때부터였던 듯하다. 그뒤 15세기에서 19세기에 걸쳐 농민

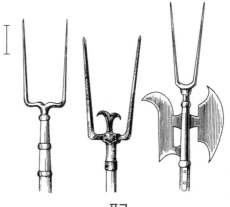

포크

223

반란 등에 많이 사용되었다. 또 17세기 말경에는 이미 이탈리아 · 프랑스 · 독일 등 유럽 각국의 군대에서 보병의 대(對) 기병용 병기로 정식으로 채택되어 사용되었다.

포크의 사용법에는 두 가지가 있는데, 하나는 상대를 찌르는 창과 같은 용법이고, 또 하나는 기병 등 말을 탄 상대를 포크로 공격하여 말에서 떨어뜨리는 용법이었다.

군대에서 사용한 포크는 시대나 지역에 따라 참으로 그 타입이 다양했다. 날끝이 굽은 것, 곧은 것, 끝이 뾰족하면서도 검처럼 날을 가진 것 등이 그것이다. 또 창끝과 자루의 접점, 즉 소켓 부분에 부속품을 장착한 포크도 있다.

16세기 후반에 사보이의 에마뉴엘 필리베르트 공작(Duke Emmanuel Philibert)은 그의 궁정 호위병에게 도끼와 빌을 포크에 부착한 것을 장비하게 하였다. 나아가 작은 가시를 부착한 것, 포크에 바퀴식 방아쇠통(Wheellock pistol)을 부착한 것 등도 사용되고 있었다. 후자는 17세기 전반에 베네치아 공화국의 10인 위원회에서 병기 감독을 하던 베르가민이 발명한 것이다.

동양의 경우를 보면, 트라이던트와 마찬가지로 중국에서는 고대부터 포크가 무기로 사용되었고, 일본에서는 에도 시대에 수상쩍은 자를 체포하는 도구로서 '소데가라미'[99] '츠쿠보'[100]와 함께 '사스마타'[101]라 불리는 세 가지의

---

99) 소데가라미 : 무로마치 시대 말에는 '히네리'라 불렸으며, 『무로마치도노 이야기(室町殿物語)』에 등장했다. 적을 생포하기 위한 도구로서, 전체의 3분의 1에 가시가 달려 있어 상대의 옷 등에 쉽게 걸리도록 되어 있다. 끝은 트라이던트처럼 세 갈퀴 혹은 그 이상의 갈퀴가 있는 것도 많다.

100) 츠쿠보 : 많은 가시가 달린 T자형 쇠를 긴 자루에 부착한 것으로, 에도 시대에 생포용 무기로 사용하였다.

101) 사스마타 : 날끝이 투우의 뿔처럼 바깥쪽으로 굽은 두 갈퀴와 가시가 많이 부착된 긴 자루를 가진 생포용 도구.

포크가 사용되었다. 이것들은 두 갈퀴 사이에 상대방의 목을 끼워 움직이지
못하게 해 놓고 체포하기 위한 것이었다고 한다.

　20세기에 들어와서도 포크는 농민의 무기로 사용되었다. 예를 들어 1920
년, 소비에트군이 폴란드에 진입했을 때 폴란드 농민들은 포크와 플레일, ‘사
이드(큰낫)’ [102] 따위로 무장하고, 바르샤바를 공격하는 소비에트군을 무찌르
기 위해 정규군에 협력했다.

---

102) 사이드 : scythe. 유럽의 농민이 추수를 할 때 썼던 커다란 낫으로, 흔히 죽음의 신이 들
고 다니는 큰낫을 이른다.

파르티잔 Partisan

- 위 력 : 찌르기 ★★★★
- 체 력 : ★★
- 숙련도 : ★★
- 가 격 : ★★★(+★★)
- 지명도 : ★★★

외형

넓은 양날의 창에 작은 돌기가 좌우 대칭으로 달려 있다. 순수하게 찌르기를 목적으로 만든 스피어나 베기를 목적으로 하는 글레이브와 달리 파르티잔은 상황에 따라 찌르기와 베기를 할 수 있게 디자인한 것이 특징이다. 그러나 하나의 무기에 많은 기능을 두루 갖추게 한 할베르트에 비하면, 사용 목적이 전혀 다른 부분들을 조합시켜 놓은 것은 아니므로 구조가 단순하고 힘의 낭비가 적으며, 다양한 목적에 쉽게 쓸 수 있는 매우 뛰어난 무기라고 할 수 있다.

파르티잔의 특징인 두 개의 작은 돌기는 날의 밑동에 부착되어 있어 이 무기로 상대를 찌를 때 타격을 키우거나 그 밖의 격투에서 상대의 무기를 제압하는 등 다목적용으로 쓸 수 있다. 길이는 1.5~2m, 무게는 2.2~3kg이었다.

역사와 세부 내용

파르티잔은 15세기 중반에 '랑데베베(langdebeve)'라는 날이 달린 창에서 발전했다고 한다. 파르티잔이라는 이름은 이 무기가 탄생한 15세기 말에 프랑스나 이탈리아에서 농민 또는 체제에 반대하는 게릴라(즉, 빨치산)가 이 무기를 사용했던 데서 유래한다. 처음에는 이렇게 비정규군이 사용하던 파르티잔도 16세기가 되자 유럽 각국에서 정규군에 의해 사용되기 시작했다.

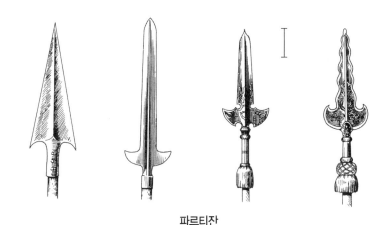

파르티잔

　이렇게 사용된 파르티잔의 평평한 날은 조각이나 부조 등으로 아름답게 장식했다. 개중에는 귀족이나 일국의 왕자들의 사병 또는 궁전의 위병(衛兵)이 사용하는 무기임을 표시하는 문장(紋章)이 새겨진 경우도 있었던 것 같다. 또 정규군에서는 이 무기를 사용하는 장교의 계급을 표시하는 마크가 날 부분에 새겨지기도 했다.

　파르티잔은 16~17세기에 걸쳐 '스펀툰(spontoon)'이라 불리는 하프 파이크에 점차 자기 자리를 넘겨준다. 이 무기는 전장에서 사라지게 된 뒤에도 의전용(儀典用), 즉 비실전적인 목적으로 사용되어 왔다. 절대주의 시대의 프랑스 궁정에서는 부르봉 왕조의 장식이 새겨진 파르티잔이 왕실을 지키는 스위스인 용병에 의해 프랑스 혁명 때까지 사용되었다. 또 이탈리아가 통일되기 전, 나폴리 왕국의 부르봉 궁정에서도 왕국이 멸망할 때까지 이 무기가 사용되었다고 한다.

　오늘도 바티칸의 스위스인 위병은 할베르트 등의 전통적인 무기와 함께 파르티잔을 장비하고 있고, 런던 탑을 경비하는 요먼 위병이나 근위병이 저 유명한 진홍빛 유니폼을 입고 이 무기를 들고 있다.

파이크 Pike

- 위　력 : 찌르기 ★★(+★★★)
- 체　력 : ★★★
- 숙련도 : ★★★
- 가　격 : ★★★
- 지명도 : ★★★★★

외형

파이크 역시 스피어의 일종이라고 할 수 있지만, 사용된 시대나 목적은 크게 다르다. 5~7m로 긴 자루 끝에 25cm 정도의 '나뭇잎' 모양의 날이 달린 이 무기는 보병의 대(對) 기병용 무기로서 15~17세기에 걸쳐 유럽 각국의 군대에서 사용하였다. 파이크의 어원은 15세기에 보병의 창을 프랑스어로 '피크(pique)' 라 부른 데서 유래한다. 무게는 3.5~5kg이었다.

역사와 세부 내용

파이크가 역사에 등장한 가장 오랜 예는 기원전 200년경, 당시 지중해에서 커다란 힘을 가지고 있던 알렉산드로스 대왕의 마케도니아군이 사용하던 '사리사' 라고 할 수 있다. 다만 이것은 정식으로 파이크로 이용된 르네상스 시대의 무기하고는 직접적인 연관이 없다.

사리사는 기병용이 약 3m, 보병용은 5m나 되는 긴 자루를 가진 창으로, 마케도니아군의 방진을 구성하는 주요 무기였다. 그뒤 이러한 긴 자루를 가진 무기는 다루기가 힘든데다가 부대의 기동성을 제약했기 때문에 역사에서 모습을 감추었다.

이 무기가 다시 세상에 나타난 것은 마케도니아군이 사리사를 사용한 시대로부터 1600년이 지난 15세기 스위스에서였다. 그때까지 스위스 병사들이 사용하던 할베르트나 배틀 액스는 적국인 오스트리아의 기병이 사용하는 랜스에 맞서기에는 너무 짧았고, 실제로 몇몇 전투에서 이 때문에 패하기도 하였다. 1422년 6월 30일, 밀라노 공과 스위스군이 벌인 '알베드 전투'에서 유럽 최초로 파이크가 등장했다. 이 전투에서 긴 자루의 파이크를 든 스위스군은 이탈리아의 최고 정예로 알려진 밀라노 기병을 격퇴하였고, 이에 따라 파이크는 스위스군의 주요 병기가 되었다. 파이크의 위력으로 당시 스위스병은 유럽에서 가장 강력한 군대가 되었다.

파이크를 사용하는 전술과 기존 군대의 전술은 그 공격력에서 차이가 났다. 파이크 자루는 매우 길어 기병에 대적할 때만 아니라 보병을 대적할 때도 큰 효력을 발휘했다.

보병과 싸울 때 파이크를 가진 병사들은 횡대로 사선진(斜線陣)을 짜고 전진했다. 상대가 기병일 경우 그들은 왼손에 파이크를 들고 자루의 아랫부분을 왼무릎에 대고 오른발로 그 끝을 밟아 무릎 높이로 고정하였다. 파이크를 이런 자세로 들고 돌격해 오는 적군 기병(騎兵)에 대항했던 것이다. 파이크 병사들은 이렇게 전장에서 많은 유리한 점을 가지고 있었기 때문에, 종종 퇴각하거

파이크와 스위스의 파이크병

나 대형을 바꾸는 아군 기병이나 파이크 이외의 무기를 사용하는 보병을 엄호하는 임무를 맡았다. 그뒤 화기가 전장에 등장한 뒤에도 파이크 병사는 머스킷 총을 장비한 부대가 탄환을 장전하거나 대형을 갖추는 틈에 그들을 엄호했다.

이렇게 효과적인 무기였던 파이크는 다른 나라에도 보급되어 먼저 독일과 스페인, 이어서 이탈리아의 각국과 프랑스로 퍼져나갔다. 17세기 말까지 파이크는 유럽 보병의 주요 무기였지만 그 영광에도 종말의 시간이 찾아왔다. 당시 이미 군대의 주요 병기가 되어 있던 머스킷 총에 단검을 부착하여 사용하는 총검(바이오넷)이 발명되자, 이것이 파이크를 대체한 것이다. 이에 따라 파이크의 역사도 그 막을 내렸다. 그러나 화기가 전성기를 이루는 오늘도 당시 파이크 대신에 쓰기 시작한 바이오넷은 세계 각국의 군대에 의해 사용되고 있다.

살리사와 마케도니아 팔랑크스

파이크하고는 사용법이 다른 무기지만 생김새가 닮아서 '하프 파이크'라 불리는 것이 있다. 이 무기는 2m 정도의 자루에 비교적 작은 창끝이 달려 있고, 17세기 중반에는 해상 전투에 편리하다고 하여 '보딩 파이크'로 불리기도 하였다.

하프 파이크는 프랑스에서는 '에스퐁통(esponton)', 영국에서는 '스펀툰 (spontoon)'이라 불렸으며, 하급 사관이 부대 지휘를 하는 데 사용하였다.

17세기의 파이크 사용법

코르세스카 Corsesca

- 위 력 : 찌르기 ★★★★ 잡아채기 ★★
- 체 력 : ★★(+★)
- 숙련도 : ★★(+★★)
- 가 격 : ★★★
- 지명도 : ★★★

외형

코르세스카는 날 양쪽에 작은 날이 두 개 더 달려 있는 '윙드 스피어 (Winged spear)'에서 발전했으며, 삼각형 양날의 바깥쪽에 작은 날이 두 개 더 달린 것으로 알려져 있다. 바깥쪽에 달린 두 개의 윙은 상대방의 공격으로부터 사용자의 손을 보호하고 가운뎃날이 빠지지 않을 정도로 깊숙이 박히는 것을 방지할 뿐 아니라, 포크와 마찬가지로 말을 탄 적을 마상에서 끌어내리는 등 세 가지 역할을 목적으로 하였다.

길이는 2.2~2.5m, 무게는 2.2~2.5kg이었다.

역사와 세부 내용

15~17세기에 걸쳐 유럽에서 사용된 다목적 무기가 이 코르세스카이다. 14세기부터 시작되는 르네상스 시대는 온 유럽이 전쟁으로 날을 지새우는 시기였다. 그 시대에 이탈리아 반도는 몇 개의 작은 국가들이 난립하는 군웅할거의 상태로서, 영지(領地)나 상업적인 이해(利害)를 둘러싸고 싸움이 그치지 않았다. 그 즈음 북유럽 각지에서는 종교전쟁이 일어났으니, 유럽 전역이 전장이었다고 해도 좋을 것이다.

이 시대에 활약한 군대로는 스위스인이나 독일인 용병이 유명한데, 그 병사들이 사용한 무기는 대부분 이탈리아에서 발명된 것이었다. 당시 보병이 사용하던 무기는 검과 창이며, 특히 창이 주류를 이루었다. 그 창도 지금까지 보아온 것처럼 다양한 종류가 각각 목적에 맞추어 제작되고 사용되었던 것이다.

코르세스카는 15세기에 이탈리아에서 생겨났고 17세기 초까지

코르세스카

주로 이탈리아와 프랑스에서 사용되었다. 프랑스에서는 그 윙의 모양을 빗대어 이 무기를 '쇼브수리(박쥐, chauve-souris)'라 불렀다.

코르세스카에도 다른 무기와 마찬가지로 여러 종류가 있다. 베네치아나 그 옆의 프리울리라는 해양 도시국가에서는 창끝이 유난히 길고 두 개의 윙은 바깥쪽으로 젖혀져 있거나 작은 돌기가 더 부착된 타입이 해군의 군선용(軍船用) 무기로 제작되었다. 이것은 양국 해군의 매우 중요한 무기였던 듯하며, 프리울리의 항구 트리에스테에서는 이 무기를 도시의 문장(紋章)으로 삼았다. 때문에 코르세스카 가운데 이 타입을 특별히 '프리울리 스피어(Friuli spear)'라 불렀다고 한다.

제 4 장

막대형 타격무기

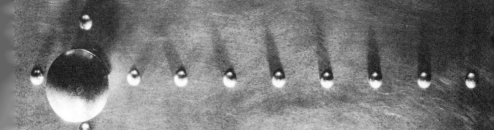

막대형 타격무기란?

　여기서 다루는 '막대형 타격무기' 란 구타를 목적으로 하는 무기류를 말한다. 지금까지 소개해 온 무기류 중에도 그런 무기가 없었던 것은 아니지만 여기에서는 구타만을 전문으로 하는 무기를 막대형 타격무기라는 이름으로 소개하겠다. 따라서 애초의 무기라는 카테고리하고는 조금 색다른 분류가 될 것이다.

　구타용 무기의 발생은 인류 역사의 초창기까지 거슬러 올라갈 수 있다. 적어도 인류 최초의 조상들이 도구를 사용하게 되었을 때부터 그 시대가 시작

막대형 타격무기 성능 일람표

차례	명칭	위력		체력	숙련
		구타	찌르기		
①	곤봉(클럽 : Club)	★★(+★★★★)	–	★★(+★★★)	★★
②	메이스(Mace)	★★★★	–	★(+★★)	★★
③	모르겐슈테른(Morgenstern)	★★★+★	★	★★(+★★)	★★
④	플레일(Flail)	★★(+★★)	–	★★	★(+★★
⑤	친퀘디아(Cinquedea)	★★(+★)	★★(+★)	★★(+★★)	★★

된 셈이니 실제 기원은 헤아리기조차 힘들다. 처음에는 자연에서 손쉽게 얻을 수 있는 뼈라든지 막대기를 그대로 이용하다가, 차츰 끝에 다른 물체를 동여매게 되고, 여기에서 더 나아가 끝에 동여매는 부분이 조금 더 정교한 것으로 발전되어 간다. 그리하여 '메이스'나 '워 해머' 따위가 나타나는 것이다. 그러나 개중에는 클럽처럼 애초의 형태를 그대로 유지하며 오늘날에 이른 타격무기도 있다.

표에서 ★의 수는 앞 장과 같은 제한과 기준에 따라 결정하였다.

가격	지명도	길이(cm)	무게(kg)
★(+★★)	★★★★★	60~70	1.3~1.5
★(+★★★★)	★★★★★	30~80(100)	2~3
★★(+★)	★★★★★	50~80	2`~2.5
★(+★★)	★★★★	160~200(보병용) 30~`50(기병용)	2.5`~3.5(보병용) 1`~2(기병용)
★★(+★★)	★★★★★	50~200(보병용) 50~`80(기병용)	1.5~3.5

곤봉(클럽) Club

- 위　력 : 타격 ★★(+★★★)
- 체　력 : ★★(+★★★)
- 숙련도 : ★★
- 가　격 : ★(+★★)
- 지명도 : ★★★★★

외형

곤봉은 인류 최초의 무기로서, 오로지 적을 구타하는 데 쓰이는 것이다. 모양새나 특징을 구체적으로 한정할 수는 없지만, 초기에는 주위에 굴러다니는 막대기나 뼈를 그대로 이용하다가 시대가 흐르면서 쥐기 편하게 궁리를 하고, 점차 타격력을 강화하는 쪽으로 가공되었다. 일반적으로 곤봉은 곧게 뻗은 딱딱한 나무로 만들었다.

편리성과 위력을 고려해 볼 때 곤봉의 길이는 약 60~70cm, 무게는 1.3~1.5kg 정도일 것이다.

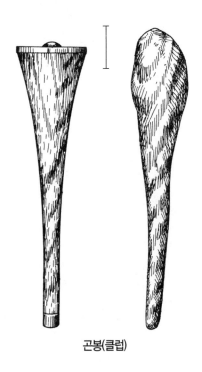

곤봉(클럽)

역사와 세부 내용

곤봉은 태곳적부터 오늘에 이르기까지 사용되고 있는 가장 원시적이고 가

바이외의 태피스트리에 그려진 곤봉을 든 병사

장 쓰기 편한 무기 가운데 하나다. 원시 인류가 주변에 굴러다니던 돌을 들고 대상을 때리는 것을 우연히 배우게 되고, 그 효력의 범위를 확대하기 위해 막대형으로 된 물건을 휘두르게 된 것이 곤봉의 시초였다. 따라서 그 기원은 수십만 년 전의 옛날로 거슬러 올라갈 것이다.

곤봉이 무기로서 정식 이름을 갖게 된 것은 그리스 시대이다. 그리스 신화에 등장하는 영웅 헤라클레스[103]나 테세우스[104]는 그리스 최고의 곤봉의 달인

---

103) 헤라클레스 : 그리스 신화에 나오는 최고의 영웅. 제우스와 인간 알크메네 사이에서 태어난 반신(半神)으로 놀라운 괴력과 무예의 능력이 있었다. 죽은 후 별자리가 되었다. 판타지 라이브러리 『성좌의 신들』 참조.

104) 테세우스 : 아테네의 영웅. 소의 머리와 인간의 몸을 가진 미노타우로스를 물리친 인물. 판타지 라이브러리 『성좌의 신들』 참조.

으로 알려졌고, 반인반마(半人半馬)의 켄타우로스[105] 역시 곤봉의 명수라고 한다. 그런데 이 영웅 신화와는 달리 고대 그리스 로마 시대에는 곤봉을 야만인(즉, 바르바로이)의 무기로 알고 야만의 상징으로 여겼다. 그들은 곤봉을 '로팔론(ropalon)' 또는 '코루네(corune)'라고 불렀다.

클럽의 어원은 고(古) 노르드어의 '클룸바(klumba)' 혹은 '클루바(klubba)'이며, 이것이 중세 영어 '클루베(clubbe)'가 되고 마침내 '클럽'이 되는 것이다. 이것은 곤봉의 역사와 전혀 관계가 없어 보이지만 실제로는 하나의 증거라고 할 수도 있다. 즉, 그리스나 로마 시대에는 무기로 쓰이지 않았지만, 그들이 야만족으로 간주한 사람들이 무기로서 계속 이용했다는 것을 상상할 수 있기 때문이다.

또 바이킹이 사용한 무기는 도검이나 도끼, 창뿐이라고 생각하기 쉽지만 상당수의 병사들이 곤봉으로 싸웠다. 노르만인이 훗날 영국을 공격하는 장면을 그린 '바이외의 태피스트리'에서도 갑옷(체인 메일) 차림에 곤봉을 든 병사의 모습을 볼 수 있다.

그러나 목제라는 한계 때문에 계속적으로 무기로서의 위력을 인정받지는 못하였다. 다만 피를 내지 않는다는 점에서 오히려 중세 기사들이 전투 훈련용으로 이용되기도 했다.

최근 알려진 짧은 곤봉 '샙(Sap)'은 곤봉류로 사람의 머리를 친다는 뜻의 미국 속어 '새핑(sapping)'의 약어다. 이와 마찬가지로 '블랙잭(black Jack)'도 미국에서는 곤봉을 뜻하는 속어다. 이것들은 유명한 곤봉인데, 유혈을 일으키지 않는다는 것이 장점이다. 그런 면에서는 평화롭고 비폭력적인 무기(?)인 듯하지만 자칫 잘못하면 상대를 죽음에 이르게 할 수도 있다.

---

105) 켄타우로스 : 그리스 신화에 나오는 반인반마의 괴물. 야만적인 종족으로 펠리온 산에 살고 있었는데, 라피타이족과 싸워 패하였다고 한다. 판타지 라이브러리 『성좌의 신들』 참조.

메이스 Mace

- 위　력 : 타격 ★★★★
- 체　력 : ★(+★★)
- 숙련도 : ★★
- 가　격 : ★(+★★★★)
- 지명도 : ★★★★★

외형

막대형 타격 무기 가운데 머리를 가진 복합형 곤봉은 대부분 메이스라는 부류에 속한다. 그 모양이 각양각색이라 한 가지로 말할 수는 없다. 그러나 특히 끝이 굵고 돌기가 돋친 것, 동일한 모양의 쇳조각을 방사형으로 붙여 놓은 것, 또는 가시가 많이 돋친 성구(星球)를 부착한 '모르겐슈테른' 등이 유명하다.

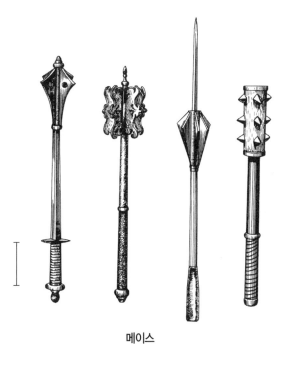

메이스

메이스류는 주로 금속으로 만들므로 무게는 대체로 2~3kg, 길이는 30~80cm 정도이며, 개중에는 1m를 넘는 것도 있었다.

241

역사와 세부 내용

메이스는 매우 오래 전부터 광범위한 지역에서 사용된 타격 병기로, 인류가 싸움을 시작할 때부터 가장 익숙하게 볼 수 있었던 무기 가운데 하나다. 곤봉과 메이스의 차이는 곤봉이 한 덩어리로 되어 있고 주로 목제인 데 반해, 메이스는 자루와 머리의 두 부분을 조립하여 만들며 머리 혹은 전체가 금속이다.

초기의 메이스는 나무 자루에 돌 머리를 끼워서 만들었고, 고대 메소포타미아나 이집트에서 일반적인 무기로 이용되었다. 기원전 3000년경에 메소포타미아 문명이 꽃핀 중근동에서 각종 메이스의 모양과 조립 방식을 볼 수 있

메이스를 휘두르는 이집트 병사(점토판)

었다. 그것은 돌, 구리, 청동 등으로 만든 머리가 중심을 이루는 것들이다.

메이스의 원리는 맨 끝을 무겁게 함으로써 지렛대의 원리를 이용하여 타격력을 높이는 것이다. 곤봉이 그 크기에 비례하는 위력밖에 얻지 못한 데 반해 메이스는 머리의 재질에 따라 그 위력을 변화시킬 수 있고 간편한 크기로 만들 수도 있었다. 이러한 이점 때문에 많은 메이스가 만들어졌다는 사실은 고고학적 발굴이나 벽화 등에서 확인할 수 있다.

그러나 이 시대에는 집단 전투에 사용되는 근접 병기의 주류가 이미 검을 비롯한 금속제 무기로 바뀌어 있었다. 더구나 수메르에서 장창을 이용한 밀집대형 중심의 전술[106]이 탄생하면서 개인 전투보다는 집단 전투가 우위성을 확립하였다. 한편, 아카드의 사르곤 2세는 이에 대항하여 활, 투창, 전차를 이용하는 기동 전술을 채택하여 이를 격파하였다. 이에 따라 마침내 병사가 소지하는 주요 무기는 활이나 창 등으로 옮겨갔기 때문에 메이스는 오로지 호신용 무기로 간주되었다.

메이스류가 완전히 모습을 감추지 않고 존재할 수 있었던 것은 메소포타미아나 이집트의 무기류가 이미 현재와 같이 그 역할에 따라 분류되고 있었기 때문이라고 할 수 있다. 한 가지 무기에 의지하지 않고 각각의 국면에 따라 다양한 무기를 가려서 쓰는 것의 장점을 일찌감치 깨닫고 있었던 셈이다.

그런데 메이스는 무기와는 전혀 다른 용도로 이용되기도 했다. 메이스가 폭력적이라는 이미지를 풍기므로 권력을 장악한 자들이 자기 지위를 상징하는 표지(標識)로서 메이스를 지팡이처럼 사용했던 것이다.

스키타이족을 비롯한 기병대의 중장화(重裝化)가 이루어진 흑해 연안이나 소아시아에서는 메이스가 전투에 종종 이용되었던 듯하다. 풍부한 광산 자원

---

106) 수메르의 밀집대형 : 그리스의 밀집대형처럼 밀도 있게 대형(隊形)을 짠 것은 아니지만 그 개념은 유사하다.

을 가진 이 일대에서는 갑옷이나 금속제 무기가 발달하였는데, 특히 갑옷의 발달은 근접 전투의 무기로서 메이스를 주목하게 하였다. 메이스가 일반적인 장비였는지의 여부는 아직 고고학적인 고증이 이루어지지 않아 알 수가 없다. 다만 중무장한 적에게 손상을 주는 데는 검뿐만 아니라 금속제 메이스도 효과적이라는 사실을 깨달은 점은 획기적이었다. 때는 기원전 5세기부터 4세기, 이 시대에 사용된 메이스는 나중에 서유럽에서도 볼 수 있는 날개가 달린 듯한 형상이었다. 메이스가 이용된 지역이 특히 중근동이었던 것은 방호구 장착이 일찌감치 시작된 곳이 바로 그곳이었기 때문인지도 모른다.

그뒤를 잇는 그리스 로마 시대에도 종종 메이스 종류를 볼 수 있었다. 그러나 이 시대는 도검과 창의 전성기인데다가 막대형 타격 무기를 야만시하는 경향도 있었기 때문인지 메이스는 그다지 주목받지 못했다. 이것은 헬멧의 금속화뿐만 아니라 로마가 상대한 적의 질에서도 영향을 받은 것으로 보인다. 이러한 메이스의 정체 상태는 중세까지 계속된다.

무기 역사의 무대에서 잠시 멀어져 있던 메이스가 다시 각광을 받은 것은, 그리스나 로마인이 야만족으로 알았던 프랑크인이나 노르만, 고트인 등이 서유럽의 지도를 바꿀 때였다. 곤봉으로 싸우는 그들은 갑옷을 입은 적에게는 검보다 금속제 메이스가 더 효과적이라는 점을 실감할 수 있었을 것이다. 메이스의 유효성은 갑옷이 더욱 중장화되는 중세 기사의 시대에도 마찬가지였다.

메이스의 발전이 가장 두드러졌던 곳은 독일과 이탈리아였다. 동일하게 생긴 쇳조각이 방사형으로 부착된 저 유명한 메이스는 중부 지방에서 14세기에 그 원형이 나타났으며, 16세기에 이르러 오늘날 알려진 형상대로 개량되었다. 당시 플레이트 아머를 입고 싸우는 기사들에게 메이스는 가장 두려운 무기였다고 할 수 있다. 그 때문인지 보병 부대에서도 자루를 길게 한 메이스를 사용하여 마상의 적은 물론이고 갑옷을 입은 병사들을 대적하게 되었다.

한편, 동유럽 여러 나라에서는 폴란드나 헝가리, 러시아 등은 물론이고 투르크 등의 이슬람 제국에서도 메이스의 존재를 확인할 수 있다. 특히 헝가리에서는 '양파형(onion-shaped)' 메이스가 유명했다. 그러나 그 원형은 투르크군의 것이었다고 한다. 대표적인 양파형 메이스로는 '불라와(Bulawa)'나 '버디건(Buzdygan)' 등을 들 수 있다.

메이스는 오랫동안 유럽 여러 나라에서 무기로 이용되어 왔지만, 기사들끼리 싸우는 시대는 그리 길게 지속되지 못하여, 메이스는 기사 시대의 종언과 함께 제자리를 잃었다. 그리하여 그 형상은 다시 본래의 모습인 곤봉으로 돌아갔다.

모르겐슈테른 Morgenstern

- 위　력 : 타격 ★★★+★ 찌르기 ★
- 체　력 : ★★(+★)
- 숙련도 : ★★
- 가　격 : ★★(+★)
- 지명도 : ★★★★★

외형

모르겐슈테른은 독일에서 탄생한 메이스의 일종으로, 중세에 기사나 병사들이 가장 애호한 무기로 알려져 있다. 머리는 구형, 원주형 또는 타원형이고 많은 가시가 방사형으로 돋아 있다. 이런 종류의 성구형(星球型) 머리를 가진 무기를 흔히 영어로 '모닝 스타(Morning Star)'라고 한다. 이는 메이스뿐만 아니라 모든 무기류에 적용되는 이름이지만, 사실상 메이스의 이름으로 통한다.

모르겐슈테른의 길이는 대체로 50~80cm이며, 무게는 2~2.5kg 정도이다.

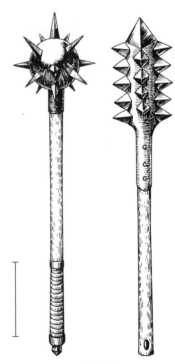

모르겐슈테른

역사와 세부 내용

메이스가 다시 각광을 받게 되는 중세의 13~14세기, 당시 기사의 전성기였던 독일에서 모르겐슈테른이 탄생했다. 이 무기는 갑옷을 입은 병사들에게

246

매우 위력적이었으므로 곧 유럽 전역으로 퍼져나가 16세기에는 기사들의 가
장 일반적인 무기 가운데 하나로 꼽히게 되었다. 그 원형은 성직자가 사용하
는 '성수 뿌리개(holy water sprinkler)'라고 한다. 하지만 곤봉 끝에 방사형으로
돋친 가시는 상당히 옛날부터 만들어졌던 듯하므로 그 설이 사실인지 적이
의심스럽다.

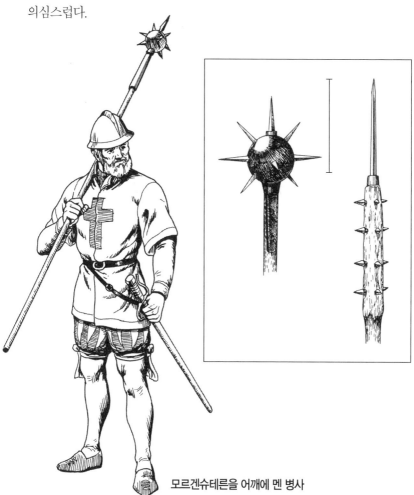

모르겐슈테른을 어깨에 멘 병사

플레일 Flail

- 위　력 : 타격 ★★(+★★)
- 체　력 : ★★
- 숙련도 : ★(+★★★)
- 가　격 : ★(+★★)
- 지명도 : ★★★★

외형

플레일은 적당한 길이의 자루 두 개를 연결한 도리깨형 무기로서, 적이 피하기 힘든 공격을 가하기 위해 궁리된 것이다.

중간의 연결 사슬은 휘두르는 힘을 더욱 가속시키는 효과가 있어 갑옷을 입은 자에게도 충분한 손상을 줄 수 있었으므로 힘이 약한 자가 사용해도 중장비한 상대를 쉽게 쓰러뜨릴 수 있었다.

플레일에는 자루가 길어 양손으로 휘두르는 보병용과 자루가 짧아 마상에서 이용하는 데 알맞은 편수용(片手用)이 있었다. 전자는 '풋맨스 플레일(footman's flail)', 후자를 '호스맨즈 플레일(horseman's flail)'이라 부른다.

플레일의 추는 다양하여 막대형이나 별모양 등이 있었다. 막대형의 경우 보병용은 자루만 해도 1.2~1.5m, 길이는 1.6~2m 가까이 되는 것도 있었다. 무게는 2.5~3.5kg 정도. 한편, 기병용 플레일은 자루가 15~30cm로 짧고 무게도 1~2kg 정도이다. 기병용 플레일이 그 길이에 비해 무거운 것은 금속제가 많았기 때문이다.

역사와 세부 내용

플레일은 동방에서 전해진 것으로 알려져 있다. 그 생김새는 다양한데, 원

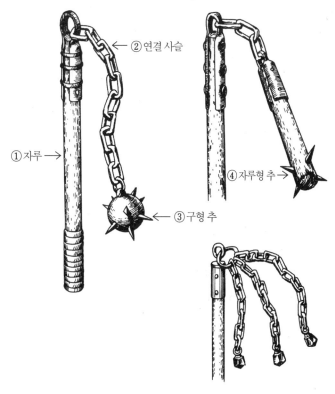

①자루 →

②연결 사슬

③구형 추

④자루형 추

플레일

래는 자루와 막대형 추를 금속제 연결구로 연결한 것이었다. 나중에 추가 쇠로 바뀌고 연결구가 쇠사슬로 바뀌었으며, 나아가 가시가 돋친 것도 나타나 그 위력이 더욱 커졌다. 구형(球形) 추를 가진 플레일은 온몸을 갑옷으로 무장한 기사들이 서로 타격을 가할 때 이용하며, 마상에서 사용할 수 있도록 자루도 짧게 만들었다.

플레일은 애초에 서유럽에서 신분이 낮은 자들[107]의 무기였다. 그러나 십자군 시대인 11세기가 되자 기병의 중장비화, 특히 헬멧의 변화에 따라 보다 타격력이 큰 무기가 필요해지자 플레일이 본격적으로 사용되었다. 즉, 그때까지 일반적으로 이용되던 메이스로는 저 십자군 기사가 쓰고 있던 양동이 모양의 헬멧에는 효과가 그다지 크지 못했던 것이다. 이리하여 서유럽 여러 나라에서 구타 무기의 무대에 메이스를 대신하여 등장하는 것이 바로 플레일이었다.

당초 플레일은 막대형 추에 자루도 그리 길지 않았다. 그러나 그 위력은 높이 평가되었고, 12세기까지 다양한 개량이 이루어졌다. 쇠막대형 추, 가시 달린 추 등이 그것인데, 12세기 중반에 등장하는, 알맞은 크기에 타격력도 높은 금속제 구형(球形) 추가 가장 위력이 강한 플레일이라고 할 수 있다. 이런 종류의 플레일은 갑옷을 입은 자에게도 위력적이었다. 개중에는 추가 여러 개 달린 것도 있었다.

서유럽의 화려한 기사들의 전력은 그들이 하인에게 배운 플레일 덕분에 크게 향상되었다. 한편, 발로 뛰어다니며 싸우는 보병들도 기사들에 대항하는 무기로 플레일을 쓰게 되었다. 이리하여 13세기경부터 양손으로 쓸 수 있는 약간 긴 풋맨스 플레일이 등장하기 시작한다. 14세기에 보병의 무기로 퍼진 풋맨스 플레일은 '고덴닥(goedendag)', 즉 '안녕하세요'라는 애칭으로 불리었다. 중세의 사가 조반니 빌라니가 남긴 『연대기』에는 종종 고덴닥이라는 플레일이 등장한다.

빌라니는 『연대기』에서 폭동으로 죽은 프랑스 귀족의 보복을 위해 플랑드르에 파견된 프랑스 기사군단과 플랑드르군이 벌인 '쿠르트레 전투'에 대하여 기록하였다. 그 기록에서 플레일이 등장하는 대목은 다음과 같다.

---

107) 신분이 낮은 자: 기사 견습생으로 기사의 뒷일을 봐 주는 종자.

아무도 말을 타고 있지 않았다. 보병뿐만 아니라 지휘관도 프랑스 기사부대의 공격을 피하기 위해 말을 내린 상태였다. 어떤 자는 창을 들고, 어떤 자는 곤봉을 들었다. 그 곤봉은 장창의 손잡이처럼 울퉁불퉁하고 철제 가시가 돋은 커다란 머리가 쇠사슬로 연결되어 있었다. 이 야만스럽고 커다란 무기는 고덴닥이라 불렸다. 우리말로는 봉조르노가 된다. (중략) 기사들이 해자(垓字)까지 접근하자 양켠에 있던 플랑드르인은 고덴닥이라는 곤봉으로 군마의 머리를 후려쳤고, 이에 말들이 길길이 날뛰다가 비칠비칠 후퇴하였다.

이렇게 기사들은 보병이나 한갓 농민들에게 무참하게 당하고 만다. 플랑드르 공격에 나선 프랑스 기사대는 괴멸하고 6천 명에 이르는 기사가 전사하고 말았다. 이 전과는 병사 한 명이 기사 둘을 무찌른 셈이라고 기술되어 있다.

플레일은 인기가 있었지만, 기병에게 더욱 위력적인 무기 파이크가 등장하고, 또 그뒤에 총기가 발달하자 정규군들은 플레일을 이용하지 않게 되었다. 그러나 애초에 하인이나 농민들이 썼기 때문인지 계속 이용되어 왔다. 그리하여 1920년에 소비에트군이 폴란드를 침공하자 폴란드 농민들은 바르샤바의 정규군에 가담하여 수도 방위를 위해 플레일을 들고 싸웠다.

플레일 공격의 이점은 연결부 쇠사슬에 의해 손의 휘두르는 힘이 가속되어 타격력이 높아진다는 것이다. 연결부의 쇠사슬이 긴 플레일의 경우, 방어구로 막아도 거기서 다시 휘어지므로 연결부가 닿는 범위에 있는 대상을 공격할 수 있었다. 쇠사슬이 긴 플레일은 적의 무기를 얽어맨다고도 하지만, 실제로는 그런 용도에 이용되지는 않았고, 다만 상대가 방어하기 어렵도록 궁리한 무기였다. '안녕하세요' 라는 별명도 그렇게 생각지도 못한 기습 공격 때문에 붙여진 것인지도 모른다.

워 해머/호스맨즈 해머
War Hammer/Horseman's Hammer

- 위　력 : 타격 ★★(+★★) 찌르기 ★★(+★)
- 체　력 : ★★
- 숙련도 : ★(+★★★)
- 가　격 : ★(+★★)
- 지명도 : ★★★★

외형

워 해머는 우리가 흔히 보는 망치와
비슷하게 생겼다. 머리가 자루에 직각
으로 달려 있고, 머리의 한 쪽은 망치처
럼 평평하고 반대쪽은 새의 발톱처럼
뾰족하게 생겼다. 어느 쪽으로도 상대
를 가격할 수 있으며, 특히 상대가 단단
한 투구나 갑옷을 입고 있어도 평평한
부분으로 때리면 큰 효과를 거둘 수 있
었다.

일반적으로 워 해머는 보병용 무기
지만 기병들도 많이 사용하였고, 그래

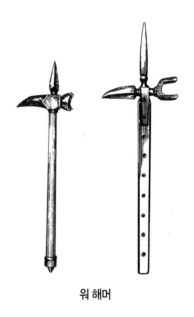

워 해머

서 '호스맨즈 해머(Horseman's Hammer)' 라는 것도 있었다. 이것은 워 해머와
비슷하게 생겼지만 갈고리가 더 길거나, 평평한 머리 없이 갈고리만 있는 것
도 있다. 그 생김새 때문에 호스맨즈 해머는 '전투용 피크' 라 불린다.

길이는 50~200cm, 호스맨즈 해머는 긴 것이라도 80cm 정도가 고작이고 무
게는 1.5~3.5kg이었다.

역사와 세부 내용

막대형 타격무기 워 해머는 메이스에 가까우며, 그 목적 역시 적을 구타하는 것이다. 이 점을 고려할 때 그 기원은 매우 유구해서 구석기 시대에 주위에 굴러다니는 막대기에 돌멩이를 동여맨 도구로까지 거슬러 올라갈 수 있다. 이것은 언어적으로도 설명할 수 있는데, '해머(hammer)'라는 말은 '돌로 만든 무기'라는 게르만어에서 비롯되었다.

방어구의 발달은 동방의 뛰어난 철기 문화에 의해 촉진되어, 스키타이 등의 기마민족 사이에서는 이미 기원전 6세기에 꽃을 피웠다. 뛰어난 철제 도구류는 방어구뿐만 아니라 뛰어난 무기의 등장까지 촉진하였다. 그들은 도검은 물론 창이나 메이스 등을 장비하였다. 그 가운데 기병이 이용한 워 해머가 있었다. 그들이 사용한 것은 피크 모양이었는데, 이런 모양은 특히 동방 세계에서 많이 볼 수 있었다. 그러나 실제로 워 해머라 불린 것은, 좁은 의미에서는 중세 유럽에서 사용된 것을 말하며, 그 모양은 쇠망치와 같았다.

중세 유럽에서 처음 사용된 것으로 보이는 워 해머는 보병용으로, 그 길이는 2m 이상이나 되며, 창에 스파이크를 여러 개 부착한 것이었다. 시대가 더 흘러 15세기경에는 이미 쇠망치 머리가 일반화되어 있었다. 그러다가 점차 자루가 짧아져, 기사들이 말에서 내려서 싸울 때 이용하게 된다. 이는 중세의 토너먼트에서 일 대 일 승부에 이용하는 무기로 등장하였으며, 이때 이용하던 워 해머는 길이가 80cm가 채 안 되었다.

그러나 기사들은 실전에 임해서는 말을 타고 싸웠으므로 워 해머도 마상에서 사용할 수 있도록 더욱 짧아져서 대체로 50cm 이내가 되었다. 호스맨즈 해머는 이렇게 독일에서 처음 등장한다. 호스맨즈 해머의 대부분은 머리의 갈고리가 약간 길게 돌출한 것이 많았고, 갑옷을 꿰뚫고 찌르는 것을 주목적으로 하는 해머가 애호받은 것 같다.

보병용 워 해머는 14세기부터 16세기에 걸쳐 번성했는데, 프랑스에서는 '베크 드 코르뱅(Bec-de-Corbin)'이라는 별명을 가진 것이 유명하다. '베크 드 코르뱅'이란 '까마귀 부리'라는 뜻의 프랑스어로, 머리가 마치 새의 부리를 닮았다고 해서 붙여진 이름이다. 경우에 따라서는 베크 드 포콩(Bec-de-Faucon), 즉 '매의 부리'라 불리기도 했다. 스위스에서는 이것을 '루체른 해머(Lucerne Hammer)'라 불렀다. 루체른이란 스위스 중부의 도시 이름으로, 이 해머가 만들어진 도시이기도 하다.

위 해머는 그 전성기에 여러 모양과 종류가 있었는데, 그뒤 밀려드는 총기에 밀려 17세기 무렵에는 점차 시대에 뒤진 무기로 치부되어 간다. 그러나 다른 막대형 타격무기와 마찬가지로 그뒤로도 얼마 동안은 동유럽에서 계속 이용했었다.

베크 드 코르뱅

제5장

랜스류

랜스 Lance

랜스는 기사의 공격 무기 중에서 주축을 이루는 것으로 알려져 있다.

외형

랜스는 한 손으로 쓰는 무기 가운데 가장 길다. 각 시대의 전투 방식에 따라 다르지만, 길이는 대체로 2.5~3.5m 정도이며, 중세 기사들이 토너먼트에서 이용한 것 중에는 4m가 넘는 것도 있었다.

랜스의 특징은 손잡이에서 자루 밑동까지가 길다는 것이다. 이는 균형을 유지하기 위한 것이며, 특히 한 손으로 들고 일격을 가하기 위해서는 불가결한 구조이다. 14세기가 되자 비로소 랜스를 옆구리에 고정하는 방법이 개발되었는데, 그래도 랜스 자루의 길이에는 변화가 없었다. 랜스의 재질로 가장 알맞은 것은 물푸레나무[108]라고 한다. 랜스는 무게가 4~10kg은 되었을 것으로 추정되므로 한 손으로 구사하기는 매우 힘들었다고 본다.

흔히 랜스 머리 가까이에 깃발을 달았는데, 이는 그 무게를 덜려는 실용적인 아이디어에서 비롯된 것이다. 랜스를 옆구리에 끼고 말을 달리면 랜스 끝의 깃발이 바람에 펄럭이고, 그에 따라 공기역학적인 작용으로 랜스가 쳐들림으로써 무게가 경감된다. 또 무게를 덜려는 의도에서 문양처럼 홈을 파기도 했다. 이 홈을 '플루팅'이라고 하며, 도검류에서 볼 수 있는 경량책과 마찬가지 의도라고 할 수 있다.

랜스의 머리는 그 종류가 다양한데, 금속제 소켓식에 쐐기처럼 끝을 뾰족

---

108) 물푸레나무(ash, fraxinus) : 강인하고 탄력성이 좋아 예로부터 목재로 이용되었다. 호메로스의 『일리아스』에서 트로이아 전쟁의 영웅 아킬레우스도 물푸레나무로 만든 창을 사용하였다.

하게 한 것이 대부분이다. 15~16세기의 랜스 중에는 너클 가드가 달린 것도 있다. 이 너클 가드는 대부분 금속제이며, 매우 큰 것도 있었다.

랜스는 자루와 머리로 이루어져 있으며, 초기에나 후기에나 그 모양이 창과 거의 다르지 않았다. 그러나 이러한 실전적인 생김새는 그뒤 기사들이 벌이게 되는 '주스트'에 의해 바뀌어갔다. 그럼 먼저 랜스의 부분 명칭을 알아보자.

랜스의 각부 명칭

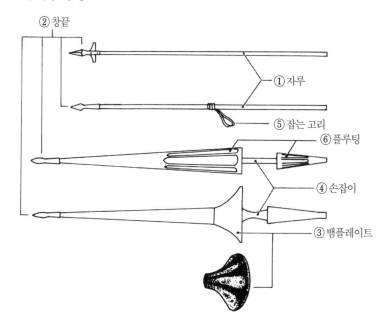

① 자루 : 랜스 자루는 대부분 나무이며, 특히 창(스피어)이 그대로 발전한 경우에는 외형이 거의 창과 같다.

② 창끝 : 상대를 찌르는 부위로, 그 모양이 다양하다. 대부분 소켓식으로 자루 끝에 끼우게 되어 있다.

③ 뱀플레이트(너클 가드, vamplate) : 뱀플레이트는 14세기 초에 생겨난 랜스용 너클 가드로서, 손잡이를 쥔 손을 보호한다. 이는 분명 랜스를 들고 격돌하는 마상(馬上) 시합을 대비한 것이다. 뱀플레이트는 금속제이며, 나중에 랜스를 경량화하면서 없애기도 했다. 그러나 그 수명은 17세기까지 이어졌다.

④ 손잡이 : 주스트용으로 제작된 랜스는 전체가 굵고, 끝으로 갈수록 가늘어지는 원추형이다. 따라서 손으로 쥐는 부분이 가장 굵게 되므로 그 부분만을 가늘게 만들어서 쥐기 편하도록 하였다. 원추형 랜스에만 이런 손잡이가 있다.

⑤ 잡는 고리 : 일반적인 창형 랜스에서 볼 수 있는 것으로, 찌를 때 랜스를 쥔 손에 전달되는 반동 충격을 흡수한다. 또 찌르고 나서 빼기 쉽도록 하기 위한 것이기도 하다. 그 재질은 가죽인 경우가 많고 비교적 후기의 랜스에서 많이 볼 수 있다. 17세기 이후의 랜스는 대부분 이런 고리를 달았다.

⑥ 플루팅(홈을 길이 방향으로 파서 만든 장식) : 랜스를 가볍게 하기 위해 파 놓은 홈으로, 도검의 풀러(홈)와 같은 의도로 만든 것이다.

랜스 머리의 종류

랜스의 머리는 매우 다양하지만 크게 두 부류로 나눌 수 있다. 즉, 상대를 찌르기 위한 날끝을 가진 것과 날끝이 없는 토너먼트용이 그것이다. 전자의 경우 머리는 금속제 소켓형으로 만든 것이 주류를 이루었었다.

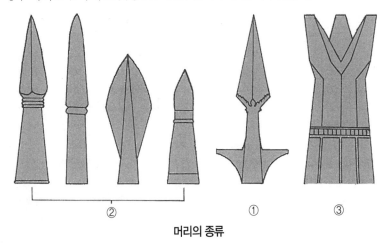

머리의 종류

① 십자형 머리 : 소켓형 머리로. 날끝은 창과 다르지 않지만 그 뿌리께의 자루와 수직 방향으로 좌우로 꼬리가 튀어나와 있다. 이는 상대방에게 필요 이상으로 찌르고 들어가지 않도록 궁리된 것이다. 이러한 머리는 초기 것으로는 프랑크인 등의 창에서 볼 수 있으며, 20세기경 인도 기병(騎兵) 창에도 마찬가지 머리가 있다.

② 소켓형 머리 : 일반적으로 머리는 소켓형이지만 그 형상은 몇 가지가 있었다. 날끝을 가진 것, 그 형상이 나뭇잎처럼 생긴 것, 그리고 랜스 끝을 강화해 주는 원추형 등이 있었다.

③ 코로넬(coronel) : 코로넬의 어원은 라틴어의 '코로나(corona)'이며, 그 의미는 영어 crown(왕관)과 같다. 이는 주스트용 머리로서, 세 갈퀴로 되어 있다. 이런 형상은 상대를 말에서 떨어뜨리기 위한 의도에서 비롯된 듯하다. 그러나 이 머리를 가진 랜스는 굵게 만들어져 매우 무거웠던 것으로 추측된다.

역사와 세부 내용

랜스란 '창'을 뜻하는 라틴어 '랜시아(lancea)'에서 유래되었다. 일본에서는 '騎槍(기창)'이라는 한자어로 번역하기도 하지만, 본래는 단순한 '장창'이었을 뿐이며, 특별히 기병이 사용한 창만을 가리켜 랜스라고 불렀던 것은 아니다. 보병용 창도 랜스라고 했으며, 기병과 보병이 다 사용했다.

'랜스'라는 말이 처음 사용된 것은 6세기 프랑스에서였다. 참고로 영국에서는 12세기까지도 이런 용어가 없었다. 이때 영국에서 등장한 용어는 'launce'로 철자가 조금 다르다.

6세기 프랑스에서 생겨난 랜스는 장창과 거의 같은 것이며, 2~4m의 자루와 소켓식으로 끼우는 금속제 머리로만 이루어져 있다. 다만 그런 창류는 던지는 것이 아니라, 서로 말을 타고 달리다가 찌르는 전투에 이용할 경우에 한해서 랜스라 불렀다.

기병이 랜스를 사용한 전투를 할 수 있었던 것은 7~8세기경에 '안장'[109]이 발명된 이후부터였다. 안장 덕분에 기마병은 자세를 안정시킬 수 있어 전투

---

109) 안장 : 안장을 발명한 것은 인도인이라는 것이 정설이며, 7세기경에 유럽에 전해졌다.

력을 최대한 발휘할 수 있게 되었다. 기마 돌격은 말을 탄 자를 고정시킬 수만 있다면 말의 체중과 무기를 다루는 자의 체중, 나아가 돌진력까지 보탤 수 있어서 기마 부대의 전투력이 크게 향상된다. 그때까지는 그저 완력만으로 돌격했던 사정을 감안하면 그 위력은 하늘과 땅만큼 큰 차이가 있었던 셈이다.

공격 방법의 이러한 변화로 기존 것과 성질이 크게 달라진 랜스는 암흑 시대부터 중세에 걸쳐 이루어진 군대의 기병화(騎兵化)에 없어서는 아니되는 무기가 된다. 당시 볼 수 있었던 랜스의 특징은 십자형 머리에 있는데, 이는 돌진력에 의해 날이 적에게 지나치게 깊이 박혀 뽑아낼 수 없게 되는 사태를 피하기 위해서였다.

군대의 기병화가 이루어지자 보병은 사격 병기 조작원으로 변해 간다. 그때까지 보병의 주력 병기였던 장창[110]을 들고 싸울 필요가 없어졌기 때문이다. 안장의 발명으로 인한 기병의 전술 변화와 이에 따른 보병 전술의 변화로 인하여, 16세기에는 기병이 사용하는 창이 랜스라는 이미지가 정착된다.

중세 유럽에서 13세기경부터 빈번하게 열리게 되는 '토너먼트'(후술)는 기존의 랜스를 변화시켰다. 토너먼트의 오프닝으로 치러진 '주스트'(후술)가 점차 인기를 끌자, 기사들은 주스트를 위한 갑옷을 궁리해 내고 랜스를 개량해 나갔다. 이리하여 14세기 초에 뱀플레이트를 부착한 랜스가 등장했다.

그뒤 1세기를 두고 랜스는 점차 길어져서 4m를 넘는 것까지 등장하였다. 이는 '잘다(Gialda)'라고 하는데, 그 길이가 3.6~4.2m에 무게는 5~10kg으로 매우 거대한 것이었다.

기사들이 갑옷을 입고 랜스를 껴들고 싸우는 일이 시대에 뒤진 것이 되어도 어떤 행사가 열릴 때면 주스트가 개최되고, 따라서 당연히 랜스가 필요하

---

110) 장창 : 여기에서는 파이크는 제외된다.

였다. 개중에는 플루팅이 있는 것도 등장하였다. 16~17세기에 등장한 이러한 랜스는 '의식용 랜스'라 불렸다. 의식용 랜스는 굵은 목제 자루에 원추형이었는데, 일반적으로 랜스라고 하면 대부분의 독자는 이런 모양을 떠올릴 것이다.

결투 형식으로 치러진 마상 창시합은 처음에는 신성한 의식이라는 이미지가 있었고, 목숨을 걸어야 하는 것이었다. 그러나 나중에는 일종의 스포츠 같은 기분으로 치르게 되었다. 주스트는 상대를 마상에서 떨어뜨리거나 자기 랜스를 상대에 부딪쳐서 부러뜨리면 승리하기 때문에 랜스는 상대방을 더 쉽게 낙마시킬 수 있도록 점차 굵어져서 끝내는 갑옷에 버팀 장치[111]를 달아야 할 정도로 비대해지고 말았다.

그러나 이러한 기마 전투 시대, 즉 '새로운 기사들의 시대'[112]의 전투 방법은 파이크 전술에 밀려 위력을 잃었고, 총기의 발달로 점차 시대에 뒤진 것이 되어간다. 그 결과 17세기 말에는 기병대의 쇠퇴를 초래한다. 그뒤 랜스를 사용하는 기병은 얼마 동안 동유럽에 남아 있었을 뿐이다. 특히 폴란드의 중기병(重騎兵) '윙 후서' 등이 유명하다. 그들의 랜스는 목제에 가늘고 길었으며, 한 손으로 다룰 수 있도록 만든 실전적인 것이었다.

100cm

십자형 머리를 가진 랜스
- 위　력 : 찌르기 ★★★
- 체　력 : ★★
- 숙련도 : ★★
- 가　격 : ★★
- 지명도 : ★★★★

---

111) 랜스 레스트(lance rest)라 불렸다.

112) '새로운 기사들의 시대' : 이른바 십자군 시대에 존재한 기사들의 시대를 '구 기사들의 시대'라고 한다면, 그뒤 기사가 부활하는 시대는 이렇게 부를 수 있을 것이다.

18세기가 되고 한때 평화가 찾아들자 군대에서 다시 기병대가 부활하였다. 그들의 역할은 기본적으로 기병하고 싸우는 것으로만 제한되고 총을 장비한 적하고는 싸우지 않는 것이었다. 당시 기병 부대는 이렇게 엉성하기 짝이 없는 발상에 따라 조직되었다. 그러나 엉성한 발상 아래 조직된 부대는 비단 기병대뿐만이 아니었다. 이러한 군대는 종종 필요성 이전에 하나의 군사적인 유행[113]으로서 당연시되었다.

그런데 7년전쟁에서 기병대가 의외로 선전을 하자 기병대의 부활에 박차가 가해졌다. 그러나 이때는 이미 그들도 사브르와 총으로 무장하고 있었다. 그뒤 나폴레옹 (1세)의 대륙군에 창기병이 편입되기에 이른다. 당시 창기병은 '랜서'[114] 또는 '우라'[115]라 불리며, 사브르로 무장하는 기병대와 비교하면 그 리치가 두드러지게 길다는 점만으로도 우세에 설 수 있었다. 실제로 그들은 매우 효과적인 공격력을 발휘하여 기존의 사브르를 장비한 부대의 지위를 뒤흔들어 놓

100cm

의식용 랜스

- 위 력 : 찌르기 ★★★★
- 체 력 : ★★★
- 숙련도 : ★★★★
- 가 격 : ★★★★
- 지명도 : ★★★★★

---

113) 군사적인 유행 : 종종 부대는 유명한 전공을 세운 부대를 흉내내어 편성되었다. 크로아티아병이나 주아브병(프랑스의 경보병) 등이 유명하다.

114) 랜서(Lancer) : 여기서 말하는 랜서란 나폴레옹 시대에 창을 주력 병기로 하던 기병을 말한다. 이 시대에는 영국을 제외하면 큰 나라든 작은 나라든 모두 랜서를 보유하고 있었다. 대형상의 관점에 따라 경기병으로 분류되지만 중기병에도 능히 대항할 수 있는 부대였다.

았다. 이리하여 다시 랜스를 장비한 기병들의 시대가 도
래한다. 나폴레옹 군대를 상대로 고전하던 영국군이 전
쟁이 끝나고 창기병 부대를 재건한 사실에서도 이를 확
인할 수 있다. 그러나 그들은 중세 기사와 같은 갑옷을 입
지는 않았다.

그뒤 제1차 세계대전에 이르기까지 창기병의 영예는
계속되었다. 제1차 세계대전에서는 랜스를 든 기병 부대
를 돌파 작전의 주축으로 투입하려 했지만, 이 대전의 주
요한 특징인 '참호전' 때문에 과감한 돌파 작전은 이루
어질 수 없게 되었다. 바야흐로 전장에서는 기관총과 전
차 등 대량 살상 병기가 힘을 발휘하는 시대를 맞이하고,
이에 따라 랜스는 고사하고 기병대조차 필요 없어지고
말았다. 이리하여 랜스를 장비한 기병들은 서유럽에서
사실상 자취를 감추었고, 그 부대명만이 새로운 시대의
기병이라 할 수 있는 전차부대에 계승되었다.

제2차 세계대전 당시에도 폴
란드를 비롯한 동유럽 여러 나
라에는 여전히 기병대가 존재
하고 있었다. 그러나 그것은 왕
년의 영광의 잔영에 지나지 않
는 존재였으며, 20세기의 '새로

100cm

폴란드제 랜스
- 위　력 : 찌르기 ★★★★
- 체　력 : ★
- 숙련도 : ★★
- 가　격 : ★★★
- 지명도 : ★★★

---

115) 우란(Uhlan) : 대륙에서는 창기병을 우란이라고 불렀다. 우란이란 폴란드식 기병을 말하며,
그 특징은 차프카라 불리는 대학모 비슷한 모자를 쓰는 것이었다. 참고로 후서는 헝가리식
기병을 말한다.

운 전쟁'에는 도저히 용납될 수 없는 것이었다. 그리하여 마침내 말을 탄 병사들의 시대는 막을 내리고 랜스의 시대도 끝이 나고 말았다.

100cm

19세기의 랜스

- 위　력 : 찌르기 ★★★
- 체　력 : ★
- 숙련도 : ★★★
- 가　격 : ★★★
- 지명도 : ★★★

성 게오르기우스와 랜스

성 게오르기우스(Georgius, ?~303?)는 잉글랜드의 수호신으로 알려진 인물로서, 디오클레티아누스 황제[116] 시대에 순교했다고 전해지는 성인(聖人 Saint)이다. 야콥 데 보라기네는 그의 저서 『황금전설(Legenda aurea)』에서, 이 황제의 이름은 '성스러운' 이라는 뜻의 '게라르(gerar)' 와 '싸우다' 라는 뜻의 '기용(gyon)' 에서 유래한다고 썼다.

그의 위업으로 알려진 용의 격퇴는 지금까지도 남아 있는 여러 그림이나 조각에서 볼 수 있다. 그 모습은 대개 용을 발로 짓누르고 랜스를 내리찍는 것이다. 그는 용이 독기를 토해내려고 아가리를 크게 벌렸을 때 그 안으로 랜스를 찔러 넣었다고 한다. 그 위업이 너무나도 위험하고 용감한 행위였으므로 중세 기사 이야기에는 용을 죽이는 소재가 많이 등장한다. 그 때문인지 기독교를 믿는 중세 기사들은 용을 죽이는 방법은 그 아가리에 랜스를 찌르는 것을 상식으로 알았다.

만년의 게오르기우스는 『황금전설』에 등장하는 성인(聖人)들 대부분이 그랬듯이 역시 기독교 신자로서 숭고하게 순교하였다. 다만 게오르기우스가 순교한 것이 4세기 초(303년)였다고 하는데, 그가 용을 죽였다는 시대에는 아직 랜스라는 용어조차 없었던 것이다.

---

116) 디오클레티아누스 황제(Gaius Aurelius Valerius Diocletianus : A.D. 245~313) : 로마의 황제이며, 284년부터 305년까지 재위하였다. 군인 황제 시대의 혼란기에 등장한 인물로서, 이 시대에 재무·행정·군사 기구를 재편성해 제국의 동부지역에는 비잔틴 제국을 위한 기틀을 마련했고 서부지역의 쇠퇴하던 제국에 잠시나마 활력을 불어넣었다. 한편, 그는 통치 기간 중 그리스도교에 대해 마지막 대박해를 가했고, 오리엔트적 군주주의를 계승하여 스스로 신이라 칭하며 군림하였다.

토너먼트 Tournament

중세의 기사 이야기에 종종 등장하는 '토너먼트'는 과연 어떤 것이었을까? 이 의문을 풀기 위해 잠시 특별 항목을 두어 고찰해 보기로 하자. 중세의 토너먼트는 적어도 초창기에는 전쟁이 없는 시절에 벌이던 군사 연습 같은 것이었다.

토너먼트의 뜻

토너먼트란 일반적으로 '마상 창시합'이라 불리는 중세의 고유한 군사 연습으로서, 알기 쉽게 말하자면 모의전투 같은 것이다. 그러나 그 본래 의미는 16세기 이후에는 거의 소멸했다고 할 수 있다. 토너먼트가 언제 어디서 비롯되었는지는 분명치 않지만, 대략 프랑스에서 기원한 것으로 보인다. 11세기경 프랑스 문헌에서 그 용어를 처음 볼 수 있기 때문이다. 그러나 이 단어가 어디에서 왔는지는 여전히 모호하다. 예를 들면, 16세기의 저술가 포쉐는 '토너먼트(tournament)'라는 말은 기사들이 퀸틴(창 과녁, quintain)을 '번갈아 가며(par tour)' 찔렀던 데서 파생한 것이라고 한다. 나아가 기사들이 전투에 돌입하기 전에 선회(tour)를 했다는 데서 유래한다는 설도 있다. 프랑스어로는 토너먼트를 '투르누아(tournoi)'라고 하는데, 이 말의 어원은 '선회하다'라는 뜻을 가진 동사 '투르누아이에(tournoyer)'이다.

토너먼트의 기원으로서는 후자가 더 타당하다고 본다. 그러나 포쉐의 말이 잘못된 것은 아니다. 토너먼트는 모의전투이므로 일반적으로 두 개조로 나뉘어 싸우게 되는데, 특히 일 대 일 승부일 경우는 차례가 중요했다. 차례대로(par tour) 하지 않으면 시합으로서의 가치가 크게 감소되기 때문이다(그런 의미에서는 오늘날의 토너먼트에 가깝다고 할 수 있을 것이다).

또 한 가지 설로는, '투르누아이에'가 프랑스어로 '선회'일 뿐만 아니라

'순회'나 '방랑'을 의미하는 동사였으며, 토너먼트는 이 말에서 유래한다는 것이다. 랜스 한 자루를 껴들고 여러 지방을 방랑하며 기마 시합에 참가하는 것이 당시

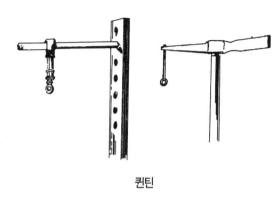

퀸틴

기사들 사이에서 유행했었다. 이러한 기사들의 무술 수업이 토너먼트의 성격을 결정했다고 할 수도 있다. 그래서 기사가 방랑하며 참가한다는 의미가 토너먼트라는 명칭의 기원이라고 보는 것이다.

토너먼트의 종류

토너먼트에는 여러 어휘가 어지럽게 관련되어 있어 오늘날에도 토너먼트가 구체적으로 무엇을 가리키는 것인지 불명료한 점이 있다. '주스트' '멜레' '터니' '부허트' 등 유사한 말들이 많은데, 이것들과 토너먼트의 관계를 명확하게 말하기는 여전히 어렵다. 일단 여기에서는 적어도 개인전·단체전의 두 종류의 방식이 있었다는 것부터 설명하고자 한다.

① 개인전 — 주스트

토너먼트에서는 초창기에는 오프닝 게임으로 기사들끼리 벌이는 일 대 일 시합이 있었다. 랜스(또는 장창)를 든 기사가 온몸을 갑옷으로 보호하고 말에도 화려한 갑옷을 입히고 일 대 일로 격돌하는 것으로, 아마 중세 기사들을 대표하는 친숙한 풍경인지도 모른다. 중세 유럽에서는 이 일 대 일 시합을 '주

주스트

스트(joste)'[117]라 불렀다. 그 어원은 '모이다' '옆으로 다가오다' '찌르다' 등의 뜻이 있는 '주크스타레(juxtare)'라는 중세 라틴어라고 한다.

② 단체전― 멜레 · 부허트 · 터니

토너먼트의 주경기는 '멜레(melee)'라는 단체 시합이다. 이는 '혼합하다'라는 뜻의 동사 '멜러(meler)'에서 파생된 말로, 직역하자면 '혼전'을 뜻한다. 말 그대로 멜레는 피아(彼我)가 뒤섞여 혼전을 벌이는 일종의 단체전이다.

멜레는 말 자체만 따지면 '터니(tourney)'와 뜻이 같은 것으로 여겨진다. 그러나 터니가 토너먼트와 완전히 동일한 것인지의 여부는 여전히 밝히기 어려운 문제여서, 확답하는 것은 무리라고 하겠다. 이 책에서는 편의상 터니와 토너먼

---

117) 주스트 : 오늘날에는 자우스트(joust) 또는 저스트(just)[영], 주트(joute)[프], 초스트(tjost)[독]라 불린다.

트는 다른 것으로 보기로 한다. 터니를 토너먼트의 한 종류로 보는 것이다.

'부허트(Buhurt)'는 두 편으로 나뉘어 벌이는 청백전 같은 것으로, 멜레와 유사하다고 생각된다. 흔히 터니와 혼동되지만, 일설에 따르면 부허트와 터니는 별개의 방식이었다고 한다. 그러나 부허트와 터니는 똑같은 것이라는 설도 있다. 부허트의 어원은 중세 프랑스어 '부후르(Bouhours)'라는 말 같은데, 현대 프랑스어에는 그런 말이 남아 있지 않다.

이렇듯 토너먼트라 해도 다양한 명칭이 얽혀 있고 불명료한 점도 남아 있다. 그러므로 여러 명칭으로 불리는 시합 방식이 존재했었다는 것만 확실히 말할 수 있을 뿐이다.

토너먼트의 역사

모의전투로서의 토너먼트의 기원을 찾자면 사람이 말을 타고 싸울 생각을 하던 때까지 거슬러 올라갈 수 있을 것으로 보인다.[118] 말도 전투 장비의 하나이므로 평소의 단련이 중요하며, 게다가 조직적인 전투라면 말을 더욱더 훈련시켜 두어야 하기 때문이다.

중세 유럽만을 보자면, 로마 제국이 멸망한 뒤 알프스 이북에서는 거의 기병이 존재하지 않는 시대가 지속되었다. 기병이 중시된 것은 프랑크 왕국이 성립한 뒤였다. 이는 아랍인의 유럽 침공에서 비롯된 것이다. 그리고 8~9세기를 지나면서 기병은 프랑크 왕국에서 서서히 중요한 전력이 되어갔다. 이 시대는 왕권이 최대한 확장해 가는 시기여서 끊임없이 군대가 동원되었다. 기사들은 실제 전투에서 말 다루는 기술을 익히는 것이 고작이었다.

10세기로 들어서자 변화가 일어난다. 왕권이 허울만 남게 되고 로마 교회

---

118) 그 기원은 훈족이 침입한 시대까지 거슬러 올라가는지도 모른다.

가 '신의 평화운동'을 펼쳐 폭력행위에 대하여 다양한 형태로 쐐기를 박으려고 하였다. 전쟁이 지역적인 것으로 국한되고, 전쟁 발발도 그리 빈번하지 않게 되었다. 이러한 상황에서 기사들을 그냥 놓아두면 말 다루는 기술을 잊고 만다. 군대란 끊임없이 훈련을 하지 않으면 필요할 때 제 구실을 하지 못한다. 그래서 군사 연습 차원에서 토너먼트가 등장한 것으로 보인다.

멜레를 중심으로 하는 토너먼트는 대체로 13세기경까지 계속되는데, 14~15세기에는 마치 야전을 방불케 하는 토너먼트는 보다 세련된 것으로 변해 갔다. 그 변화를 일으킨 요소로 두 가지를 들 수 있다. 하나는 교회의 평화운동이며, 또 하나는 연애적인 요소가 농후한 기사도 정신의 도입에 따른 토너먼트의 의식화이다.

교회는 그 초창기부터 토너먼트에 엄하게 대처해 왔다. 제후들 간의 전투를 종교적인 권력으로 억제하려고 하던 교회는 실전을 대신하는 모의전투에도 관용적인 태도를 보이지 않았다. 일찍이 12세기에는 토너먼트의 금지를 호소하였고, 그뒤 잇달아 금지령이 떨어졌다. 그래도 토너먼트가 폐지되지 않을 뿐만 아니라 사상자가 속출하자, 토너먼트에서 사망한 자는 교회에서 장사지내지 못하게 하겠다(이것은 파문을 의미하는 최대의 형벌이다)고 선언했을 정도이다.

한편, 십자군의 조직 등에 기사의 규범이 필요하다고 느낀 교회는 교회가 바라는 모범적인 기사상을 적극적으로 제시하기 시작한다. 기사 자체를 없앨 수는 없으므로 바람직한 기사상으로 바꿀 생각을 한 것이다. 이에 따라 신앙의 적에 대한 토벌, 약자 보호, 약탈 금지 등이 강조되고, 특히 기사 수도회의 설립을 통하여 수도사의 덕목인 정결, 침묵, 순종을 기사의 미덕으로 추가하였다. 그리고 이러한 기사의 이상상(理想像)은 궁정 여인들의 지지를 받아 기사도로 꽃핀 것이다.

왕후가 주최하는 토너먼트에는 어김없이 화사한 여성들이 객석에 참석하였다. 실제로 토너먼트와 기사도는 여성을 빼놓고는 생각할 수 없었다. 본래 모의전투 형식의 거칠기 짝이 없는 토너먼트인 만큼 상대 기사를 포로로 삼고 몸값을 요구하는 것은 정당한 행위로 간주되었고, 이는 토너먼트의 실리적인 측면이라고 할 수 있다. 한편, 금전이 따르지 않는, 명예만을 추구하는 움직임도 나타났다. 그 명예는 곧 부인들의 뜨거운 시선이었다.

여성들의 참석은 토너먼트를 보다 우아한 것으로 변화시켜 간다. 중세 여성들은 로마 시대의 여성들처럼 원형 격투장에서 피흘리는 검투사를 가리키며 무자비하게 "죽여! 죽여!"하고 외치지 않았다. 오히려 그녀들은 고결하고 동정심 깊은 기사에게 갈채를 보냈던 것이다.

그리고 기사 역시 고귀하고 아름답고 동정심 많은 부인에게 자신의 명예를 바치고 싶어했다. 토너먼트에서 승리한 영예를 특정 부인에게 바치고, 부인은 기사에게 자기를 의미하는 리본이나 소매 등을 선물로 주게 된다. 이리하여 토너먼트의 주류는 사나운 야전 시합을 모방한 멜레에서 기사의 기량과 우아함을 다투는 주스트로 변해 갔다.

토너먼트 방식

토너먼트 주최자는 당연히 군대를 보유한 왕이나 영주이다. 그들은 왕궁이나 저택 앞에 넓은 광장을 소유하고 있었으므로 여기에 로프 따위를 둘러쳐서 임시 경기장을 만든다. 이 경기장을 '리스츠(lists)'[119]라고 한다.

토너먼트는 군사 연습이기는 했지만 참가자는 주최자의 가신(家臣)으로만 한정되지 않으며, 대체로 기사 신분이라면 누구나 참가할 수 있었다. 따라서

---

119) 리스츠 : 이 말은 프랑스의 왕실을 상징하는 꽃인 백합(lis)에서 왔다고 한다. 이것도 토너먼트의 프랑스 기원설을 뒷받침하는 것 가운데 하나다.

주최자는 시합 개최 사실을 멀리까지 알리기 위해 토너먼트가 시작되기 몇 달 전부터 예고를 한다. 그래서 종종 일확천금을 꿈꾸는 실력 있는 젊은이들이 옆구리에 창 한 자루를 끼고 각지에서 모여들곤 했다. 일반적으로 토너먼트는 참가비가 없었는데, 개중에는 저 사자왕 리처드처럼 참가비를 받은 주최자도 있었다.

또한 주최자는 심판을 선정해야 했는데, 때로는 주최자가 직접 심판으로 나서기도 했고, 은퇴한 고명한 기사를 내세울 때도 있었다.

이리하여 마침내 토너먼트가 시작되는데, 이때 토너먼트의 내용이 몇 가지로 나누어져 있었는지, 나누어져 있었다면 어떤 차례로 치러졌는지는 잘 알 수 없다. 오프닝 게임으로 일 대 일 결투를 하고, 그뒤에 단체전을 치렀을 것으로 추측되는데, 이는 토너먼트의 규모나 주최자의 취향 또는 시대의 풍조에 따라서 달라졌다고 본다. 12~13세기였다면 토너먼트는 역시 단체전인 멜레 중심이었을 것이다.

멜레 방식은 매우 난폭했었다. 갑옷과 투구로 몸을 단단히 보호한 기사들은 옆구리에 창을 끼고 말을 탄다. 그들은 두 그룹으로 나뉘어 상대편 기사를 말에서 떨어뜨리고 그 투구를 빼앗는 것을 목적으로 싸웠다. 기사뿐만 아니라 그 기사를 따르는 종자(從者)까지 참가하는 난전이므로 피아간(彼我間)의 구별이 힘들었으리라는 것은 능히 짐작할 수 있는 일이다. 때로는 4천 명이나 되는 기사가 한자리에 참가했다고 하므로 그 혼란스러운 양상은 쉽게 짐작할 수 있을 것이다.

멜레는 다름아닌 실전을 모방한 모의전투다. 물론 실전은 아니므로 상대편을 살상하는 것이 목적은 아니다. 단체전이라고 해도 팀의 승패를 가르는 것은 아니었던 듯하다. 심판이 전투에서 가장 용감하게 싸운 기사를 선정하면 주최자가 그에게 포상을 내리는 식이었다. 상품이 그리 대단한 것은 아니었던 모양이다. 예를 들면, 뛰어난 사냥개 그레이하운드라든가 사냥에 쓰는 매 등이면 족하다고 여겼던 것이다. 하지만 승리자가 얻는 것은 비단 그것만은 아니었다. 자신이 무찌른 상대편 기사의 말이나 갑옷과 투구, 그리고 패배한 자가 신분이 높은 기사라면 그 몸값도 요구할 수 있었다. 따라서 토너먼트 참가는 실력만 좋다면 꽤 좋은 수입원이 될 수 있었던 것이다.

또 기사는 갑옷의 일부인 '건틀릿(gauntlet)'으로 땅바닥을 침으로써[120] 일 대 일 승부를 요구할 수가 있었다.

일 대 일 승부는 관중의 감시 아래 벌어진다(물론 멜레에도 심판은 있지만 아무래도 혼란한 상황을 면할 수는 없었다). 일 대 일 승부, 즉 주스트는 먼저 한 기사가 주스트를 하겠다고 나서는 것으로 시작된다. 그러면 하인이 돌아다니며 그 기사의 이름을 외쳐서 적수를 모집한다. 적수가 나서면 시합이 시작되는데, 쌍방은 창을 옆구리에 껴들고 상대를 찌르는 기술을 겨룬다. 상대방이 왼손에 든 방패나 목 가리개를 찌르는 것이 효과적인 공격법으로 알려져 있었다. 하지만 어디를 찔러서는 안된다는 분명한 규칙이 정해져 있지는 않았다. 그래서 때로는 엉뚱하게 상대방 말을 찔러서 놀란 말이 펄쩍 뛰어올라 기사가 낙마하곤 했던 것이다. 따라서 이런 사태가 없도록 쌍방은 조심할 필요가 있었다. 그러나 아이러니컬하게도, 주스트의 목적은 상대를 말에서 떨어뜨리는 것이었다.

건틀릿

---

[120] 이것이 나중에 장갑으로 상대방 볼을 때려 결투의 신호로 삼게 된 기원이다.

주스트에 이용하는 랜스는 당연히 끝이 뾰족해서는 안 되었고, 방패 등에 부딪히면 쉽게 부서지도록 만들어져 있었다. 그리고 어느 쪽도 낙마하지 않은 상태에서 창만 부러졌다면 각자 새 창으로 교체하고 다시 격돌한다. 이러한 교환은 세 번까지 가능했다. 그리고 세 번을 겨루어도 여전히 낙마한 기사가 없다면, 이번에는 말에서 내려 랜스 대신 검을 뽑아들고 검술을 겨루게 되는 것이다.

이때 사용하는 검은 날끝을 무디게 해서 상대방을 죽음에 이르게 하지 않도록 배려한다. 그러나 토너먼트에서 사상자가 나오는 것은 피할 수 없는 일이었다. 특히 멜레에서는 강하게 격돌하므로 자칫 잘못 찔리면 죽는 경우도 있었다. 그리고 낙마한 상대방을 말발굽으로 치지 않게 하는 것이 기사의 매너였다. 그렇지만 워낙 혼전이 벌어지므로 무슨 사태가 일어날지 알 수 없는 일이었다. 때로는 1559년 6월에 일어난 헨리 2세 사건[121]처럼 주스트를 벌이다가 일국의 왕족이 사망하는 일도 있었다. 이런 경우 그 범인(?)은 무사할 수가 없었을 것이다.

---

121) 헨리 2세는 프랑스에서 거행된 결혼식을 축하하며 개최된 토너먼트에서 부러진 랜스 파편이 눈에 박혀 열흘간 고생하다가 죽고 말았다. 그 결과 그 시합의 상대였던 몽고메리 백작은 목이 잘리는 형을 받아 죽었다.

제 1장

도끼형 무기류

배틀 액스의 생김새

도끼(ax)는 연장에서 발달한 무기 가운데 하나인데, 어떤 의미에서는 곤봉에서 발전한 무기의 일종이라고 할 수 있다. 그 생김새는 자루와 머리를 조합한 것이므로 기본적으로는 메이스와 마찬가지 구조이다. 그러나 메이스가 구타를 목적으로 하는 데 반해 도끼는 절단을 목적으로 한다는 점에 커다란 차이가 있다. 그러므로 여기에서 정의하는 '도끼형 무기류' 란 머리에 날을 가진 것을 가리킨다. 또 영어의 '액스(ax)' 란 자루와 날이 나란히 되도록 머리를 부착한 것이며, 자루와 직교시켜서 머리를 부착한 것을 '애즈(adze)' 라고 한다.

각부의 명칭

도끼 모양의 무기는 기본적으로 도끼머리와 자루, 도끼날로 되어 있으며, 오늘날까지도 그 형태를 유지하고 있다. 각부 명칭은 다음과 같다.

도끼의 구조

③도끼날
②도끼머리
①자루
④물미
⑤자루머리

①자루(pole)
자루는 일반적으로 목제가 많으며, 드물지만 금속제도 있었다. 절단을 목적으로 하므로 자루는 탄력성이 필요했다. 따라서 탄력성을 높이기 위해 천을 감는다거나 금속성 고리를 끼우기도 했다. 또 강도를 높이기 위해 동그란 막대가 아니라 각목이나 다각형 막대를 쓴 것도 있다.

②도끼머리(ax head)
도끼머리는 도끼에 당연히 없어서는 안 되는 것으로, 보통 자루 끝에 여러 방식으로 장착된다.

③도끼날(ax blade)
망치와 도끼의 차이는 도끼날이 있느냐 없느냐에 있다. 절단을 목적으로 하는 도끼형 무기류에 날은 없어서는 안 되는 것이다.

④물미(ferrule)

자루를 보강하기 위해 끼우는 고리 모양의 금속구. 모든 도끼류에 다 있는 것은 아니며, 매우 드물게 볼 수 있는 것이다.

⑤ 자루머리(butt)

컵 모양의 금속구로서, 자루 밑동에 끼운다. 장식적인 성격이 강하지만 때로는 끈을 꿰는 금속구나 구멍이 뚫려 있어서 그것을 보호하기 위한 것이기도 하다. 자루가 긴 도끼의 자루머리는 자루 부분을 땅에 찧었을 때 그 부분이 뭉개지거나 닳지 않도록 막아주는 역할도 한다. 자루머리는 특히 중세의 배틀 액스류에서 볼 수 있는 것이므로, 실용적인 의미보다 무기로서의 상징물 같은 성격이 짙다.[122]

도끼머리를 자루에 장착하는 방식

도끼류는 한 마디로 자루에 머리를 부착한 단순한 것인데, 머리를 부착하는 방식은 시대에 따라 달랐고, 주조 기술의 발달에 따라 다양한 변화를 이루어 왔다. 부착 방법은 그 특징과 장점에 따라 몇 가지로 나눌 수 있다.

도끼머리를 자루에 장착하는 방식

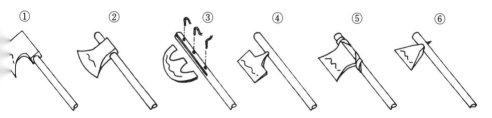

① 소켓 방식

소켓형으로 된 도끼머리에 자루 끝을 끼우는 방식이다. 자루는 대개 곧게 생겼다. 그 기원은 메소포타미아의 고대 문명기까지 거슬러 올라갈 수 있는데, 중세 유럽에서 이용된 도끼나 창 종

---

122) 도끼와 마찬가지로 인류 최고의 무기인 창 종류에도 일찍이 이러한 자루머리가 있었다. 창류의 경우 땅바닥에 대고 세워 들거나 지팡이처럼 땅을 짚고 걷기 위해서 자루머리를 달 필요가 있었다. 따라서 도끼의 자루머리가 일찍부터 등장했다는 것을 짐작할 수 있다. 그러나 도끼류는 자루머리가 그런 목적을 위해 필요했다고 생각할 수는 없다. 따라서 필자로서는 실용적인 역할보다는 장식적인 의미가 더 강했을 것으로 추측한다.

류에서도 볼 수 있는 특징이다. 특히 도끼머리가 큰 종류에서 볼 수 있으므로, 소켓 방식으로 제작된 도끼는 격렬한 타격에 잘 견딜 수 있었던 것으로 보인다.

②관통구 방식

가장 대중적인 방식이며, 요즘 도끼도 대체로 이와 같이 도끼머리에 구멍을 뚫고 자루를 끼워서 제작한다. 주조 기술의 발달로 등장한 방식이라고 할 수 있는데, 태곳적에도 돌에 구멍을 뚫어 꽂기도 했으므로 이미 고대에 고안된 방식인 셈이다. 관통구 방식의 문제점은 세게 휘두르거나 때릴 때 도끼머리가 쑥 뽑힐 수 있다는 것이다. 소켓형보다 더 대중적이 된 것은 생산의 용이함 때문이라고 할 수 있다.

③자루의 길이 방향으로 길게 끼워넣는 방식

자루의 길이 방향으로 홈을 파고 거기에 도끼머리를 끼워넣는 방식이다. 특히 고대 메소포타미아 등에서 볼 수 있었다. 이 경우 도끼머리는 얇은 동판이거나 청동판으로 만들며, 그냥 끼워 두면 금방 빠질 수 있으므로 도끼머리의 끼워져 들어가는 부분에 구멍을 몇 개 뚫고 끈을 꿰어 고정한다.

이런 종류의 도끼는 얇게 편 모양의 넓적한 날을 가지고 있어 절단력도 상당했다고 생각되지만, 도끼머리가 얇은 만큼 절단력은 소켓 방식이나 관통구 방식보다 떨어졌을 것이다.

④자루에 구멍을 내고 꽂아넣는 방식

자루에 구멍을 내고 도끼머리를 꽂아넣는 것이다. 도끼머리 슴베 부분의 단면은 원형이며 쐐기처럼 뾰족하게 생겼다.

이 방식으로 제작된 도끼류는 도끼머리가 작은 경향이 있다. 자루에 구멍을 뚫고 꽂아넣기 때문에 작을 수밖에 없지만, 이로 인하여 다른 방식의 도끼보다 위력은 떨어진다.

⑤동여매는 방식

석기 시대에 고안된 가장 오래된 방식이다. 그러나 고대 이집트나 그 근방에서 볼 수 있는 도끼류도 이런 방식으로 제작되었으며, 주조 기술이 발달할 때까지는 일반적인 방식이었다고 생각할 수 있다. 간단히 만들 수 있다는 것말고 특별한 장점이 있었던 것은 아니다.

⑥자루에 직접 박는 방식

도끼머리에 슴베를 만들어 그 끝을 날카롭게 하여 자루에 직접 때려박는 방식이다. 간단한 반면, 슴베가 부러지면 쉽게 고칠 수 없으므로 실용성은 떨어진다.

자루의 종류와 특징

자루는 도끼형 무기의 특징인데, 시대와 머리 부착 방식에 따라 몇 가지 형식으로 나눌 수 있다.

도끼머리는 그 도끼의 특성을 결정짓는 중요한 의미를 가진다. 머리를 보면 그 도끼가 어떤 목적으로 만들어졌는지 어느 정도 추측할 수 있다.

그래서 도끼머리를 종류별로 나누어 보았다. 여기 소개하는 것은 서유럽의 도끼들이며, 특수한 형상이 많은 아프리카나 동방의 도끼는 또다른 부류로 나눌 수 있을 것이다.

자루의 종류

①굵은 직선형
자루를 쥐어도 손가락이 완전히 감기지 않을 정도의 굵기. 대형 도끼에 많으며, 특히 그 무게로 타격력을 늘리려는 도끼류에서 볼 수 있다.

②가는 직선형
일반적으로 볼 수 있는 도끼자루. 종종 물미를 끼워 보강하기도 한다.

③끝이 젖혀진 형
자루가 도끼머리께에서 젖혀져 있다. 크게 휘둘러 상대를 스치듯 베는 도끼의 특징이다.

④가운데가 휜 형
자루 중간을 휘게 하여 탄력성을 준 것이다. 반동의 충격을 완화하고 휘두를 때 위력을 높일 수도 있다.

⑤자루머리께가 굽은 형
손잡이 부분이 굽어 있다. 휘두를 때 지렛대 원리에 의해 공격력을 늘릴 수 있도록 고안된 것이다. 동방의 도검 중에도 이렇게 휜 자루를 가진 것이 있다.

⑥끝이 팽창한 형
도끼머리께에서 급격하게 굵어진다. 타격력을 늘릴 뿐만 아니라, 손잡이께는 가늘므로 다루기가 편하다.

⑦ L자형

도끼머리께를 L자형으로 만든 것. 이럴 경우 도끼머리는 소켓형이며, L자형의 끝에 끼우도록 되어 있다.

⑧ 자연목형

주변에 굴러다니는 자연 그대로의 막대기를 자루를 쓴 무기는 비단 도끼류만은 아니었다. 자연 그대로의 것을 쓰므로 다채로울 수밖에 없었다.

도끼머리의 종류

① 외날형

가장 일반적인 형. 가장 널리 쓰였으며, 요즘 쓰이는 연장으로서의 도끼도 이런 모양이 대부분이다.

② 양날형

전투용이나 의례용으로만 쓰인 것으로, 그리스 시대에는 신비한 형상으로서 의식에 이용되었다. 저 유명한 노미타우루스가 살았던 라비린토스(크레타 섬의 미궁)는 이런 도끼머리의 명칭이었던 것으로도 알려져 있다. 중세 이후에는 전투용으로 이용되며, 16세기에도 볼 수 있었다. 이런 종류는 석기시대에도 제작되었다.

③ 수염형

외날형 도끼머리 형식으로, 날의 아래쪽이 각을 이루며 돌출해 있다. 이 종류는 바이킹들이 처음 이용했으며, 뱃머리 등에 걸어 놓을 수 있도록 한 것이다.

④날이 넓적한 형

고대 메소포타미아나 이집트 문명에서 볼 수 있었으며, 인도 등 동방의 여러 지역에서도 볼 수 있다.

⑤날이 좁은 형

기마 민족이 사용한 배틀 액스에서 많이 볼 수 있으며, 한 손으로 휘두를 수 있도록 가볍게 만들었다. 물론 기마 민족이 아니더라도 이런 도끼를 이용하기도 했다. 그 좁은 날은 가볍다는 점말고도 한 점에 타격력을 집중할 수 있다는 장점이 있었다.

⑥반원형

동방의 도끼류에서 볼 수 있는 형상으로, 날 양쪽 끝이 마치 초승달처럼 예리하게 되어 있다. 이렇게 휜 도끼머리는 도끼날이 상대방에게 지나치게 깊이 박히는 사태를 방지하기 위한 것으로 보이며, 따라서 관통력은 다소 떨어졌을 것이다. 그밖에 디자인의 의미가 큰 경우도 있다.

⑦부엌칼형

자루 끝에 도검을 부착한 듯한 형식. 이런 종류는 도끼가 가진 본래의 특징인 절단 기능 외에 베기에도 이용할 수 있었다.

⑧돌도끼머리형

석기시대에 만들어졌으며 그 형식은 잡다하다. 초기에는 그 용도가 베기나 구타에 국한되었으나, 후기에는 지금의 도끼와 마찬가지 형상과 용도를 가지게 되었다.

⑨가로질러 부착한 형

애즈라 불리는 도끼 종류로, 날이 자루와 십자가처럼 가로질러 부착된다. 기원은 석기시대까지 거슬러 올라갈 수 있다. 요즘 쓰이는 '깎기'라는 연장이 이에 해당한다.

배틀 액스의 역사

석기 시대

도끼의 기원은 매우 유구하여, 인류가 처음 이것을 사용한 시기는 지금으로부터 10~60만 년 전에 해당하는 후기 구석기 시대의 석기 '손도끼(hand ax)'일 것이다. 그러나 이것은 부싯돌의 파편을 손으로 들고 때리는 것에 지나지 않았으므로 오늘날 말하는 도끼하고는 많이 다르다.

이러한 손도끼가 적어도 자루가 달린 도끼다운 모양으로 변모하려면 신석기 시대(지금으로부터 8000~6000년 전)가 될 때까지 기다려야 했다. 당시의 도끼류는 그 크기에 관계 없이 주로 목공구로 사용되었으며, 외날 혹은 양날을 가진 것부터 끌처럼 작은 것까지 많은 것들이 쓰였다.

이 시대의 도끼류는 크게 소형 '마제 돌도끼'와 대형 '타제 돌도끼'로 나눌 수 있다. 타제 돌도끼는 목공이나 땅파기, 농작업 등에 널리 이용되었으며, 큰 것이 많았다.

돌도끼의 전성기였던 신석기 시대에 도끼는 일상 생활과 매우 밀접한 연장이었다. 이것은 신석기 시대부터 농경 생활이 뿌리를 내리기 시작한 것과 관련이 있다. 농경과 함께 정주(定住) 생활이 시작되고, 따라서 목공 연장이 필요해진 것이다.

인류의 정착으로 이웃 정주민과의 갈등, 분쟁이 일어나 마침내 전쟁을 벌이는 규모와 정도가 점차 심각해진다. 어느덧 한 강자가 어느 지역 일대를 통일하고, 다른 통일 지역과 또다시 전투가 벌어지게 된다. 이에 따라 전투를 위한 도구가 필요하게 되었다. 그럴 경우 도끼는 무기로서도 충분히 위력을 발휘할 수 있는 도구였던 것이다. 이리하여 지중해 지역이나 인도, 중국 등지에서 도끼류가 발전되어 갔다.

그리고 저 유명한 고대 오리엔트 세계의 배틀 액스인 '눈(eye) 모양' [123) 도끼가 등장하였다. 참고로, 눈 모양 도끼란 이름 그대로 도끼머리가 눈〔目〕을 추상화한 듯이 생긴 도끼를 말한다. 도끼머리는 얇은 판처럼 생겼고, 자루에 길이 방향으로 길게 판 홈에 꽂는 방식으로 부착한 것이다.

신석기 시대에 만들어진 도끼는 특히 이 눈 모양 도끼처럼 전투를 전제로 한 매우 공격적이고 강력한 것이었다.

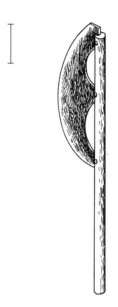

눈 모양 도끼

금속의 등장과 도끼

석기 시대에 곤봉이나 메이스 같은 구타 무기와 절단을 위한 돌도끼는 그 효력에 차이가 있었다 해도 무기로서의 가치는 동등했다. 그러나 청동기 시대로 들어서자 그 가치에도 큰 변화가 일어나 도끼의 중요성이 증대되어 갔다. 이는 방패나 갑옷과 같은 방호구(防護具)의 등장과 그 금속화 때문이다. 즉, 방패나 갑옷은 상대방의 공격, 특히 구타용 무기의 공격력을 반감시켰던 것이다.

돌도끼도 메이스와 마찬가지로 구타만 한다면 별 위력이 없었겠지만, 절단 능력이 있었기 때문에 날을 세워 방호구를 파괴하고 상대에게 타격을 줄 수 있었다. 이리하여 메이스는 전장에서 모습을 감추고 도끼는 남게 된 것이다.

도끼머리를 금속으로 만들면서부터 절단력은 비약적으로 향상되어, 방패

---

123) 눈 모양 : 이것은 오리 부리(duck-bill), 입실론(ε)형이라고도 한다.

나 갑옷 등은 재질에 따라서는 간단하게 파괴할 수 있었다. 고대 이집트나 메소포타미아에서는 예로부터 친숙했던 눈 모양 도끼를 이용하였는데, 당초에는 구리로 만들다가 청동기 시대가 되자 청동으로 만들게 되고, 날도 예리해진다. 이집트에서 만들어진 이러한 도끼는 나중에 유럽에서 널리 사용된 '버디슈(berdysh)'나 '기새머(gisharme)' [124] 등으로 이어졌다.

바바리안 시대

청동기 시대(B.C. 1700~800년)부터 무기로서의 도끼는 점차 문명 사회로부터 밀려나게 된다. 고대 이집트나 에트루리아인이 사용하던 배틀 액스는 그리스의 암흑 시대를 지나면서 도검이나 창에 그 지위를 빼앗겼고, 그리스 로마 시대에는 야만족의 무기로 간주되었다.

당시 그리스인과 로마인이 야만족(즉 바르바로이)으로 간주한 민족은 켈트인이나 프랑크, 고트[125], 훈족[126] 등이다. 특히 프랑크인은 저 유명한 '프랑키스카(franciscas)'라는 '투부(鬪斧, 던지는 도끼)'를 사용했다. 그러나 로마 제국이

---

124) 기새머 : 12~17세기경에 사용된 장창류. 자세한 내용은 판타지 라이브러리 『무기와 방어구』(서양편) 참조.

125) 고트(Goth) : 게르만족의 일파. 동고트족과 서고트족으로 이루어져 있으며, 로마 제국을 수백 년간 괴롭혔다. 6세기 중엽 고트족의 역사가 요르다네스가 기록한 전설에 따르면, 고트족은 원래 스칸디나비아 남부에 살던 부족으로 베리그 왕을 따라 3척의 배를 타고 발트 해남쪽 해안으로 건너가 그곳에 살던 반달족과 다른 게르만족을 물리치고 정착했다. 로마의 역사가 타키투스는 그 당시 고트족의 특징이 둥근 방패와 짧은 칼, 그리고 왕에 대한 복종이었다고 기록하고 있다. 고트족은 3세기에 끊임없이 로마 제국의 소아시아 지방과 발칸 반도를 침략했고, 아우렐리아누스 황제가 다스리던 시기(270~275)에는 로마인들도 도나우 강 건너편의 다키아(오늘날의 루마니아) 지방을 고트족에게 내줄 수밖에 없었다. 그후 도나우 강과 드네스트르 강 사이에서 살던 고트족을 서고트족, 오늘날의 우크라이나에 살던 고트족을 동고트족이라고 부르게 되었다. 4세기경에는 로마 제국과 긴밀한 관계를 맺게 되어 4세기 중엽, 고트족의 개종이 시작되었다.

무너지고 로마인이 야만족이라 부르던 그들이 대두하는 중세 암흑 시대가 되면 유럽에서 도끼류는 다시 무기로 사용된다.

도끼는 일상적인 연장과 무기로 두루 쓰였다

바이킹 침공의 시대

9~10세기의 서유럽 여러 나라를 약탈하던 북유럽의 여러 종족, 즉 데인, 스웨덴, 노르웨이인들은 바이킹으로서 뛰어난 도검을 사용하였다. 그러나 그것말고도 그들을 대표하는 무기로 도끼류를 간과할 수 없다. 그들이 사용한 도끼류는 크게 세 종류였다. 작은 '손도끼', 해전용 '수염형 도끼', 그리고 가장 일반적인 '날이 넓은 도끼'로서, 당초에는 연장으로 쓰였던

---

126) 훈족 : 370년경 유럽 남동부를 침략해 이후 140여 년 동안 유럽 남동부와 중부에 거대한 제국을 건설한 유목 민족. 4세기 중엽 이후 볼가 강 동쪽에서 모습을 나타내, 볼가 강과 돈 강 사이의 평원지대를 지배하던 알라니족을 무너뜨리고, 이어 돈 강과 드네스트르 강 사이에 있던 동고트 제국을 정복했다. 376년경에는 지금의 루마니아 지역에 살고 있던 서고트족을 정복했으며 이로써 로마 제국의 도나우 강 국경지역에까지 세력을 뻗게 되었다. 훈족은 전사(戰士)로서 놀랄 만큼 뛰어난 마상(馬上) 사수(射手)들이었으며, 완벽한 승마술, 잔인한 공격과 예측을 불허하는 반격 능력, 그리고 전략적인 기동성 등으로 유럽 전역을 공포에 떨게 만들었다. 서고트족이 멸망한 후 반세기 동안 중앙 유럽의 수많은 게르만족들에게까지 영향력을 확대했으며, 로마 제국과도 맞서 싸웠다. 5, 6세기에 인도와 이란을 침략한 헤프탈리트 족과 일찍이 중국인에게 알려진 흉노족이 훈족이라는 이야기도 있지만, 이들과 훈족과의 관계는 지금도 여전히 명확하지 않다.

것이 점차 거대화하면서 무기가 되었다.

손도끼는 연장과 무기의 중간쯤 되는 것으로, 특히 상대에게 던지거나 은밀히 기습할 때 사용하는 등 흡사 단검 같은 쓰임새가 있었다.

수염형 도끼란 도끼머리의 형상이 특별하여 도끼머리 아래쪽이 각지게 돌출해 있고 자루가 길다. 이런 도끼가 해전(海戰)에서도 사용되었다고 보는 근거는, 그 모양새가 뱃머리게 걸기가 쉽고, 상대 배를 습격하여 가까이 끌어당기거나 옮겨탈 때 유용했다고 생각되기 때문이다.

날이 넓은 도끼의 폭은 30cm나 되며, 양손이 아니면 쓸 수 없을 정도였다. 그러나 위력은 그만큼 강력했다.

북유럽의 여러 종족은 검 못지않게 도끼류를 애용했는데, 그들이 검과 도끼에 대하여 품었던 이미지는 대조적이다. 즉, 검에서는 신비와 외경감을 느끼고, 도끼류에서는 친밀감을 느끼며 마치 전우처럼 다루었던 것이다. 이는 도끼류가 일상 생활에 밀착된 연장에서 발달한 것을 보여주는 증거라고 할 수 있다. 비잔틴제국에 고용된 바이킹 용병(傭兵) '와리아기 친위대'[127]는 정예부대로 알려졌는데, 자루가 긴 도끼를 주력 무기로 삼았다. 또 앵글로색슨인들은 도끼를 왕 직속 친위대의 전용 무기로 알았다.

이슬람 세계의 침략이 남부 유럽에까지 미치기 시작하자 그때까지 보병 중심이던 군대는 급속히 기병 중심의 군대로 변하기 시작했다. 이른바 '기사의 시대'가 도래한 것이다.

그 결과, 다시 무기의 주류는 도검이나 창이 되었다. 노르만인이 영국을 침

---

127) 와리아기 친위대 : 이들은 강한 동지애로 뭉친 강인한 부대로 황제 직속 정예부대였다. 와리아기란 고대 스칸디나비아어의 '굳은 맹세'를 뜻하는 말에서 유래되었다. 자세한 내용은 판타지 라이브러리『환상의 전사들』참조.

략하기 시작한 11세기경의 모습을 묘
사한 바이외의 태피스트리에서도 그
런 상황을 읽을 수 있다. 당시 배틀 액
스는 양손으로 휘둘러야 했는데, 기
병을 중심으로 하는 노르만인들은 마
상에서 도끼를 휘두를 수가 없었으므
로, 창이나 도검으로 바꾸지 않을 수
없었던 것이다.

그러나 당시 앵글로색슨인 중에는
기병이 많지 않았을 뿐만 아니라, 그
들의 고유한 무기인, 바이킹에게 전
해 받은 자루가 긴 배틀 액스를 외면
할 수 없었다. 또 이런 배틀 액스가 아

도끼를 휘두르는 와리아기 친위대

니면 갑옷으로 단단히 무장한 기사를 격퇴할 수단이 마땅치 않았던 것도 사
실이다.

중세의 황혼

유럽 전역에서 기병이 군대의 꽃으로 전장을 누비게 되고, 무거운 금속 갑
옷으로 몸을 보호하며 전투를 수행하게 되자 보병들은 이에 대항하기 위해
자루가 긴 무기를 들기 시작한다.

자루가 긴 무기는 마상의 기사를 끌어내리거나 기병대의 돌격 공격에 맞서
그들이 가까이 오지 못하게 견제하거나 공격할 수도 있어서 기사를 상대할
때 효과적이었다. 또 찌를 수도 있고, 구타나 절단도 가능해서 참으로 유용했
다. 그리하여 자루가 긴 무기들이 전성기를 맞이하는데, 그 융성의 한켠에 도

끼형 무기가 있었던 것이다.

기사의 등장은 무기의 변화와 함께 전술상의 변화도 초래하였다. 방패를 들고 검을 장비한 개개인이 싸우는 스타일은 사라지고, 집단을 짜고 각각 역할을 맡는 새로운 스타일로 변모한 것이다.

서유럽에서 총기가 발달함에 따라 마침내 도검이나 자루가 긴 무기 등 백병전 무기 자체의 필요성이 희박해지기 시작했다. 일부 도검은 귀족들 사이에서 여전히 애용되었지만, 도끼 같은 무기는 고대 그리스 로마 시대처럼 마치 야만인들이나 쓰는 무기라는 선입견이 뿌리를 내렸던 것이다. 그러나 문명으로부터 조금 떨어지고, 전란이 계속되고 있던 동유럽 여러 나라에서는 19세기 초까지도 무기로서의 지위를 유지하고 있었다.

도끼를 쳐든 코사크 병사

도끼형 무기류 성능 일람표

번호	명칭	위력	체력	숙련
①	프랑키스카(Francisca, Francisc, Francisque, Francesque)	★★★	★★(+★)	★★★
②	타머호크(Tomahawk)	★★	★(+★)	★★★
③	버디슈(Berdysh)	★★★★(+★)	★★★★(+★)	★★
④	비펜니스와 셸티스(Bipennis & Celtis)	★★(+★)	★★	★★

표에서 ★의 수는 앞 장과 마찬가지의 제한과 기준에 따라 결정되었다.

가격	지명도	길이(cm)	무게(kg)
★(?)	★★★	50	1.4
★★)	★★★★★	40~50	1.5~1.8
★	★★★	120~250	2~3.5
★	★★★	?	?

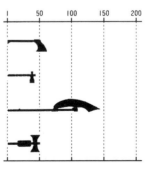

프랑키스카 Francisca, Francisc, Francisque, Francesque

- 위 력 : ★★★
- 체 력 : ★★(+★)
- 숙련도 : ★★★(+★)
- 가 격 : ★★★(?)
- 지명도 : ★★★

외형

프랑키스카는 프랑크인이 쓰던 투부(投斧 : 던지는 도끼)로서, 자루 쪽에서 끝으로 갈수록 점차 넓어지면서 휘어 있는 도끼머리와 비교적 짧은 자루가 특징이다. 이는 적에게 던질 때 쉽게 박히게 하기 위해 궁리한 것인데, 투척뿐 아니라 접근전에서도 충분히 위력을 발휘한다.

프랑키스카

오늘날 발굴된 데이터를 정리해 보면 프랑키스카의 길이는 대체로 50cm 전후, 도끼머리의 무게는 평균 0.6kg, 자루를 포함한 본체의 총 무게는 약 1.4kg 이다.

역사와 세부 내용

프랑키스카는 로마 제국 말기에 민족의 대이동과 함께 찾아온 프랑크인의 대표적인 무기다. 그들은 게르만의 일족으로 알려져 있다. 로마의 역사가 타키투스가 『게르마니아』를 쓴 1~2세기경에는 그 존재가 아직 알려지지 않았으나, 3세기에 들어서자 마침내 문헌에 등장한다. 본래는 여러 부족들로 이루어져 있었는데, 그 가운데 살리시족의 지배자 클로비스(Clovis : 465/466~511)

가 부족을 굳건히 통일하여 프랑크 왕국을 건설하였다. 이 왕국의 주체가 된 부족을 칭하여 프랑크족(인)이라 한다.

프랑키스카는 그들의 투척 무기로서, '앙공'[128]과 함께 그들을 대표하는 무기 가운데 하나로 알려져 있다. 클로비스의 병사들은 물론이고 그가 계승한 메로빙거 왕조나 그뒤를 잇는 샤를마뉴 시대까지 사용되었는데, 부대가 기병화(騎兵化)되면서 잊혀져갔다.

도끼머리는 철제이며, 초기에는 소켓형이었고, 일상적으로 쓰이는 손도끼처럼 관통식은 아니었다. 이것은 날이 부드럽게 휘어 있기 때문이라고 생각된다. 자루 길이는 도끼머리의 무게(약 0.6kg)와 균형이 잡힐 만큼 약간 길고 굵게 만들어져 있다.

오늘날의 실험에 의하면, 프랑키스카는 회전하면서 날아가며(약 4m에서 1번꼴로 회전) 대체로 12m 범위에 있는 것을 확실하게 처치할 수 있다고 한다. 역사적인 자료나 증언을 고려하면, 활을 다루는 데 서툴렀던 그들은 일상적인 투척무기로 프랑키스카를 이용했던 듯하며, 보급률은 높아 대륙뿐만 아니라 영국에서도 발견될 정도이다. 이렇게 대표적인 무기임에도 불구하고 그들이 남긴 법전에는 성인만이 소지할 수 있는 무기라고 되어 있으며, 매매가 인정되지 않았던 것으로 생각된다.

프랑키스카는 사정 거리가 짧으므로 적에게 충분히 접근하여 투척한 다음 잽싸게 달려들어 검 등으로 공격한다. 이렇게 상대방의 기세를 꺾는 데 이용되었다. 이것은 무거운 투척 무기에서 볼 수 있는 전형적인 용법이라고도 할 수 있다. 물론 접근전에서도 충분한 위력을 발휘한다.

---

128) 앙공(angon) : 프랑크인을 대표하는 또 하나의 무기로서, 투창으로 사용되었다. 창끝이 길어서 흡사 필룸 같은 역할을 하였다.

타머호크 Tomahawk

- 위　력 : ★★
- 체　력 : ★(+★)
- 숙련도 : ★★★★
- 가　격 : ★(+★★)
- 지명도 : ★★★★★

외형

타머호크는 투척할 수도 있는 배틀 액스로서, 소형 도끼머리와 가늘고 짧은 자루를 가지고 있다. 도끼머리의 날은 예리하며 손잡이 쪽으로 살짝 굽어 있어 흡사 낫과 같다. 북아메리카 인디언들이 사용한 대표적인 무기로 알려져 있는데, 오늘날 남아 있는 것 중에는 서유럽에서 제작되어 수출된 것도 있다.

길이는 40~50cm이며, 무게는 1.5~1.8kg이었다.

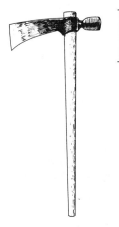

타머호크

역사와 사용법

타머호크란 알곤킨어(북아메리카 인디언의 언어)[129]로서 '베기 위한 연장'이란 뜻의 '타마하칸(tamahakan)'을 어원으로 한다. 일상적인 연장으로 쓰고 전투에도 사용되었는데, 잘 다룰 줄만 알면 투척 공격도 할 수 있다. 이 말은 곧

---

129) 알곤킨어(algonquian) : 미시시피강의 동부, 즉 지금의 허드슨 만에서 테네시, 버지니아주에 이르는 광대한 지역에 거주하던 인디언들이 쓰던 언어로서, 가장 주류를 이루었던 언어이다.

숙련된 자가 아니면 제대로 던질 수 없었다는 말이기도 하다. 개중에는 담배 파이프를 겸하는 것도 있어서, 타머호크가 그들의 일상 생활에 얼마나 밀착된 것이었는지 짐작하게 해준다.

아메리카 서부 개척 시대를 거쳐 인디언의 독특한 문화를 접한 서유럽인은 타머호크를 종종 '보딩 액스(boarding ax)'라 부르며 일상적인 연장으로 사용하였다. 또 영국군은 1872~1897년 동안 그들 부대의 정식 장비로 채택하여 사용하기도 했다.

버디슈 Berdysh

- 위 력 : ★★★★(+★)
- 체 력 : ★★★★(+★)
- 숙련도 : ★★
- 가 격 : ★★★
- 지명도 : ★★★

외형

버디슈는 날 길이가 60~80cm나 되는 배틀 액스로서, 동유럽이나 스칸디나비아에서 볼 수 있었다. 그 특징은 서유럽의 할베르트와 유사하다. 서유럽에서는 '크레센트 액스(crescent ax)'라 일컫는다.

소켓형 혹은 관통식 도끼머리와 '랑게트'에 의해 약간 굵직한 자루에 고정되어 있다. 날은 활처럼 휘어 있어 상대를 벨 수도 있었다. 크기를 보건대 위력이 대단했을 것으로 보인다. 길이는 120~250cm, 무게도 2~3.5kg 정도 되었다.

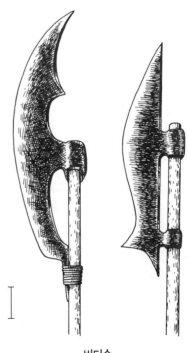

버디슈

역사와 사용법

16세기부터 18세기에 걸쳐 특히 동유럽에서 이용되었으며, 16~17세기에는 모스크바 대공국[130]의 보병부대가 주요 무기로 삼았다고 알려져 있다. 그들이 애용한 것은 버디슈 중에서도 특히 '짧은 것'이라 불리는 것으로, 휘두르기 등 배틀 액스와 동일한 용법으로 상대를 공격했다. 그러나 나중에 총기가 전래되면서 버디슈의 자루는 길어지고, 총병대를 방어하는 부대가 파이크를 쓰듯 땅바닥에 찔러 세우고 사용하였다.

'짧은 것'이라 불린 버디슈 중에는 특히 기병이 사용할 수 있도록 개량된 것도 있는데, 이러한 범용성을 중시한 점은 서유럽에서는 볼 수 없었다. 나아가 버디슈 중에는 날이 150cm나 되는 엄청나게 큰 것도 있었다. 이것은 의식이나 제사 의식에서 정예부대가 이용한 것이며, 일명 '대사(大使)'라 불렸다. 이것이 실제 전투에 이용되었는지는 알 수 없다.

---

130) 모스크바 대공국 : 14~15세기에 러시아의 여러 나라를 통일하고 러시아 제국의 기틀이 된 봉건국가로서, 모스크바를 수도로 하였다. 당초에는 타타르나 몽골 등의 외적을 방어하기 위해 공동으로 방어에 임했던 것이 통일의 단초였다고 한다.

비펜니스/셸티스 Bipennis / Celtis

- 위　력 : ★★(+★)
- 체　력 : ★★
- 숙련도 : ★★
- 가　격 : ★★★
- 지명도 : ★★★

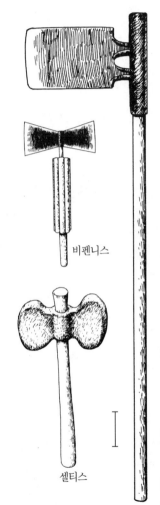

외형과 특징

비펜니스는 라틴어로 '양쪽' 이라는 뜻이 있고, 신석기 시대부터 볼 수 있었던 양날 도끼의 명칭이다. 또 로마 시대에는 전투용 도끼라는 뜻도 있었다. 대표적인 것으로는 몇 가지가 있는데, 일반적으로 에트루리아 시대까지 쓰이던 양날 도끼 전부가 여기에 포함되며, 그 총칭으로 알려져 있다.

역사와 사용법

비펜니스라 불리는 양날 도끼는 석기 시대부터 사용된 고대 양날 도끼의 총칭인데, 이것이 전투용 도끼라는 의미를 띠게 된 것은, 본래 로마인이 외날 도끼를 야만족의 무기로 간주하며 양날만을 신성시했기 때문이라고 할 수도 있다. 석기 시대 이후는 동방의 스키타이나 지중해 세계의 미노아, 크레타 문명 등에서도 볼 수 있었다.

비펜니스

셸티스

비펜니스와 셸티스

296

로마인이 특히 전투용 도끼라 칭하던 비펜니스는 에트루리아의 장군들이 지위의 상징으로 휴대했던 것으로, 자루 부분에 막대기를 다발처럼 묶어서 그 무게로 위력을 높이도록 고안되어 있다.

에트루리아인은 로마인과는 달리 도끼류 무기를 많이 사용하였고, 그 중에는 셀티스라 불리는, 끌 같은 날을 가진 전투용 도끼가 있었다. 이것은 특히 L자형 자루에 도끼머리를 부착한 것으로, 예리한 날로 상대방 목덜미를 칠 수도 있었다고 한다.

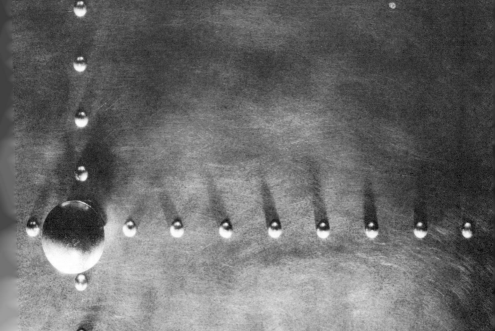

제 **7** 장

飛 翔
비상 무기류

비상 무기류의 역사

원시 시대

인류가 최초로 사용한 비상(飛翔) 무기는 아마도 주변에서 흔히 구할 수 있는 돌멩이였을 것이다. 주위에 굴러다니는 것을 주워 목표물에 던지는 것인데, 그 편이성 때문에 '투석전(投石戰)'이라는 전투 방식이 나타났고, 여기에서 비상 무기의 기원을 볼 수 있다. 그리고 나중에 창이 탄생했고, 이로부터 던지는 것을 목적으로 하는 창 '재블린'이 등장하게 된다.

재블린이 등장한 것은 창이 발명된 시기로부터 그리 멀지 않았으리라 추측된다. 때는 지금으로부터 대략 7만 년 전, 최후의 빙하기가 시작되기 직전에 네안데르탈인에 의해 만들어졌다.

원초적인 비상 무기는 대단히 간단한 구조여서, 그저 주변에 굴러다니는 막대기를 주워 그 끝을 뾰족하게 한 것이 전부였다. 그러나 방호구를 갖추지 못한 그들에게는 그것도 매우 위력적인 무기였을 것이다. 또 그 수만 년 동안에 사정 거리를 늘려 주는 도구 스피어드로어(spearthrower)가 발명되어 사정 거리를 늘리기 위한 노력이 이루어졌다는 사실을 알 수 있다. 그러나 이것이 실제로 사람을 상대로 투척되었는지는 확실하지 않다. 다만 석기에 맞아서 생긴 것으로 보이는 상처가 있는 뼈가 발견되고 있어서, 사람을 상대로도 쓰였을 것으로 짐작할 따름이다.

활은 기원전 2천 년경 이후에나 발명되었던 것으로 추정하는데, 그 증거로 동굴 벽화 같은 것을 들 수 있다. 조직적인 전투는 필경 사냥과 같은 공동 작업을 바탕으로 성립해 나갔을 것으로 보이므로, 활을 사용한 전투는, 국가의 존망이 걸린 커다란 전투는 아니었다 해도, 필경 집단 간의 전투에서 비롯되었다고 할 수 있다.

무기 역사상 최대의 발명이라는 도검, 메이스, 투석기, 활의 발명은 중세의 화약의 발명과 비교하더라도 뒤지지 않을 만큼 매우 획기적인 일이었다. 다만 이러한 무기들의 발명이 대부분 비슷한 시기에 집중되어 있을 뿐이다. 특히 중석기 시대부터 신석기 시대로 바뀌는 동안은(수천 년에 걸친 시기인데) 지금도 그 발발 사실이 인정되는 본격적인 전쟁들이 일어나 활이나 '슬링' 같은 비상 무기류가 전선에서 각광을 받게 되는 것이다.

특히 신석기 시대에는 슬링의 효과가 뛰어나, 비상 무기로서는 사정 거리, 명중률, 위력, 가격 따위의 측면에서 두루 빼어났다. 당시 활하고도 비교가 되지 않을 만큼 그 능력은 탁월했다. 성서에 등장하는 다윗과 골리앗의 대결은 오늘날도 모르는 사람이 없는 유명한 이야기다.

또 전쟁을 수행할 경우 슬링은 경제성도 뛰어났다. 비상 무기를 효과적으로 사용하려면 적보다 더 많은 탄환을 조직적으로 날리는 것이 가장 좋은 방법이라고 할 수 있다. 대규모 전쟁이라면 이 경제성은 더욱 두드러진다. 수많은 적을 상대하기 위해서는 많은 투척물이 필요할 것이고, 활이라면 무수한 화살이 필요하다. 이 점을 생각하면 활은 오늘날의 미사일처럼 값비싼 무기였다고 할 수 있다. 반면에 슬링은 아무데나 굴러다니는 돌을 탄환으로 쓰므로 참으로 경제적인 무기였던 셈이다.

새로운 시대의 개막

인류가 여러 국가를 이루고, 그에 따른 마찰로 가장 먼저 집단 전투가 시작된 지역으로 고대 메소포타미아 문명을 들 수 있다. 수메르의 집단 전술이 비상 무기에 쉽게 괴멸된 점을 생각하면, 그 운용만 그르치지 않는다면, 비상 무기는 참으로 효과적인 것이었다.

실제로 사르곤 2세는 비상 무기와 기동력을 조화시켜 커다란 전과를 올릴

수 있었다. 그러한 군대 편성과
전술이 발전하면서 이 시대부터
비상 무기의 사정 거리를 개량하
려는 가장 간결하고도 어려운 작
업이 시작되었다. 그 과정에서
등장한 활 종류는 오늘날에도 충
분히 쓸 수 있는 무기로 점차 개
량되어 나갔다.

고대 지중해 문명에서는 도리
아인의 침입으로 황폐해졌던 공

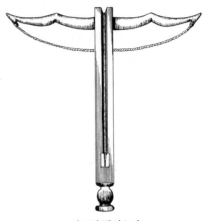

아르키 발리스타

백 기간을 제외하면, 그 이후 폴리스 간의 항쟁 시대에는 역시 활이나 슬링,
재블린 같은 투척 무기가 중요한 지위를 차지하였다. 고대 그리스 로마 시대
에는 활이 이미 일반적인 무기로 자리잡았고, 활을 전문으로 하는 부대가 조
직된 것은 물론이고, 핵심적인 전술의 하나로 채택될 만큼 활은 꼭 필요한 존
재였다. 나아가 도구의 발달로 물체를 발사하는 무기가 등장하고, 적어도 기
원전 5세기까지는 '크로스보우'의 원형이 등장하였다. 이것이 곧 '발리스타
(ballista)' [131]인데, 손으로 조작하는 소형부터 공성(攻城) 병기로 쓰이는 대형까
지 다양한 종류가 있었다. 그러나 연발 능력의 문제 때문에 개인용 발리스타
는 널리 보급되지 못하였다.

활과 슬링이 비상 무기의 중심을 이루던 시대에, 활이 명중도나 위력을 점
차 향상시켜 가는 가운데 슬링은 차츰차츰 시대에 뒤진 것이 되었다. 로마 시
대를 거쳐 중세라 불리는 문명기로 들어서자 활의 수요는 슬링하고는 비교가

---

131) 발리스타 : '공성 병기' 라는 뜻의 라틴어로서, 대형 화살을 발사하는 병기를 일컫는다.

안 될 만큼 많아졌다. 나아가 그 위력이 강화됨에 따라 마침내 활은 비상 무기의 대명사가 되는 것이다.

그런데 당초에는 민족적으로 궁술에 서툴렀다고 하는 프랑크나 앵글로색슨인이 서유럽 세계를 지배하고 있었으므로, 잠시 활 종류 외에 재블린이나 사정거리가 짧은 비상 무기(라고 하기보다는 투척이라고 해야 어울릴까?)가 힘을 발휘하고 있었다. 그러다가 다시 활이 중시되기 시작한 것은 아랍인이 침입하는 7, 8세기의 일이다. 그뒤 활은 비상 무기로서 확고한 위치를 쌓아 나간다.

화기의 등장

중세에 등장한 화약은 비상 무기에 일대 혁신을 가져왔지만, 화약이 정교한 무기로 완성되기 위해서는 적어도 수백 년의 시간을 더 기다려야 했다. 그동안 비상 무기의 개량은 위력과 사정 거리의 증강으로 쏠렸고, 그 과정에서 크로스보우가 등장하는 것이다.

크로스보우는 위력과 사정 거리에서 참으로 뛰어난 무기로 알려졌지만, 그 능력을 자꾸 키운 결과 마침내 한 사람의 힘으로 시위를 당길 수도 없을 만큼 크기가 커졌다. 그럴 즈음 영국에서 13세기 말(1280년)에 등장하는 '롱 보우'는 그 위력과 사정 거리, 나아가 연발 속도에서도 뛰어났다. 그러나 롱 보우는 고도의 기술이 요구되었고, 크로스보우처럼 기계적인 힘을 빌리는 것도 아니었으므로 널리 보급되지는 못했다.

한편, 크로스보우는 착실하게 그 위치를 다져 갔지만, 결정적인 지위를 채 다지기 전에 화기(火器)의 발전에 추월당하고 말았다. 화기에 따른 전술 변화에 따라 서유럽 세계에서는 인력에 의지하는 비상 무기의 시대가 종말을 맞이하고 말았다. 그러나 때로는 총기보다 위력을 발휘하기도 하므로 활이나 크로스보우, 슬링 같은 무기는 지금도 여전히 무시할 수 없는 것이다.

비상 무기류의 사정 거리와 연발 속도

비상 무기는 물체를 날려서 상대방을 가격하는 것이다. 그 사정 거리는 곧 무기 자체의 길이와 마찬가지 의미를 가지며, 도검으로 말하자면 들고 다니기 힘든 긴 도검을 사용하는 것과 같은 기능을 한다. 그러나 날려보내는 것은

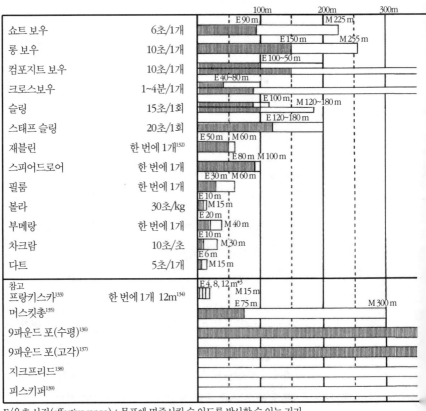

		100m	200m	300m
쇼트 보우	6초/1개	E 90 m	M 225 m	
롱 보우	10초/1개	E 150 m	M 255 m	
컴포지트 보우	10초/1개	E 100~50 m		
크로스보우	1~4분/1개	E 40~80 m		
슬링	15초/1회	E 100 m	M 120~180 m	
스태프 슬링	20초/1회	E 120~180 m		
재블린	한 번에 1개[132]	E 50 m M 60 m		
스피어드로어	한 번에 1개	E 80 m M 100 m		
필룸	한 번에 1개	E 30 m M 60 m		
볼라	30초/kg	E 10 m M 15 m		
부메랑	한 번에 1개	E 20 m M 40 m		
차크람	10초/초	E 10 m M 30 m		
다트	5초/1개	E 6 m M 15 m		
참고 프랑키스카[133]	한 번에 1개 12m[134]	E 4, 8, 12 m*3 M 15 m		
머스킷총[135]		E 75 m	M 300 m	
9파운드 포(수평)[136]				
9파운드 포(고각)[137]				
지크프리드[138]				
피스키퍼[139]				

E/유효 사정(effective range) : 목표에 명중시킬 수 있도록 발사할 수 있는 거리
M/최대 사정(maximum range) : 목표와 관계 없이 도달할 수 있는 최대 거리

곧 무기 자체를 잃어버리는 것이기도 하므로 표적을 확실히 맞추기 위한 궁리가 거듭되어 왔다. 이는 사정 거리를 늘리는 것하고도 연결된다. 그리하여 충분한 사정 거리가 가능해졌다면 이제는 얼마나 재게 연발할 수 있느냐가 관건이 된다.

그럼 여기서 그러한 비상 무기의 사정 거리와 연발 속도를 정리하여, 어느 무기가 가장 멀리, 가장 재우 날릴 수 있는지를 보도록 하자.

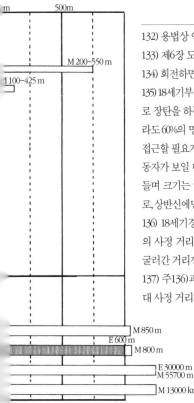

132) 용법상 연속으로 여러 자루를 투척하는 일은 없었다

133) 제6장 도끼 항목에서 해설한 중세 암흑 시대의 배틀 액스

134) 회전하면서 날아가며, 도끼머리는 대체로 4m마다 한 바퀴 돌았다.

135) 18세기부터 19세기 초에 걸쳐 활약한 화기로서, 쉽게 말하자면 총구로 장탄을 하는 단발총이다. 여기서 제시한 사정 거리는 유효 사정 거리라도 60%의 명중률밖에 나오지 않으며, 100% 명중시키려면 3m 이내까지 접근할 필요가 있었다고 한다. 머스킷총의 사격을 두고 흔히 "상대방 눈동자가 보일 때까지는 쏘지 마라"라는 금언이 있었다. 탄환은 납으로 만들며 크기는 약 25mm, 발사되는 순간 녹아서 덤덤탄 같은 효과를 내므로, 상반신에만 명중하면 상대방을 살상할 수 있었다고 한다.

136) 18세기경부터 사용된 대포로서, 포를 수평으로 하여 발사할 경우의 사정 거리가 유효 사정 거리다. 이때 최대 사정 거리는 바운드하여 굴러간 거리까지 계산하였다.

137) 주136)과 같은 대포를 고각을 두고 발사할 때를 말하므로, 그 최대 사정 거리가 유효 사정 거리가 된다. 또한 이보다 각도를 조금 낮추면 그 사정 거리는 바운드하여 900m까지 늘어날 수 있었다.

138) 제2차 대전에서 사용된 열차포의 이름이다. 장거리 발사가 가능하며, 열차를 사용하여 이동하는 대포이다. 발사도 레일 위에서 한다. 구경 38cm.

139) 미국의 대륙간 탄도탄으로, 이 피스키퍼는 목표물을 150m 범위 안에 명중시킬 수 있다.

비상 무기의 성능 일람표

표에서 ★의 수는 앞 장과 마찬가지의 제한과 기준에 따라 결정되었다.

번호	명칭	위력			체력
		관통	타격	절단	
①	쇼트 보우(Short Bow)	★★+(★)	–	–	★★
②	롱 보우(Long Bow)	★★★★	–	–	★★★
③	크로스보우(Crossbow)	★★★(+★★)	–	–	★★(+★★★)
④	슬링(sling)	–	★★★	–	★★
⑤	재블린(Javelin)	★★★	–	–	★★★
⑥	필룸(Pilum)	★★★★★	–	–	★★★
⑦	볼라(Bola, Boleadora)	–	★★	–	★★
⑧	부메랑(Boomerang)	–	★★(+★★)	★★(+★★)	★★
⑨	차크람(Chakram)	–	–	★(+★★)	★
⑩	다트(Dart)	★	–	–	★

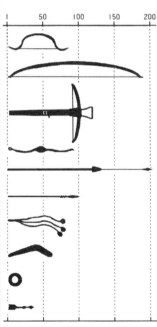

숙련도	가격	지명도	길이 (cm)	무게 (kg)
★★	★+(★★★)	★★★★★	100이하	0.5~0.8
★★★★★	★★★★	★★★★★	160~200	0.8~1
★★	★★★(+★★)	★★★★★	60~100(종)/50~70(횡)	3~10
★★★	★	★★★★★	100	0.3 이하
★★★	★(+★★)	★★★★★	70~100	1.5 이하
★★★	★★★(+★)	★★★★	210	1.5~2.5
★★	★	★★★	2.5~5	0.8
★★★★	★ ?	★★★★★	60	
★★	★★	★★	10~30	0.15~0.5
★★	★	★★★★	30	0.3

활 Bow

활의 각부 명칭

활은 시위을 당겨 살[矢, Arrow]을 쏘는 도구이다. 가늘고 길다랗고 유연성이 있는 막대기의 양 가장자리를 가는 줄로 연결하고 탄력이 생기도록 팽팽하게 당겨 놓는다. 활의 원리는 이 줄을 당겨서 활 본체를 휘게 하고, 그 탄력으로 살을 발사하는 에너지를 얻는 것이다.

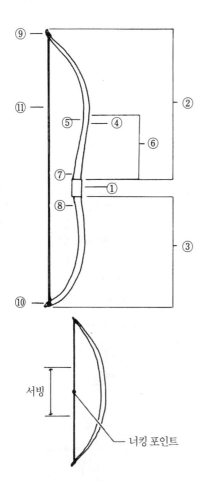

①그립(grip)
활을 잡을 때 사수가 쥐는 부분
②어퍼 림(upper limb)
활의 위쪽 절반 부분
③로어 림(lower limb)
활의 아래쪽 절반 부분
④등
활을 측면에서 보았을 때 그 바깥쪽에 면한 부분
⑤배
등과 반대로 그 안쪽 부분
⑥그립의 윗부분
⑦사이트(sight)
화살을 메길 때 살[矢]이 닿는 부분
⑧그립의 바로 아랫부분
⑨윗고자
어퍼 림에 있는 고자로서, 시위를 감는 홈이 있다. 이 홈 부분은 본체보다 더 단단한 소재를 쓴다.

⑩ 아랫고자

⑪ 시위(bow string)

화살을 걸어 발사하는 것으로, 비단을 꼬아 만든 끈, 손으로 자은 실을 여러 가닥 합친 끈 등을 쓰며, 개중에는 목제 시위까지 있었다. 또 일본에서는 고래 수염를 쓰기도 했다. 시위도 역시 부분 명칭이 있어서, 그 중앙 부분을 '서빙(serving)'이라고 하고, 화살을 거는 중앙 부분을 '너킹 포인트(nocking point)'라고 한다. 시위를 켕길 때는 발로 눌러 본체를 구부려 어퍼 림 쪽 현(弦)에 만들어진 고리를 걸었다.

활의 외형과 구조

활 본체의 탄력을 향상시키려는 노력은 당초에는 재질의 선택으로 시작되었지만, 그와 함께 형상의 개량도 활발하게 시도되었다. 그렇게 개량된 형상은 한 가지 재질만으로는 견딜 수 없는 경우가 있어, 활 본체를 강화하기 위해 몇 자루의 막대를 합체하여 탄력을 높이려는 시도가 이루어졌다. 보통 한 자루의 목재로 활 본체 전체를 구성하는 것을 '셀프 보우(단순궁, self bow)'라 하고, 여러 자루의 목재나 여러 가지 소재를 합체하여 본체를 구성하는 것을 '컴포지트 보우(합성궁, composite bow)'라고 한다.

다시 말하면 두 종류 이상의 재료를 사용하여 활 본체를 만든 것을 컴포지트 보우라

발로 본체를 구부리고 현을 켕기는 이집트 궁병

고 하는 것이다. 대개는 목재를 사용하는데, 금속이나 동물의 뿔, 뼈 등을 사용하기도 하며, 그것들을 다양하게 조합하기도 한다. 또 단순궁에 가죽을 감

거나 동물의 힘줄을 덧대어 탄력을 보탠 활을 '랩트 보우(wrapped bow)'라고 한다.

그럼 여기서 활의 종류와 특징을 소개하겠다.

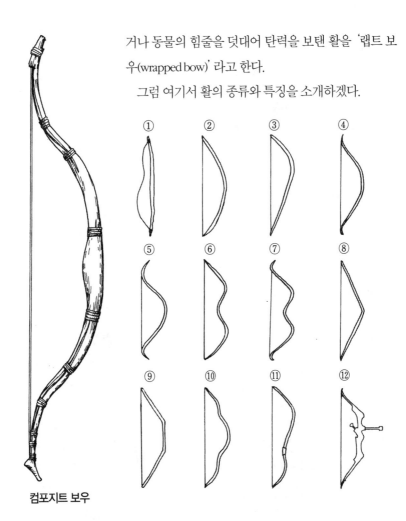

컴포지트 보우

① 막대기형

거의 구부러지지 않은 막대기에 시위를 맨 것. 이런 활은 그 크기가 다양했다. 원시적인 만큼 세계적으로 보더라도 가장 이른 시기부터 가장 널리 만들어진 활이라고 할 수 있겠다.

② 단순 만곡형

반원형까지는 안 되지만 적당하게 구부려 시위를 켕긴 것으로, 이것도 막대기형와 마찬가지로 예전부터 사용되어 온 것이었다. 그 크기가 다양하다.

③ 편측 만곡형

한쪽으로 쏠리게끔 구부린 것으로, 역시 원시적인 활이다. 어퍼 림 쪽을 부드러운 재질로 하고 로어 림 쪽을 단단한 재질로 만들어 한가운데서 접합시킨 것이다.

④ 양단 만곡형

고대 이집트 왕조 시대에 처음 볼 수 있었던 것으로, 활 본체의 양단이 휘어 있다.

⑤ S자형

양단의 만곡도가 더 높은 것으로, ④의 양단 만곡형의 개량형이라고 할 수도 있다. 특히 동방에서 많이 볼 수 있으며, 시위를 벗기면 반대쪽으로 젖혀질 정도로 탄력성이 있는 소재를 이용한다.

⑥ B자형

중앙부를 만곡시킨 것으로, 이런 변형으로서는 이른 시기에 나타났다. 특히 북아메리카 대륙의 인디언들이 이용하던 형으로도 알려져 있다.

⑦ 양단 만곡 B자형

그리스 시대부터 등장한 활로, 당시 가장 일반적인 모양이었다. 이런 활은 양단이 소용돌이처럼 말려서 장식의 의미도 있었다.

⑧ 산형(山型)

고대 메소포타미아 문명이 번영할 때 그려진 벽화에서도 볼 수 있는데, 중앙 부분에 부담이 걸리도록 만든 모양이다. 그러나 사정 거리나 위력은 그다지 좋지 못하며, 잘 부러졌다고 한다.

⑨ 연접 각형

산형의 발전된 형태로서 중앙 부분이 현과 평행을 이루게 되어 있다.

⑩ 중앙 돌출형

중앙을 돌출시킨 진기한 타입으로, 북아메리카 인디언들이 이용한 것의 발전된 형태이다.

⑪ 비대칭형

일본에서 많이 볼 수 있었던 타입으로, 활을 들었을 때 어퍼 림이 로어 림보다 훨씬 길게 되어 있다.

⑫ 근대형

근대의 스포츠 경기인 양궁에서 이용하는 것으로, 탄력성이 높은 과학적인 소재나 금속 소재로 제작된다.

화살에 대하여

화살을 영어로 '애로(arrow)'라고 하는데, 활에는 그 탄환이 되는 살이 중요한 의미를 가진다. 활의 위력을 늘리기 위해서는 활 자체를 강화해야 하지만, 살에 대해서도 모종의 궁리를 해야 했다. 특히 유명한 것은 롱 보우에 사용하는 화살로, 그 끝에 당시로서는 귀했던 강철을 사용하여 플레이트 아머조차 관통할 수 있었다고 한다.

그럼 여기서 화살의 각부 명칭을 소개하겠다.

화살의 각부 명칭과 촉의 종류

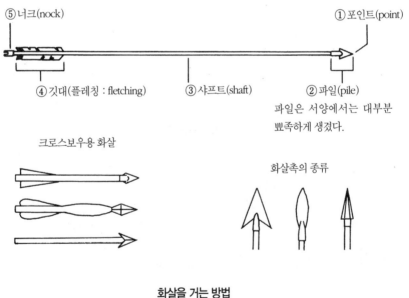

⑤ 너크(nock)

① 포인트(point)

④ 깃대(플레칭 : fletching)　③ 샤프트(shaft)　② 파일(pile)

파일은 서양에서는 대부분 뾰족하게 생겼다.

크로스보우용 화살

화살촉의 종류

화살을 거는 방법

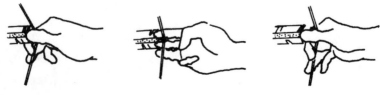

312

쇼트 보우/롱 보우
Short Bow/Long Bow

- 위 력 : 관통력 ★★(+★)/★★★★
- 체 력 : ★★/★★★
- 숙련도 : ★★/★★★★★
- 가 격 : ★(+★★★)/★★★★
- 지명도 : ★★★★★/★★★★★

외형

일반적으로 활 본체의 길이가 100cm 이하인 것을 쇼트 보우라 하고, 160~200cm로 거의 사람 키에 필적하는 활을 롱 보우라 한다. 롱보우의 형상은 쇼트 보우를 확대한 것과 같다.

무게는 쇼트 보우가 0.5~0.8kg, 롱 보우가 0.8~1kg 정도였다.

지역에 따라서는 활을 사용하지 않을 때는 시위를 끌러 케이스 등에 넣어서 기후의 영향을 받지 않도록 하여 휴대하였다. 특히 롱 보우는 크기가 큰 만큼 습기의 영향을 받기가 쉽다.

역사와 세부 내용

쇼트 보우는 다양한 비상 무기 중에서도 가장 대중적인 것이라고 할 수 있

쇼트 보우

다. 긴 사정 거리와 연사(連射)가 가능
한 점이 특징이다. 그 기원은 대체로 중
석기 시대(B.C. 10000~6000년)까지 거슬
러 올라가며, 일찌감치 그 시대부터 수
렵용 및 전투용 무기로 사용되었다. 당
시의 벽화 유적에도 쇼트 보우를 든 인
물이 그려져 있다.

그리고 쇼트 보우는 세계 각지에서
널리 사용되었다. 고대 이집트의 군대
가 쇼트 보우를 많이 사용했다는 기록
이 남아 있고, 파라오도 사냥이나 전투
에 나갈 때 쇼트 보우를 들었던 것이다.

쇼트 보우 사용법은, 한 손으로 활대
의 손잡이를 잡고 다른 한 손으로 화살
의 꼬리를 잡아 시위에 메겨서 당긴다.
시위를 당겨 활대를 구부렸다가 놓으
면 활대의 복원력에 의해 화살이 앞으
로 발사된다.

쇼트 보우의 사정 거리를 늘리는 것
은 매우 매력적인 일이었다. 피아(彼我)
가 모두 쇼트 보우를 사용할 경우, 서로

롱 보우

화살을 쏘는 전투가 될 수밖에 없을 것이고, 쌍방 모두 많은 희생자가 나올 것
이다. 만약 이때 상대편보다 사정 거리가 더 긴 활을 만들 수 있다면 아군의
피해를 줄이고 상대편에 타격을 줄 수 있는 것이다. 그러려면 보다 유연성이

높은 소재로 활을 만들거나, 더 크고 길게 만들거나, 혹은 그 두 가지를 모두 반영하여 만들어야 했다.

소재의 개선과 길이의 확대는 함께 이루어졌지만, 탄력이 높고 또한 커다란 활에 쓸 만큼 긴 소재를 구할 수 있는 지역은 그리 많지 않았다. 한편, 길이는 짧아도 탄력이 매우 강한 소재도 있었다. 짧지만 탄력이 좋은 소재들을 활용할 수는 없을까 하는 궁리 속에서 여러 가지 소재를 조합하여 만들어진 것이 '컴포지트 보우' 이다.

활은 어떤 소재를 쓰느냐에 따라 사정 거리가 크게 달라진다. 활에 이용하는 소재로는 주목이 가장 좋다고 알려졌으나, 물푸레나무나 느릅나무도 사용되었다. 이리하여 150cm 이상이나 되는 긴 활, 롱 보우가 생겨난 것이다. 그 원산지는 남웨일스 지방인데, 롱 보우의 중요성이 이해되는 데는 얼마간의 시간이 더 필요했다.

에드워드 1세[140]는 웨일스를 정복한 뒤 스코틀랜드를 정복하려고 나설 때, 롱 보우를 중시하여 1298년의 '폴커크 전투' 에서는 잉글랜드인과 웨일스인의 혼성 궁병 부대로 스코틀랜드의 파이크 부대를 완패시켰다. 그리하여 보병 부대와 궁병 부대의 결합이 주류가 되었고, '아쟁쿠르 전투' [141]에서 영국군이 승리함으로써 롱 보우의 유용성이 확인되자 널리 확산되어 나갔다.

---

140) 에드워드 1세(Edward : 1239~1307) : 십자군에 참가 중이던 그는 아버지 헨리 3세가 사망하자 왕이 되었다. 1284년에 스코틀랜드를 합병하지만, 잇따른 반란을 진압하느라 막대한 전비(戰費)를 써야 했다. 그는 재정을 파탄 상태에 빠뜨리고 국내 정세를 불온한 상태로 만들어 놓고 세상을 떠나고 말았다.

141) 아쟁쿠르 전투 : 백년전쟁 가운데 헨리 5세가 지휘하는 영국군이, 기병을 중심으로 하는 프랑스군을 주로 롱 보우를 이용하여 무찌른 전투(1415년 10월 25일).

크로스보우 Crossbow

- 위 력 : 관통력 ★★★(+★★)
- 체 력 : ★★(+★★★)
- 숙련도 : ★★
- 가 격 : ★★★(+★★)
- 지명도 : ★★★★★

외형

크로스보우는 화살을 메기는 홈과 시위를 걸었다가 푸는 방아쇠가 달린 대 위에 쇼트 보우를 고정시킨 듯한 형상을 하고 있다.

시위를 당긴 상태로 고정시킬 수 있다는 점이 크로스보우의 특징이다. 손으로 당기기 힘든 강력한 활을 탑재하고, 도구를 사용하여 시위를 고정해 놓고 살을 메길 수 있기 때문에 보다 강력한 화살을 쏠 수 있었다. 그러나 한 번 살을 쏘고 나면 다음 살을 쏠 때까지 시간이 걸려서 연사 속도가 나쁜 것이 결점이다.

길이는 세로가 0.6~1m이고, 가로는 0.5~0.7m 정도지만 중량은 3~10kg이나 나간다. 이는 부속품을 제외한 무게이므로, 부속품을 다 휴대하자면 1~3kg이 더 추가된다.

역사

크로스보우는 '아벌리스트(arbalest)'라고도 하며, 그 발상지는 중세 초기의 이탈리아였다고 한다. 적어도 이탈리아의 도시국가가 제일 먼저 이 무기를 채택한 것이 사실이며, 제노바[142]인(人) 크로스보우맨이 전 유럽의 군대에 고용되었다. 아벌리스트는 라틴어로는 '아르쿠 발리스타(arcu-ballista)'인데, '아

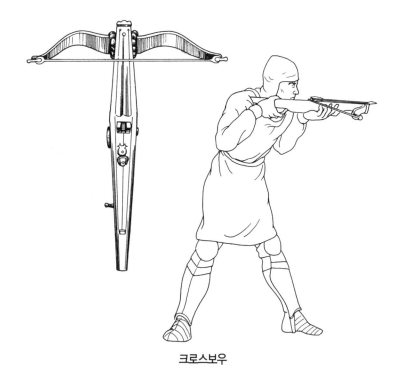

크로스보우

르쿠'는 활, '발리스타'는 공성(攻城) 병기를 의미한다(아르쿠 발리스타라는 이름의 공성 병기도 있다).

크로스보우는 그 위력 때문에 기독교도에게는 어울리지 않는 잔학한 무기라 하여 몇몇 로마 교황은 사용 금지령을 내리기도 했다. 그러나 십자군 원정에서 크로스보우는 가장 강력한 비상 무기로서 사라센인을 상대로 활약했다.

크로스보우에 사용하는 화살은 일반 화살이 아니라 '쿼럴(quarrel)' 혹은 '볼트(bolt)'라 불리는 네모진 화살촉이 달린 화살을 사용한다. 또 그런 것말고도 돌멩이 따위를 메겨서 발사할 수 있는 것도 있었다. 이런 크로스보우는

---

142) 제노바 : 이탈리아의 지방 국가로서, 가장 먼저 동방과 교역을 시작한 해양 국가. 그들은 동방 문화와 서방 문화의 중계자 역할을 하였다.

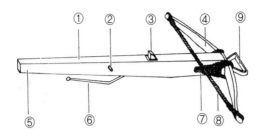

① 틸러(tiller)
② 럭스 또는 스탑스(lugs or stops)
③ 너트(nut)
④ 보우(bow)
⑤ 버트(butt)

⑥ 트리거(trigger)
⑦ 타이스(ties)
⑧ 보우 스트링(bow string)
⑨ 스티럽스(stirrups)

별칭 '스톤 앤드 불릿 크로스보우(stone and bullet crossbow)'라고 하며, 시위가 그물 모양으로 되어 있다.

사용 방법

크로스보우 사용법은 시위를 당겨 금속구에 걸고, 홈에 화살을 메기고 표적에 화살촉을 겨냥해서 방아쇠를 당기는 것이다. 사용자는 시위를 당기고 화살을 메겨 둔 상태에서 활동할 수도 있고, 쇼트 보우 등에서는 생각할 수도 없는 엎드려 쏘기도 가능하다.

크로스보우는 초기에는 손으로도 능히 시위를 당길 수 있는 강도의 목제 쇼트 보우가 장착되었지만, 나중에는 도구를 사용해서 시위를 당겨야 할 정도로 강력한 강철 활을 탑재하게 되었다. 시위를 당기는 도구는 크로스보우와 한몸으로 제작되기도 했지만, 대부분은 떼어내어 허리에 달고 다닐 수 있게 되어 있었다.

시위를 당기는 방식과 그 종류는 다음 그림과 같다.

크로스보우의 시위를 당기는 방법

① 등자에 발을 거는 방법 : 활 앞부분에 등자가 달려 있어, 거기에 발을 걸고 크로스보우를 고정하고 시위를 당긴다.

② 로프와 도르래를 사용하는 방법 : 로프 한쪽 끝을 벨트에 묶고, 도르래에 꿰어 자루 부분의 금속구에 건다. 그리고 등자에 발을 끼우고 쪼그리고 앉아 도르래를 현에 걸고 발을 쭉 펴면서 일어난다. 그러면 도르래는 자루 뒤쪽으로 당겨지면서 시위가 당겨진다.

③ 자아틀을 사용하는 방법 : 자루 뒷부분에 윈치처럼 생긴 자아틀을 부착하고, 그 끈의 끝에 달린 금속구를 시위에 걸고 양손으로 자아틀의 손잡이를 잡고 돌리면 끈이 감기면서 시위가 당겨진다.

④ 크레인퀸(cranequin)을 이용하는 방법 : 크레인퀸은 크랭크 톱니와 톱니바퀴를 연결시키는 도구로 톱니 금속구를 시위에 걸어 크랭크를 돌리면 시위가 당겨진다.

⑤ 레버를 사용하는 방법 : 가장 단순한 방법. 방아쇠에 레버 끝을 대고 지렛대 원리로 시위를 당긴다.

슬링 sling

- 위 력 : 타격력 ★★★
- 체 력 : ★★
- 숙련도 : ★★★
- 가 격 : ★
- 지명도 : ★★★★★

외형

끈 끝에 탄환을 감싸는 가죽 혹은 천 조각이 달려 있고, 다시 실이 달려 있어 흡사 안대처럼 매우 단순한 구조이다. 슬링은 이렇게 매우 간단한 구조인데다가 탄환도 특수한 것이 아니라 돌을 쓰므로 가장 오래 전부터 사용되어 온 비상 무기 가운데 하나다.

길이는 1m 정도이며 무게는 0.3kg이 채 안 되기 때문에, 가벼운 비상 무기의 대표격이라고 할 수 있지만, 때로는 탄환으로 전용 납덩이를 쓰기도 하므로 의외로 무거운 무기가 될 수도 있었다.

역사와 세부 내용

손으로 돌을 던지던 고대 사람들이 돌에 가속도를 붙이기 위해 고안해 낸 무기로서, 오스트레일리아를 제외한 모든 대륙에서 사용하였다.

본래는 양치기가 늑대 따위를 쫓기 위해 위협용으로 돌을 던질 때 쓰던 도구였다고도 한다.

나중에 막대기 끝에 슬링을 매다는 도구도 개발되어 그 사정 거리를 더욱 늘리기도 했지만, 슬링보다 살상력이 높은 활이나 노(弩) 등의 보급에 밀려 전장에서 자취를 감추었다.

슬링과 관련된 유명한 사례로는 다윗과 골리앗의 싸움이 그 최초일 것이다. 다윗은 거인 골리앗을 슬링으로 죽인다.

슬링 사용법은 다음과 같다.

돌을 가죽이나 천으로 만든 싸개에 싸서 그 부분을 한 손으로 들고, 두 가닥의 끈을 다른 한 손으로 쥐고 잡아당겨서 끈을 팽팽하게 한 다음, 돌싸개 부분을 쥔 손을 놓고 머리 위에서 돌싸개 부분을 빙빙 돌려 돌에 충분한 가속도가 붙었을 때 끈 한 쪽을 놓는다. 그러면 가속도가 붙은 돌이 싸개를 벗어나 표적을 향해 날아간다.

흔한 돌멩이를 사용하는 것은 좋지만, 적당한 돌멩이가 당장 구하기 힘들 수도 있으므로 돌멩이는 미리 준비해 둘 필요가 있다.

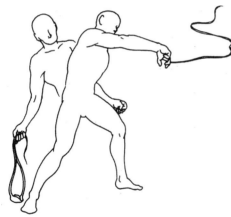

슬링

재블린 Javelin

- 위 력 : 관통력 ★★★
- 체 력 : ★★★
- 숙련도 : ★★★
- 가 격 : ★(+★★)
- 지명도 : ★★★★★

외형

재블린은 가벼워서 던지는 데 적합한 창이다. 나뭇잎 모양의 머리나 양날검 모양의 머리가 달려 있는데, 그리 크지는 않으며 거스른 가시가 있는 것도 있고 없는 것도 있는 등 그 모양이 다양하다.

백병전에 창으로 사용할 수도 있고, 투창처럼 던질 수도 있으며 스피어드로어를 사용해서 멀리 던질 수도 있는 다용도 무기이다. 그러나 중심이 머리 쪽에 치우쳐 있어 균형이 좋지 않고, 그 무게 때문에 활 같은 무기보다 사정 거리가 떨어진다. 길이는 0.7~1m 전후이며, 무게는 1.5kg 이하였다.

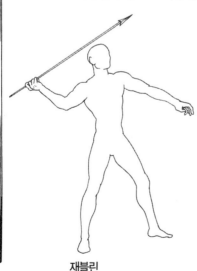

재블린

역사와 세부 내용

고대 중동에서 무기로 사용

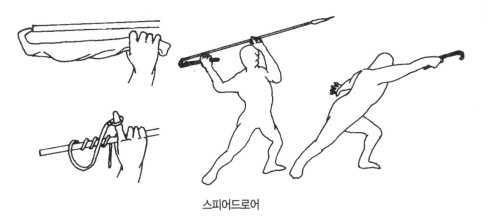

스피어드로어

되었다는 기록이 남아 있다. 보병이 재블린을 장비하거나 전차 위에서 던지는 그림이 많이 남아 있는데, 궁병이나 노궁병(弩弓兵)이 일반화됨에 따라 활약할 장을 잃어, 적어도 15세기 이후 유럽의 전장에서는 자취를 감추었다. 그 뒤 투창이 하나의 스포츠로서 현재까지 전해지고 있다.

사용법은 재블린의 중심이 머리 쪽으로 치우쳐 있으므로 그 중심 부분을 잡고 표적에 창끝을 겨냥해서 던지는 것이다.

스피어드로어를 사용하면 사정 거리를 더 늘릴 수도 있는데, 스피어드로어에도 두 종류가 있다.

우선 목제 막대기에 나무못이나 소켓을 부착한 것으로, 거기에 재블린의 밑동을 걸고 던지는 것이다. 그러면 지렛대 원리에 따라 손으로 던질 때보다 더 강력한 가속력이 생겨 사정 거리를 늘릴 수 있었다.

또 하나는 끈에 고리를 지어 손가락을 끼우고, 다른 쪽을 재블린에 칭칭 감되 쉽게 풀리도록 해 놓고 재블린을 던지는 것이다. 그러면 끈이 풀리면서 재블린에 회전력을 줌으로써 사정 거리를 늘릴 수 있다.

필룸 Pilum

- 위　력 : 관통력 ★★★★★
- 체　력 : ★★★
- 숙련도 : ★★★
- 가　격 : ★★★(+★)
- 지명도 : ★★★★

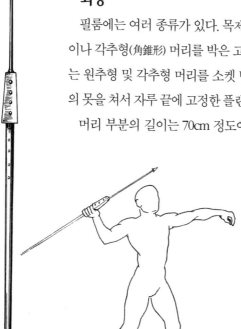

팔룸

외형

　필룸에는 여러 종류가 있다. 목제 자루에 뾰족하고 긴 원추형이나 각추형(角錐形) 머리를 박은 고대 타입, 넓적한 나뭇잎형 또는 원추형 및 각추형 머리를 소켓 방식으로 꽂은 것, 혹은 두 개의 못을 쳐서 자루 끝에 고정한 플랜지식 따위가 있다.

　머리 부분의 길이는 70cm 정도이며, 자루는 대략 1.4m다. 나중에는 자루가 2m나 되는 것도 등장한다. 머리 부분 뒤에는 사각 혹은 끝을 깎은 원추형이나 구형의 추를 달아서 균형이나 탄도를 조정하였다. 무게는 대체로 1.5~2.5kg이었다.

역사와 세부 내용

　필룸은 에트루리아를 기원으로 하는 무거운 투창으

로, 로마 병사에게 계승되어 널리 확산되었다. 가장 오랜 필룸은 기원전 4세기에 처음 나타났다. 사정 거리는 그 무게 때문에 재블린보다 짧지만, 위력은 그 무게 덕분에 더 강력했다.

로마의 역사가 리비우스[143]에 따르면 필룸에는 가는 것과 굵은 것의 두 종류가 있고, 가는 것을 '필라(pila)'라고 일컫는다고 한다.

필룸은 오랫동안 사용되는 가운데 몇 가지 점에서 개량이 이루어졌다. 특히 아군이 던진 필룸을 적이 다시 무기로 사용하지 못하도록 두 가지 점을 개량하였다. 먼저 가이우스 마리우스 시대에 이루어진 개량으로서, 머리 부분을 자루에 고정하는 쇠못을 나무 리벳으로 바꾼 것이다. 따라서 적의 방패에 맞으면 그 충격으로 리벳이 부러져 다시 쓸 수 없었다.

다음은 율리우스 카이사르 시대에 이루어진 개량으로, 머리 중앙 부분의 재질을 부드러운 것으로 바꾸고 약간 가늘게 만들어 일부러 취약하게 만듦으로써 쉽게 구부러지게 한 것이다.

---

143) 리비우스(Titus Livius : B.C. 59~A.D. 17) : 로마의 역사가. 각주 40) 참조.

볼라 Bola, Boleadora

- 위　력 : 타격력 ★★
- 체　력 : ★★
- 숙련도 : ★★★
- 가　격 : ★
- 지명도 : ★★★

외형

각각 추가 달린 몇 가닥의 로프를 한데 묶어서 만든다. 상대방을 포획할 때 쓰는 비상 무기로서 손으로 직접 던지게 되어 있다.

에스키모의 볼라는 주로 들새를 잡는 데 사용된다. 바다코끼리의 어금니나 뼈로 만든 추를 네 개나 여섯 개 혹은 열 개를 이용하여 만든다. 추의 생김새도 다양해서 계란형, 구형, 나아가 동물 모양으로 조각한 것도 있는데, 크기는 대체로 2.5cm에서 5cm 정도이다. 그런 추를 길이 70cm쯤 되는 끝에 달고, 그런 끝들을 한데 묶는다. 그 묶은 부분을 잡고 던지는 것이다. 무게는 대체로 0.8kg 전후이다.

남미의 볼라는 이보다 대략 두 배쯤 크다. 가는 끈이나 가죽끈의 양쪽에 가죽으로 감싼 돌멩이를 매단다. 때로는 가죽에 싸지 않고 돌멩이에 홈을 파고, 그 홈을 이용해 끈을 묶어서 고정하는 방법도 있었다. 작은 돌멩이를 매단 끈 두 가닥을 교차시키고, 그 교차된 곳을 묶어서 만드는 것이 보통이었다. 추가 두 개인 볼라를 '소마이(somai)', 세 개인 볼라를 '아치코(achico)'라고 한다.

역사와 세부 내용

선사 시대의 아시아에서 처음 만들어졌다고 하는데, 에스키모나 남미 평원

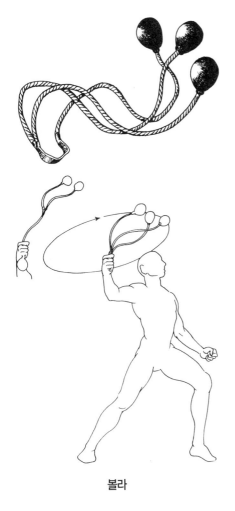

의 인디언 등 세계 각지에서 널리 사용되었다.

에스키모의 볼라는 한 손에 손잡이를 잡고 다른 손으로 추를 들고 끈을 팽팽하게 당겼다가 추 쪽을 놓으면서 머리 위에서 빙빙 돌려 힘을 붙인 뒤에 던진다. 사정 거리는 30~40m 정도이다.

남미의 볼라는 크기가 작은 세 번째 추를 잡고 다른 두 개의 추를 머리 위에서 빙빙 돌리다가 가속력을 충분히 붙여서 던진다.

공중을 나아간 볼라는 상대에 부딪혀 타격을 주거나 적 혹은 동물의 다리나 큰 새를 칭칭 감아 움직이지 못하게 한다.

볼라

부메랑 **Boomerang**

- 위　력 : 타격, 절단 ★★(+★★)
- 체　력 : ★★
- 숙련도 : ★★★★
- 가　격 : ★ ?
- 지명도 : ★★★★★

부메랑

외형

　넓적하고 길다란 나무 막대기 모양의 무기로서, 전체적으로 완만하게 굽어 있거나 한가운데가 각을 이루며 꺾여 있다. 지름은 60cm 정도. 그리고 테두리 부분은 날카롭게 깎아 공격력을 갖추었다. 개중에는 끝부분의 폭이 넓어서 전체 모양이 새의 부리처럼 생긴 것도 있다.

　부메랑은 회전하면서 날아가는 데서 생기는 그 파괴력이 어느 부분에 맞아도 목표물에 타격을 줄 수 있다는 것이 특징이다. 부메랑 중에는 익히 알려진 것처럼 되돌아오는 타입의 부메랑이 있다. 목표물에 맞지 않았을 때는 던진 장소로 돌아오므로 매우 편리하다. 그러나 전투용 부메랑 중에는 되돌아오는 타입이 없었다. 돌아오는 타입의 부메랑은 본체로 프로펠러처럼 뒤틀려 있어 되돌아오는 힘을 얻을 수 있는 것이다.

역사와 세부 내용

막대기를 던지는 공격 방법이야 고래로부터 세계 각지에서 볼 수 있었지만, 그 대부분은 결국 날카로운 끝이나 날을 가진 무기로 대체되어 갔다. 그러나 일부에서는 평평한 판의 테두리를 예리하게 깎고 손잡이 부분이 있는 무기로 살아남았고, 그 가운데 하나가 오스트레일리아 대륙에서 사용된 부메랑이다. 부메랑은 주로 사냥용 무기로서, 새 따위를 잡는 데 이용되었다.

사용법은 부메랑의 끝을 쥐고 수평이 되도록 들고서 손목 힘을 살려서 던진다.

전투용 부메랑은 곧게 날아가며, 목표물을 맞추건 빗나가건 돌아오지 않는다. 돌아오는 타입의 부메랑은 약간 위를 향하면서 곧게 날아갔다가, 목표물에 명중하면 그대로 떨어지지만 빗나가면 던진 자리로 되돌아온다. 그 회전이나 속도는 던질 때와 거의 마찬가지여서 서툴게 받으려 하다가는 상처를 입을 수가 있다.

차크람 Chakram

- 위 력 : 절단 ★(+★★)
- 체 력 : ★
- 숙련도 : ★★★
- 가 격 : ★★
- 지명도 : ★★

외형

차크람은 납작한 고리처럼 생긴 금속 무기로서, 바깥 테두리는 전부 날이 벼려져 있다. 고리의 직경은 10~30cm 정도이며, 무게는 0.15~0.5kg이다.

차크람의 특징은 비상 무기 중에서는 드물게도 베기용이라는 점이다. 다른 비상 무기는 대부분 찌르거나 때리기를 목적으로 하는 데 반해 차크람만은 베기용으로 만들어졌다.

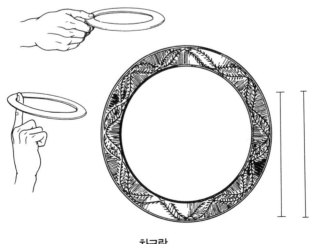

차크람

역사와 세부 내용

차크람은 인도 북부 지방의 시크 교도가 사용했다고 한다.

사용법은 고리 안쪽에 손가락을 넣어 빙빙 회전시켜서 가속력을 붙여 던지거나, 엄지와 인지로 잡고 던지는 것이다. 그러면 회전하는 힘 때문에 바깥 테두리의 날이 목표물을 벤다. 30m 떨어진 곳에서 직경 2cm의 대나무를 절단할 정도의 위력이 있었다고 한다.

다트 Dart

- 위　력 : 관통력 ★
- 체　력 : ★
- 숙련도 : ★★★
- 가　격 : ★
- 지명도 : ★★★★

외형

다트는 끝에 뾰족한 부분이 달린 투척 무기다. 대 끝에 뾰족한 머리가 달려 있고, 개중에는 활에 메기는 화살처럼 깃을 단 것도 있다. 재블린보다 짧고 가벼워서 소지하고 다니기가 편리하지만, 그만큼 살상력과 관통력은 떨어진다. 그 길이는 큰 것이라도 30cm 정도이며, 무게도 0.3kg을 넘지 않는다.

역사와 세부 내용

다트는 구석기 시대부터 무기로 사용되어 왔다. 당시 다트는 나무막대에 돌이나 뼈로 만든 머리를 부착한 단순한 것이었다. 고대부터 중세까지 나뭇잎 모양이나 화살촉 같은 머리를 부착한 다트나, 꼬리에 깃을 단 다트가 제작되었다.

다트

동로마의 병사는 기존의 로마군이 애용하던 필룸을 버리고 이 다트를 투척 무기로 삼았다. 그들은 대개 방패 따위의 뒤에 꽂아 두었다가 적을 향해 던졌다. 이것이 다트를 가장 대규모적으로 사용한 예라고 할 수 있을 것이다. 그뒤에도 다트는 계속 사용되어, 15~17세기에는 유럽이나 중동에서는 사냥이나 수상전투 및 육상전투에 사용하였다. 또한 작고 가벼운 무기가 필요한 장면에서 유용하게 쓰였다.

다트 사용법은, 표적을 향해 머리 부분이 꽂히도록 던지는 것이다. 다트의 모양에 따라 쥐는 법과 던지는 법이 다양한데, 다트 게임을 연상하면 이해하기 쉬울 것이다.

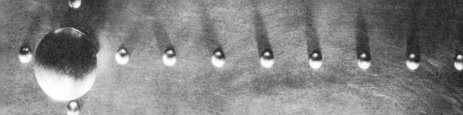

부록

특수 무기

브랜디스톡 Brandestoc

- 위 력 : 찌르기 ★★★ 절단 ★★
- 체 력 : ★★
- 숙련도 : ★★
- 가 격 : ★★★
- 지명도 : ★★★

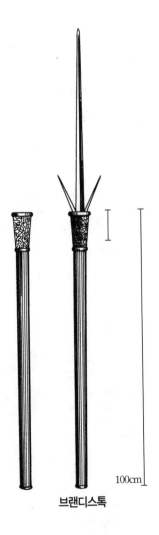

브랜디스톡

외형

브랜디스톡은 굵고 속이 빈 파이프형 막대에 0.5~1m의 긴 칼날이 들어 있는 무기다. 날이 나오는 곳은 날이 아예 빠져나가지 않도록 날 뿌리께가 걸리도록 만들어졌다. 또한 튀어나온 날 부분이 쉽게 밀려들어가지 않도록 핀 따위로 고정하게 되어 있다. 개중에는 긴 날 옆에 두 개의 짧은 날이 달려 있는 것도 있는데, 이를 '페더 스태프(Feather Staff)'라 일컬었다.

브랜디스톡은 나중에 등장하는 '소드 스틱'과 달리 칼집에서 뽑지 않고 쓸 수 있는 비밀 무기로서, 긴 자루를 가지고 있는 것이 특징이다.

길이는 칼몸을 집어넣으면 1~1.2m, 무게는 1~2kg 정도다.

100cm

역사와 세부 내용

평범한 물건이나 공격과는 상관 없는 물건 속에 무기를 숨긴다는 아이디어는 매우 오래된 것이어서, 로마 시대까지 거슬러 올라간다고 한다. 바탕이 된 아이디어는 연극에서 사용하던 단검으로, 끝이 둥근 날 부분으로 뭔가를 찌르면 자루 속으로 밀려들어가, 관객의 눈에는 마치 진짜로 찌르는 듯이 보이도록 궁리한 소도구였다고 한다.

브랜디스톡을 사용해야 할 때는 자루를 쥐고 세게 휘둘러 안에 숨어 있던 칼날이 튀어나오게 한다. 그러면 잠금장치를 눌러 고정시키고 무기로 사용하는 것이다. 이런 동작이 브랜디스톡이라는 이름의 유래인데, 그 뜻을 보면 '휘두르는 에스톡'이라는 것이다. 그리고 자루가 짧은 창 혹은 레이피어와 마찬가지로 사용하게 된다.

르네상스 이후 순례자나 여행자가 브랜디스톡을 들고 돌아다니게 된 것은, 공공연히 무장을 하면 불필요한 경계를 불러일으켜 곤란하지만, 그렇다고 무기 없이 여행을 하는 것도 불안했기 때문이다. 그들에게 이 무기는 무엇보다도 믿음직한 길동무였다.

파키르스 혼스와 마두 Fakir's horns & Madu

- 위 력 : 찌르기 ★★★
- 체 력 : ★★
- 숙련도 : ★★★★
- 가 격 : ★?
- 지명도 : ★★

외형

파키르스 혼스는 산양의 뿔 같은 돌출부 두 개가 서로 반대 방향으로 뻗어 있는 무기로, 뿔의 끝 부분에 쇠 스파이크가 달려 있는 것도 있다.

마두는 파키르스 혼스와 관련이 있는 무기로서, 상대방의 공격을 막기 위한 쇠 혹은 가죽으로 만든 작은 방패에 산양 뿔 같은 돌출부 두 개가 서로 엇방향으로 달려 있는 무기다. 역시 이 뿔의 끝에 쇠 스파이크가 달려 있는 것도 있다.

길이는 약 1~1.6m, 무게는 1.5~2.8kg정도이다.

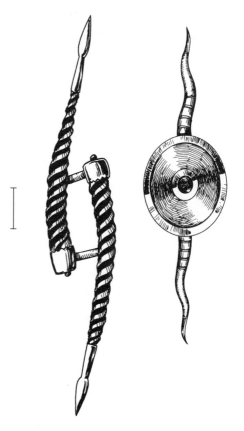

파키르스 혼스와 마두

역사와 세부 내용

파키르스 혼스는 인도에서 쓰였던 매우 진기한 무기로서, 파키르(탁발승)가 사용했다고 하여 이런 이름이 붙었다. 파키르는 일반 무기를 가지고 다니는 것이 허용되지 않았던 것이다.

마두 역시 인도에서 쓰인 무기로, 파키르스 혼스가 발달한 것이라고 한다.

파키르스 혼스는 찌르기에 사용하는 무기다. 더구나 손잡이 위아래로 날카로운 날이 달려 있기 때문에 상하 전후 좌우 어느 방향으로 휘둘러도 상대를 공격할 수 있다. 또 손잡이 바깥 부분은 손을 보호할 수 있는 모양으로 되어 있다.

마두는 파키르스 혼스와 마찬가지 공격 방법을 취할 수 있을 뿐만 아니라 상대방의 공격을 막는 방패로도 쓸 수 있었다.

소드 스틱 Sword Stick

- 위　력 : 찌르기 ★★
- 체　력 : ★★
- 숙련도 : ★★★
- 가　격 : ★★(+★★)
- 지명도 : ★★★★

외형

　지팡이(스틱) 속에 검이나 단검이 숨겨져 있으며, 지팡이나 그 안에 숨겨 있는 칼날의 형상 및 크기는 소드 스틱마다 천차만별이다. 일반적으로 스틱으로 사용하는 동안에 날이 빠지지 않도록 손잡이와 칼집이 만나는 곳에 잠금장치가 있다. 이 무기의 변종으로서 승마용 채찍에 날을 숨긴 것도 있다. 길이는 70cm 정도이고 무게는 1kg이 채 안 된다.

역사와 세부 내용

　18세기 말에 신사가 검을 차고 다니지 않게 되자 소드 스틱은 정장 차림으로 외출하는 남성의 액세서리로 종종 이용되곤 하였다. 소드 스틱은 자루 부분을 잡고 잠금장치를 풀어 칼집 역할을 하는 지팡이에서 칼날을 뽑은 다음 일반적인 도검처럼 사용하면 된다.

　얼핏 보면 평범한 지팡이 속에 무기가 숨겨져 있다는 점에서 소드 스틱은 '비밀 무기' 라는 특징을 가진다. 동시에 평소에는 지팡이로 사용할 수도 있었다.

소드 스틱

바그나크 Bagh-nakh

- 위　력 : 절단 ★
- 체　력 : ★
- 숙련도 : ★★★
- 가　격 : ★?
- 지명도 : ★★★

외형

　손바닥에 쏙 들어갈 정도의 금
속제 막대 옆에 새발톱처럼 끝이
날카로운 돌기가 4개(혹은 5개) 달
려 있고, 엄지손가락을 끼우기 위한 동
그란 고리가 달려 있다. 바그나크는 작아서
손안에 쥐면 다른 사람들은 무기를 들고 있다는
것을 알아채지 못하는 비밀 무기다. 길이는
10cm, 무게는 0.05kg 정도이다.

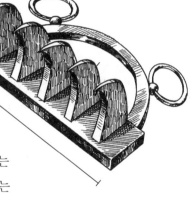

바그나크

역사와 세부 내용

　인도 및 중동에서 사용한 무기인데, 합법적인 무기로 대접받지는 못하고
도적이나 암살자 같은 범죄자들이 이용하였다. 바그나크 사용법은 동그란 고
리에 엄지손가락을 끼워 갈퀴들 사이로 손가락을 끼워서 쥐고 그 갈퀴로 상
대방을 찌르거나 할퀴는 것이다. 그 모양새 때문에 바그나크(호랑이 발톱)라는
이름이 붙었다.

후기

『환상의 전사들』원고를 마치고 나서 무기에 관한 책을 집필하기 시작한 지 벌써 1년이 지나고 말았다. 이는 오로지 나의 펜이 워낙 느린 탓으로, 관계자 여러분께 고개 숙여 사과를 드릴 따름이다. 앞으로는 이 판타지 라이브러리 시리즈에서 내 이름이 등장할 일은 당분간 없을 것이다. 혹 무기에 이어 '갑옷' 책이나 다른 기회에 다시 독자들을 만나게 될지도 모르겠다.

내가 서양의 무기에 흥미를 갖기 시작한 데는 아주 사소한 계기가 있었다. 어느 날 우연히 영어 문장에서 한 단어를 보았는데, 나중에 그것이 중세에 사용된 무기의 이름이라는 것을 영어 대사전을 보고 알았다. 사전에는 간단한 삽화가 곁들여져 있었는데, 그 독창적인 모양에 감탄하였다. 그 감탄은, 과연 그것을 어떻게 사용했을까 하는 의문으로 발전되었다. 이것이 내가 무기와 인연을 맺게 된 계기였고, 그 호기심이 마침내 이런 책을 집필하는 데까지 나를 이끈 셈이다. 이렇듯 아마추어 저자가 쓴 글이므로 읽다 보면 '이것은 조금 이상한데?' 하고 생각되는 부분이 있을지도 모른다. 그런 점이 있다면 젊은 혈기의 소치려니 하고 용서해 주시기 바란다. 또 그런 부분을 편지 따위로 지도해 주신다면 기꺼이 받아들여 다음 원고에 반영하도록 하겠다.

이치카와 사다하루

참고 문헌

〔고대 메소포타미아〕

성서의 땅에서 펼쳐진 전술(The Art of Warfare in Biblical Lands), 1963, Weidenfeld and Nicolson, Yigael Yadin

고대 근동의 군사 - 기원전 3천 년에서 기원전 539년까지(Armies of the Ancient Nera East 3000 B.C. to 539 B.C.), 1984, WRG, Nigel Stillman, Nigel Tallis

〔그리스 로마〕

유대 전쟁기(1~3) (ユダヤ戦記1~3), 1975, フラウイウス・ヨセフス, 新見宏譯

그리스 초기의 방어구와 무기(Early Greek armour and weapons, 1964, Edinburgh University, A.M.Snodgrass)

그리스의 무기와 방어구(Arms and armour of the Greeks, 1967, T&H, A.M.Snodgrass)

EMI Serie, De Bello-02, Gli Eserciti Etruschi, 1987, E.M.I., Ivo Fossati

그리스 로마 세계의 코끼리(The Elephant in the Greek and Roman world, 1967, T&H, H.H.Scullard)

로마 병사(The Roman soldier, 1981, Cornell University Press, G.R.Watson)

〔중세 암흑 시대〕

아서 왕(アーサー王), 1984, 東京書籍, リチャード・バーバー著, 高宮利行譯

팔행연시 아서의 죽음(八行連詩アーサーの死 完譯), 1985, ドルフインプレス, 清水あや

아서의 죽음(アーサーの死完譯), 1986, ドルフインプレス, 清水あや

『베오울프』연구(『ベーオウルフ』研究, 1988, 成美堂, 長谷川寛

베오울프 부록 핀스부르크 전란 단장(ベーオウルフ 附フインスブルク戦亂斷章),

1966, 吾妻書房, 長埜盛 譯

베오울프(ベーオウルフ 改譯版), 1984, 篠崎書林, 大場啓藏 譯

가웨인과 아서 왕 전설(ガウェインとアーサー王傳說), 1988, 秀文インターナショナ
ル, 池上忠弘

트리스탄 전설(トリスタン傳說), 1980, 中央公論社, 佐藤輝夫

롤랑의 노래와 헤이케모노가타리(ローランの歌と平家物語 前後), 1973, 中央公論社, 佐
藤輝夫

역사십권(1, 2) (歷史十卷 1, 2), 1975, 東海大學出版局, トゥールのグレゴリウス, 兼岩正
夫譯

서구중세군제사론(西歐中世軍制史論), 1988, 原書房, 森義信

게일인의 영웅 핀 맥 컴헬의 모습(Fionn mac Cumhail Images of the gaelic hero, 1987,
G&M, Daithi Oh Ogain)

중세의 롤랑의 전설(The Legend of Roland in the middle ages 1 · 2, 1971, Phaidon,
Rita Lejeune Jacques Stiennon)

영국인(The British, 1985, Avenel Books M.I.Ebbutt)

아일랜드의 신화, 전설, 전승(Irish Myth, Legend, Folklore, 1986, Avenel Books,
W.B.Yeats, Lady Gregory)

고대 그리스 로마와 비잔틴의 복장과 장식(Ancient Greek, Roman and Byzantine
Costume and Decoration, 1977, Morrison & Gibb LTD, Mary G. Houston)

〔중세 르네상스까지〕

십자군의 역사(十字軍の歷史), 1989, 河出書房新社, スティーブン · ランシマン, 和田廣
譯

십자군의 사나이들(十字軍の男たち), 1989, 白水社, レジーヌ · ペロヌー, 福本秀子譯

중세 여행 · 기사와 성(中世の旅 · 騎士と城), 1982, 白水社, ハインリヒ · プレティヒ
ャ, 關楠生譯

중세 여행 · 도시와 서민(中世の旅 · 都市と庶民), 1982, 白水社, ハインリヒ · プレテ

イヒャ, 關楠生譯

중세 여행 · 농민전쟁과 용병(中世の旅 · 農民戰爭と傭兵), 1982, 白水社, ハインリヒ ·
プレテイヒャ, 關楠生譯

중세 유럽의 생활지1 · 2 (中世ヨーロッパの生活誌), 1985, 白水社, オット · ボルスト,
永野藤夫 · 井本正二 · 青木誠之 共譯

중세 이탈리아 상인의 세계(中世イタリア商人の世界), 1982, 平凡社, 清水廣一郎

신판 영국 요맨의 연구(新版イギリス · ヨーマンの研究), 1976, 御茶の水書房, 戸谷敏之

1066년부터 1500년까지 중세의 군복(Medieval military dress 1066~1500, 1983,
Blandford, Christopher Rothero)

기사도의 역사(The History of Chivalry Vol.1~2, 1825, A.&R., Charles Mills)

전쟁, 정의 그리고 공공질서(War, Justice and public order, 1988, C.P.Oxford, Richard
W. Kaeuper)

십자군의 역사(A History of the Crusades, 1978, Peregrine Book, Steven Runciman)

〔근세〕

16세기의 결투 이야기(Duelling Stories of the Sixteenth Century, 1906, A.H.Bullen,
George H.Powell)

〔일본 관련〕

일본도 강좌(1~19) (日本刀講座1~19), 1935, 雄山閣

일본도 강좌 별권(1, 2) (日本刀講座別卷1, 2), 1935, 雄山閣

일본 상대의 무기(日本上代の武器), 1941 弘文堂書房, 末永雅雄

일본 무도사전(日本武道辭典), 1982, 柏書房, 笹間良彦

일본 도검전사(日本刀劍全史), 1972, 歷史圖書史, 川口のぼる

도록 일본의 무구갑주 사전(圖錄日本の武具甲冑事典), 1980, 柏書房, 笹間良彦

취미 갑주(趣味の甲冑), 1967, 雄山閣, 笹間良彦

일본 갑주대감(日本甲冑大鑑), 1987, 五月書房, 笹間良彦)

코지루이엔(보급판) : 무기, 병사부(古事類苑 普及版) : 武技, 兵事部, 1976, 吉川弘文館

도설 검도사전(圖說劍道事典), 1970, 講談社, 持田盛二 監修, 中野八十二 坪井三郎 著

〔통사, 일반〕

석기시대의 세계(石器時代の世界), 1987, 敎育社, 藤本强

도설 과학·기술의 역사(圖說 科學·技術の歷史), 1985, 朝倉書店, 平田寬

서양사물기원(Ⅰ-Ⅲ) (西洋事物起源 Ⅰ-Ⅲ), 1980, ダイヤモンド社, ヨハン·ベックマ
    ン, 特許廳內技術史硏究會譯

영문학 풍물지(英文學風物誌), 1950, 硏究社, 中川芳太郎

플리니우스의 박물지(Ⅰ-Ⅲ) (プリニウスの博物誌 Ⅰ-Ⅲ), 1986, 雄山閣, プリニウス, 中
    野定雄譯

세계전쟁사(1~10) (世界戰爭史 1~10), 1984, 原書房, 伊東政之助

세계병법사(서양편) (世界兵法史 西洋篇), 1942, 大東出版社, 佐藤堅司

회교사(回敎史), 1942, 善隣社 アミール·アリ 塚本五郎, 武井武夫 譯

알트도르퍼와 판타스틱 리얼리즘(Altdorfer and fantastic realism, 1985, JMG,
    Jacqueline & Maurice Guillaud)

고대의 기술자(The Ancient Engineers, 1974, Ballantine Books, L.Sprague de Camp)

스미스 성서사전(Smith's Bible dictionary, 1985, Jove Book, William Smith)

〔기타 관련서〕

전쟁의 기원(戰爭の起源), 1988, 河出書房新社, アーサー·フェリル, 鈴木主稅·石原正
    殼

기행(騎行)·차행(車行)의 역사(騎行·車行の歷史) 法政大學出版局, 加茂儀一

검의 신·검의 영웅(劍の神·劍の英雄), 1981, 法政大學出版局, 大林太良·吉田敦彦

기마민족국가(騎馬民族國家), 1986, 平凡社, 江上波夫

무기(武器), 1982, マール社, ダイヤグラム・グループ編, 田島優 北村孝一 共譯

시대를 통해 본 무기(Weapons Through the Ages, 1984, Peerage Books, William Reid)

무기의 책(Buch der Waffen, 1976, ECON, William Reid)

미술품, 무기, 갑옷(Art, Arms and Armour Vol.1, 1979, Acquafresga editrice, Robert Held)

총과 그 발달(The Gun and its development, 1986, A&AP, W.W.Greener)

무기와 갑옷(Weapons & Armor, 1978, Dover, Harold H.Hart)

나폴레옹 전쟁에서의 무기와 장비(Weapons & Equipment of the Napoleonic Wars, 1979, Blandford Press, Philip Haythornthwaite)

바바리언(The Barbarians, 1985, Blandford Press, Tim Newark)

중세의 장군(Medieval Warlords, 1986, Blandford Press, Tim Newark)

켈트의 전사(Celtic Warriors, 1987, Blandford Press, Tim Newark)

검과 세기(The Sword and the centuries, 1973, Tuttle Alfred Hutton)

〔도쿄쇼세키(東京書籍) 컬러 일러스트 세계의 생활사〕

　1. 인간의 먼 선조들(人間の遠い祖先達)

　2. 나일의 은총(ナイルの惠)

　3. 고대 그리스의 시민들(古代ギリシアの市民達)

　4. 로마제국을 건설한 사람들(ローマ帝國をきずいた人々)

　5. 갈리아 민족(ガリアの民族)

　6. 바이킹(ヴァイキング)

　20. 고대문명의 지혜(古代文明の知慧)

　22. 고대와 중세의 유럽 사회(古代と中世のヨーロッパ社會)

　23. 민족대이동에서 중세로(民族大移動から中世へ)

　25. 그리스군의 역사(ギリシア軍の歷史)

　26. 로마군의 역사(ローマ軍の歷史)

　27. 이슬람의 세계(イスラムの世界)

〔이와나미 문고(岩波文庫)〕

일리아스(イーリアス, ホメーロス 著)

오디세이아(オディシイア, ホメーロス 著)

역사(歷史, ヘロドトス 著)

전사(戰史, トゥキュデイス 著)

갈리아 전기(ガリア戰記, カエサル 著)

게르마니아(ゲルマニア, タキトゥス 著)

연대기(年代記, タキトゥス 著)

아이반호(アイヴァンホー, スコット 著)

맥베스(マクベス, シェイクスピア 著)

〔펭귄 클래식(Penguin Classics)〕

성배 탐구(The Quest of the Holy Grail, 1962)

메로빙거 왕조(The Mabinogion, 1976)

아서 왕의 죽음(The Death of King Arthur, 1971)

아서 왕의 죽음(King Arthur's Death, 1988)

가웨인 그린 경(Sir Gawain Green Knight, 1974)

롤랑의 노래(The Song of Roland, 1982)

〔로엡 클래시컬 라이브러리(Loeb Classical Library)〕

일리아드(1, 2) (The ILIAD(1, 2), 1966, Homer)

오디세이(1, 2) (The ODYSSEY(1, 2), 1966, Homer)

역사(1-6) (The Histories(1-6), 1954, Polybius)

자연사(Natural History(1-10), 1956, Pliny)

리비우스(1-14) (Livy(1-14), 1960, Livy)

탁티쿠스(Aeneas Tacticus, Asclepiodotus, Onasander, 1948)

15. 1588년 무적함대 전투(The Armada Campaign 1588)

17. 토너먼트의 기사들(Knight at Tournament)

19. 십자군(The Crusades)

〔영웅과 전사 파이어버드 북(Herose and Warriors Firebird Book)〕

쿠쿨린 : 얼스터의 사냥개(Cuchulainn : Hound of Ulster, 1988, Bob Stewart)

부디카 : 켈트의 여왕 전사(Boadicea : Warrior Queen of the Celts, 1988, John Matthews)

핀 맥 컴헬 : 아일랜드의 투사(Fionn Mac Cumhail : Champion of Ireland, 1988, John Matthews)

맥베드 : 스코틀랜드의 전사 왕(Macbeth : Scotland's Warrior King, 1988, Bob Stewart)

샤를마뉴 : 신성로마제국의 창시자(Charlemagne : Founder of the Holy Roman Empire, 1988, Bob Stewart)

엘시드 : 스페인의 투사(El Cid : Champion of Spain, 1988, John Matthews)

사자왕 리처드 : 십자군 왕(Richard Lionherat : The Crusader King, 1988, John Mattews)

바르바로사 : 유럽의 골칫거리(Barbarossa : Scourge of Europe, 1988, Bob Stewart)

다윗왕 : 이스라엘의 장군(King David : Warlord of Israel, 1989, Mark Healy)

조수아 : 가나안의 정복자(Joshua : Conqueror of Canaan, 1989, Mark Healy)

주다스 마케베스 : 이스라엘의 반역자(Judas Maccabeus : Rebel of Israel, 1989, Mark Healy)

찾아보기